柳如是传

向来烟月是愁端

刘敬堂
胡良清
著

中国文史出版社

图书在版编目（ＣＩＰ）数据

柳如是传：向来烟月是愁端 / 刘敬堂，胡良清著．
-- 北京：中国文史出版社，2023.7
ISBN 978-7-5205-4178-7

Ⅰ．①柳… Ⅱ．①刘… ②胡… Ⅲ．①传记小说—
中国—当代 Ⅳ．① I247.5

中国国家版本馆 CIP 数据核字（2023）第 134165 号

责任编辑： 徐玉霞

出版发行：中国文史出版社
社　　址：北京市海淀区西八里庄路 69 号院　　邮　　编：100142
电　　话：010-81136606 81136602 81136603（发行部）
传　　真：010-81136655
印　　装：廊坊市海涛印刷有限公司
经　　销：全国新华书店
开　　本：16 开
印　　张：19.25
字　　数：300 千字
版　　次：2024 年 7 月第 1 版
印　　次：2024 年 7 月第 1 次印刷
定　　价：59.80 元

序　言

　　明末名伎柳如是，本姓杨，名爱，又名云娟。后改姓柳，名隐，又名是，字如是，据说源自辛弃疾的名句"我见青山多妩媚，料青山见我应如是"，号河东君，亦号靡芜君。吴江（今江苏）人，亦说嘉兴（今浙江）人。

　　十二岁时，即被卖给吴江县一个下野的相府为婢，遂遭主人蹂躏，成了小妾。不久，因受到其他姬妾的嫉妒，又被卖给了盛泽旧家院院主徐佛，开始了她的卖笑生涯。

　　多年的风尘沦落，使她看透了人世间的冷酷、欺诈和丑恶、凶残。她悲叹自己的身世，憎恨那些把她当作玩物的狎客们，决心要以自己的品行、相貌、学识和才华，去努力争取做人的权利，觅一知己，过着像别人一样安静和美的家庭生活。

　　然而，自古红颜多薄命，她初识复社领袖张西铭，继投松江名士陈卧子，后攀"东林浪子"钱谦益，结果都不过是云烟过客，不是死的死了，走的走了，就是仍如在妓院里被那一帮纨绔玩弄一般。

　　随着时局的变化，国破家亡，她绝望了，终于引颈自缢，玉殒香消，用她的青春年华，留下了一曲风尘奇女排不去、解不脱的蹉跎悲歌。

　　作者胡良清、刘敬堂先生撰写的这部《柳如是传》，正是从"相府无情逐小妾"切入，"名姝噩耗惊江南"煞笔，以多维视角审视历史，以清新文墨钩沉逸事，正、野史互补，雅、俗兼容，细微缜密，多姿多彩，勾画了一位风尘奇女恃才傲物、执着人生的真实形象。且作品意境高阔，色彩斑斓。即寓浓烈于简淡，又含凝重于萧疏。言不尽意，意在言外，使平淡的事实，升华到哲理意趣。令人读之，不能不引起心灵震颤，留下不绝的余韵。

应该说，这是迄今为止所能见到的一部较为完整的《柳如是传》。

吴洪激

目录

第一章　相府无情逐小妾，徐佛有缘得奇女

人去也，人去凤城西。细雨湿将红袖意，新芜深与翠眉低。蝴蝶最迷离。

——《梦江南·怀人》之一

一

崇祯五年（1632）冬月初六。

在吴江城外古渡口的码头上，站着一位十三四岁的女子。从这位女子的衣着打扮上来看，既不像贫寒人家的女儿，又不像官宦豪门家的闺秀。她穿着一件半新不旧的浅红色对襟短衫，左手上挽着一个不大的蓝布包袱，一头乌黑的头发上别着一支极平常的银簪。她目不转睛地望着远处的湖面，虽然天上飘洒着细碎的雪花，但她一动不动地站立在瑟瑟的北风中，像一尊雕像。

码头上船来舟去，大概快近腊月的缘故，人们都行色匆匆。不知是哪位行人无意间朝那女子望了一眼，便放慢了脚步，于是，引来了众多行人的注意。之所以能引起众人的注意，并非想知道她是谁，从哪里来，要到哪里去？而是她的容貌的端庄和清秀令人难以置信，以

及她穿得如此单薄竟不显寒冷之态。

对人们的好奇和悄声议论，她都视而不见，听而不闻，她的全部注意力都集中在远处的湖面上了。但湖上灰灰蒙蒙，水天一色，只有几只翻飞的沙鸥在湖上掠过，偶尔发出几声单调的啼叫，那啼叫声令人感到分外凄凉。

一只孤鸿从她头顶上飞过去，又渐渐消失在暮色中了，她叫不出这鸟儿的名字，但却勾起了辛酸的身世。

自己从小也没有名字，亲生父母虽然曾经给自己起了杨萍儿的乳名，但不久便被归家院的徐佛姨娘改名叫杨爱了。杨爱的名字还没听顺口，又被周相爷改成了杨影怜。自己多么像这只孤鸿啊！身孤影单，漂泊不定。不知那只孤鸿今夕栖息何处？而今日的自己却有了栖身之枝——重回徐姨妈的归家院。

蓦然，湖面上驶来了一艘船。她依稀认得那是归家院唯一的一艘画舫，是专为迎送重要宾客而备的专船。船上雕梁画栋、轩窗薄帷，两舷有重彩扶栏。她已顾不上这些了，连忙向船上招手，因为她已看见站在船头上的徐佛姨娘了。

二

徐佛姨娘亲自来接杨影怜，是极少见的。

当吴江的相爷周道登病故之后，徐佛姨娘就为杨影怜担心了，她怕相府的那些明媒正娶的妻妾会活生生地吞食了杨影怜。果然不出她所料，不久便传出相府要将杨影怜卖到外地的消息，身价是八百两官银。

徐佛是第一个得到这个消息的，她连夜派人将银子如数送到了周家。

约好在冬月初六派船来吴江城外的古渡口接杨影怜。

说来，杨影怜与徐佛似乎有一种缘分。杨影怜虽然小小年纪，却已三次被卖，这是徐佛第二次收留她。

徐佛决定第二次收留杨影怜是有原因的。首先是因为她可怜这孩子。徐佛第一次买来这孩子时，她还是一个刚满十岁的黄毛丫头，没爹没娘的，只知道姓杨，于是，她就随便为她起了个名字，杨爱。在归家院的几年时间里，杨爱便出落得有模有样，楚楚动人了。小小年纪，让人怜爱。当初，周相爷是吴江一带地动山摇的大户人家，徐佛为杨爱的一辈子着想，让她有个安身立命的地方，所以才同意将杨爱卖给周府。如今，徐佛好不容易在这里打下一片江山，竖起一杆艳旗，旗下有几个如花似朵的美人儿，但总觉得不尽如人意。

归家院，顾名思义，在外边的游子回到自己的家中。若杨爱回来，归家院就会更上一层楼了。

徐佛是归家院的院主，虽然身在青楼，但却与别的老鸨不同。她通情达理、为人善良，又富有同情心，对待青楼女子，视同自己的姐妹、女儿。

当初，徐佛随母亲从嘉兴迁到盛泽时，不得已才流落风尘。现在，好不容易挣下了这份家业，又加上学琴、学诗、学画，已在江南一带有了一些声名，门下又网罗了梁道钊、张轻云、宋如姬一班姐妹。徐佛自知人老珠黄，该偃旗息鼓了。她渐厌荣华，洗尽铅华，想找一个可靠的人，以托付终身。最近，盛泽进士，知县周灿的弟弟周金甫对她使君有意，若能嫁到周家，也算得是旧桃换新符了。

船一靠岸，杨影怜便像迷路的孩子见到了亲人一样，一下子扑到徐佛的怀里了。

杨影怜和徐佛坐在船舱后，画舫便向归家院方向驶去。

三

一过柊暮桥，杨影怜便已见到湖边的十间楼，有几只黄嘴八哥在跳跃着、戏闹着。这么晚了还不归巢，莫不是在等待当年曾经饲养过它们的杨爱？

杨影怜情不自禁地笑了。见到杨影怜欢快起来，徐佛也被感染了。十四五岁的孩子，青春怒放如自由伸展着幻想触角的紫藤，无边无际，无忧无虑，真正是窈窕十六谁家女，豆蔻枝头二月花啊！忽又想到自己，不由吟起一曲怨诗来：

锦簟孤栖灯焰青，熏笼斜倚满三更。

西风欲破人愁寂，吹入芭蕉作雨声。

伤春的情绪，使徐佛有些不胜湖上吹来的寒风。想着一样漂泊的命运，一个出周府，一个即将归周家；一个豆蔻枝头二月花，一个三更听雨打芭蕉，她不禁对杨影怜充满了关注与怜爱。不知这位含苞待放的可人儿，今后会花落谁家？

要紧的是先问问她在周府的境遇。听说，她还差一点被周府打杀了呢，幸亏得周老夫人出面干预，也亏得自己及时得知她被卖的消息。否则，还不知卖给哪个贩夫走卒呢！那样，岂不辜负了自己早年教她琴棋书画的一番心血？

四

外边淅淅沥沥地落着小雨，房内生着一大盆栗木板炭火。这一夜，徐佛让所有姐妹谢客和杨影怜叙谈。她喝了些"状元红"，姐妹们也吃了些甜味的"八珍黄酒"，炭火把她们的粉脸映得红扑扑的。然后，她们在摇曳的烛光下听杨影怜诉说在周相府上的经历。

周相爷名叫周道登。他这个相爷、东阁大学士据说是皇帝抓阄抓来的。

庄烈帝刚当皇帝时候，要选一些阁臣，于是，下面的人把一些候选人的名字放在一只金瓶之中，皇帝拜天即位之后，从瓶子中抓阄。一共抓到写有六个人名字的纸条，这六个人之中就有周道登，于是他就成了相爷。

周府的相爷脾气很古怪。据说有一天上早朝时，别的文臣武将都没睡醒，但又得做出一本正经的样子，只有他一个痴痴地发笑。皇帝见他笑得开心，便问他笑什么，他不回答，继续发笑。退朝下来，同朝跟他一起被抓阄抓中的钱龙锡相国责怪他。他才说："想笑就笑，陛下又能把我怎么样？"

他就是这么个人！

自从他罢相回家之后，也是神经兮兮的喜怒无常。家里除了老夫人，上至妻妾，下至奴仆，见了他就像老鼠见猫一般。

虽说是一入侯门深似海！独杨影怜不怕他。

因为杨影怜是老夫人的丫鬟，老夫人很喜欢杨影怜。

杨影怜离开归家院到了相府，在相府之中，受归家院风气熏陶和徐佛的有心栽培，能弹琴，会唱曲，笔墨丹青也能弄画几笔。闲来无事，老夫人心情好时，就把她抱到膝上，或者让她坐在脚边，教她一些诗文。老夫人累了，杨影怜就替她捶背捶腿，把老夫人伺候得舒舒服服的。

老夫人爱读古书，遇上深奥难懂的典故，老夫人便叫杨影怜去问周相爷。在老太太眼中，儿子是无所不知、无所不晓的人。杨影怜天生好动，人又聪慧，一来二去，连相爷也喜欢她了，喜欢她虚心好学，又一点就通。

周相府里应有尽有，但最该有的却又没有。

周道登老爷钱财无数，官也做到了顶，就是没有儿子。纵有万贯家财，不孝有三，无后为大。所以，除原配夫人外，女人讨了一个又一个，妻妾已经成群，讨小老婆成了他的业余爱好，就像花钱买乐一般。外面有人写诗说，周府是"玉屏风座十二人"意思是说周相爷的妻妾个个亭亭玉立，像画上的美女，坐到一起，活脱脱一排玉屏风！这屏风有讲究，四扇一组，最多十二扇。然而这只是说他妻妾多到极数，不一定是十二个。

五

这么多妻妾，好像商量好了似的，没有哪个能给周相爷生下一男半女。

弃官归里的周相爷是越忙越乱，越乱越忙。皇帝不急太监急，最急的是老夫人。

老夫人豁出了本，连贴身丫鬟杨影怜也贴上了！让杨影怜当了周相爷的侍妾。

周相爷开始时很宠爱杨影怜，这可人儿善解人意。

不知是周相爷妻妾太多，还是有病，终是未遂心愿。

一来二去，周相爷对杨影怜也就失去了信心。

他虽恨这些青翠欲滴的美人们，但对杨影怜却特别疼爱，教她读书，既读名家文章，也读史书。连杨影怜这个名字都是他亲自选定的，是取李商隐"对影闻声已可怜"的诗意。

出于无奈，他只好将兄长的儿子周振孙过继过来。

不久，他便病故了。

事情坏就坏在周振孙身上！

周振孙虽然不是相爷的亲子，但依仗周家的权势和钱财，胡作非为，横行乡里，小小年纪，已成了远近有名的色鬼。

那个时候的吴江，地处吴越分歧，"水乡成一市，罗绮走中原"，文人雅士辈出。街上如蜂拥蚁集，远近商贾趋之若鹜。盛泽是"日出万绸，衣服天下"的三大丝绸重镇之首，商人一掷千金，因而就派生出了茶楼酒肆、歌榭画坊。名伎与名人如星伴月，冯梦龙的话本《醒世恒言》里就说过这些事：商人施润泽由一张织机、五十两银子起家，一直发展到万贯家财！

然而，像周振孙这样长在温柔乡的纨绔子弟，被绫罗绸缎包围，耳闻目染的是声色犬马，这下又过继给了叔叔，用盛泽的土话说是"三亩田里一根苗"。

到了叔叔家里，三天板凳没坐热，便开始朝女人堆里钻了。

他千方百计地想接近杨影怜，无事找事地向她请教书法之技，早晚找机会向她请安，大献殷勤。可是，杨影怜压根儿就没用正眼瞧过他。空闲时独自在房里或赋诗，或弹小忽雷。这下子可把周振孙惹恼了。

有一天午后，杨影怜正在房里作画，周振孙悄没声息地翻窗入室，刚要施暴，被杨影怜一把推开，又顺手抓起案头上的端砚砸去。这下子可好，不但把周振孙的脸砸成了锅底，还把他的前额头砸开了花，一时血涌不止。

六

这在周府可是件不得了的大事！

对相府来说，此事不但辱没门风，有辱斯文，简直是没有家法了！

家丑不可外扬。周相爷的夫人丁氏回娘家未归，周相爷的第三个侍妾何氏，在众妾群中是最狠的一个。相爷死后，老夫人专心念经拜佛，不大过问府上的事，何氏便"老虎不在家，猴子称大王"了。她想趁此机会杀鸡给猴看，显示一下自己的威风，便想在杨影怜身上开刀。其她侍妾本来对老爷偏爱杨影怜就心怀忌妒，这下子可有出气的机会了。为了防止老夫人出面干涉，何氏采取了先斩后奏的法子：先打后报。她将杨影怜叫到后花园的凉亭里，让她跪在凉亭中央，自己站在一旁，先数落杨影怜的过错，再令所有的侍妾上去鞭打，直到打死为止！

果然，这些平日里似弱不禁风的女人，打起杨影怜来，却都使出了吃奶的力气。鞭子抡得"呼呼"直响，鞭鞭抽在杨影怜的身上。她们觉得既好玩，又解恨。

杨影怜闭着双眼，紧紧咬着下唇，既不告饶，也不落泪，甚至连哼都不哼一声！

老夫人听见了堂上的吆喝声，还有衣帛的撕裂声。三个女人，胜一百只老鹊。大约是儿媳们又在吵闹了，这已经成了家常便饭。她两耳不闻窗外事，一心只念弥勒经。

这时，何氏匆匆跑进佛堂，向老夫人告状说：杨影怜不守妇道，勾引周少爷不成，便怀恨在心，将周少爷打成了重伤，妄图断了周家的血脉，罪过难饶，媳妇们正在后花园对她施行家法。

老夫人听了，点了点头，只说了一句话："打几下就行了，那孩子还小。"说完，摆了摆手，示意何氏可以走了。

何氏走了之后，老夫人继续念经。念着念着，就是收不了心。她忽然想起儿子临终前说过的一句话："我去了之后，这个杨影怜要受罪的。"

这下，儿子的话如今灵验了！一想起儿子，她的心又一下子软了下来。她正想打发身边的丫鬟去后花园看看，不想过继的孙子一头撞了进来。

周振孙扑倒在老夫人的蒲团边，叩头如捣蒜一般。事情到了这地步，他一下灵光聪明起来，说话也是一套一套的："奶奶，都是孙子不好，罪该万死，求奶奶菩萨心肠，救救杨影怜吧。打死了，官司也逃不脱！"

不知周振孙是良心发现，还是别有他图，总之，他来得正是时候，话又说到点子上。于是，老夫人放下了木鱼槌，在两个侍女的扶护下，颤颤巍巍地离开了佛堂。

是老夫人救了杨影怜。

救下杨影怜，既保全了周府家丑不外扬的声名，又成全了老夫人全心向佛救人一命胜造七级浮屠的现身说法，同时，也为周府挽回了一笔不小的损失。

近几年灾荒不断，又撑着相府的架子，坐吃山空，已捉襟见肘了。要是再惹上一场人命官司，周府的财力就更单薄了。

既然是买来的婢女，再卖出去就是了，一举数得。

只是，周府的老夫人无论如何都没有想到，她所卖掉的这个女子将是一个名垂青史的才女子!

<h2 style="text-align:center">七</h2>

烛台上堆满了玉砌雪堆似的烛泪。姐妹们的眼泪早已随着杨影怜的诉说流成了雨打残荷。

窗外的无边冷雨,滴落在这些风尘女子的心中,屋檐的滴水,连成一片。徐佛的心里想得更多。

同是天涯沦落人。徐佛暗暗下了决定,等嫁了周金甫之后,就放出杨影怜。这个女孩儿能够死里逃生,将有无可限量的前程,一定要帮她一把。今后,就让她自由地去飞吧!赎她的银子,只当自己嫁妆少了一些。今后的杨影怜虽说也像自己一样,是一纸命运的线不知牵在谁手上的风筝,但她相信,杨影怜已是等待春风的纸鸢,会乘风而上,直上青云。

夜已深了,见姐妹们早已哭成了泪人,一直沉吟不语的徐佛说:"好了,大家都别哭了,再哭,天上的雨就止不住了。等到立春之后,我们去佘山春游。明日,我叫裁缝来,给每人做一袭春装,去佘山参加乡里的香祭赛。吴江风俗,每年春季,名姬闺秀都到那里斩草拾翠,看谁心灵手巧,人靓衣靓。那一天的书生们可多啦,看你们谁能找到意中人。"

经徐佛这么一说,姑娘们脸上便渐渐云开日出了。

待姑娘们去后,徐佛对杨影怜说:"爱爱,我还是叫你当年的小名。你来我家时,我随便取了这个名字,你去了周府,他们叫你影怜,现在,你再来归家院,从道理上讲,算是新人,影怜这名儿,有些晦气,要新取个艺名冲冲晦气才好。"

"那就叫柳隐吧！"杨影怜脱口而出，使得徐佛大吃一惊。读了不少诗书的徐佛问道："这易杨为柳还好解，杨柳本是一家嘛！不过，一个女儿家，何故取如此老气的名字？"

杨影怜说："姨娘有所不知，现今女孩，叫隐的多着呢！黄皆令号商隐，张宛仙号香隐，还都是名媛。虽然都是蒲柳之质，谁愿意在风月场上抛头露面，招蜂引蝶呢？隐还隐不及哩！再说，我这名字有个讲究，姨娘读过太白诗吧？太白集的《乐府》中，有《杨叛儿》一首，我背给姨娘听：

君歌杨叛儿，妾劝新丰酒。
何许最关人，乌啼白门柳。
乌啼隐杨花，君醉留妾家。
博山炉中沉香火，双烟一气凌紫霞。

八

当年的李白，出了四川之后，便沿长江而下，到了金陵，穿河而过的秦淮河，西岸桃红柳绿，莺歌燕舞。金陵既是六朝古都，也有人称它是六朝粉黛之都。

有一天，他在长干遇到了一位小歌姬，小歌姬正在唱《杨叛儿》，她请李白也为她写一首诗，由她来唱。

《杨叛儿》是首古辞，歌词只有二十个字，他却不拘一格写了四十四个字的《杨叛儿》。

小歌姬边唱边舞，他坐在一旁边饮酒边欣赏，不知不觉就进了梦乡。

背完李白的乐府诗，杨影怜问道："姨娘，你说这名字好不？"等她抬头看时，徐佛早已泪如断线之珠了。

世道如此，一个贱婢，又身出青楼的女子，竟有如此刚烈的性格，今后定然会有出息。

惜才的徐佛喜极而泪下，更加坚定了造就杨影怜的决心。

想到去佘山春游和祭香赛，徐佛想起了住在佘山的陈眉公，陈眉公今年又要做寿了。徐佛已经有了打算，把杨爱——不，应该叫柳隐了——推上名人辈出、文人雅集的吴江以至江南文化舞台的时机已经到来了。

第二章　陈眉公广宴嘉宾，李存我初识丽人

人去也，人去鸬鹚洲。菡萏结为翡翠恨，柳丝飞上钿筝秋。罗幕早惊秋。

——《梦江南·怀人》之二

一

崇祯五年的十一月初七，是松江府名士陈眉公的七十七岁寿辰。

这一天，似乎成了松江府名人雅士、闺阁才女、儒林俊秀例定的集会。

陈眉公只是一介布衣，他能让江南名士、名媛咸集于佘山，主要是他的声望。

二十八岁时，陈眉公就裂其儒冠，投呈郡长，从此归隐山林，啸傲烟霞，结缘山水。他博闻强记，精通经史诸书，工诗善画，不但名冠一方，还有不少千里迢迢慕名而来求文索画的。虽说是隐居家中，却是高朋满座，宾客盈门。加上不少名门闺秀点缀其间，绿鬓红颜、乌云映雪地衬托着这位白发诗人，成了江浙一带的盛事和佳话。

陈眉公隐居的佘山，也就逐渐成了江南文化圈中的一景。

人们喜爱在陈眉公隐居的佘山集会，还有另外的原因：陈眉公隐居在佘山东麓，在他五十岁生日时，已开始掘土筑寿城。在寿城周围，广植松杉，屋旁又栽植古梅百本。后来加上徐姓在毗邻建园，佘山便成了一个冶游的好场所。春天，城里人担花负酒，常在草地上饮酒纵歌，达旦而醉，反而成了一处热闹的去处。

每年的十一月初七，江南名士群集于此，饮酒赋诗，品茗作画，观歌赏舞，踏雪寻梅。二十七年来，眉公的寿城，成了一处固定的文艺沙龙。

江南的后进，若能侧身其间，歌诗书画便得以刊布流传，可以说是终南捷径。

同往年一样，佘山脚下，车水马龙；清溪河边，画舫如云；儒士学子，以文会友；罗衫飘荡，红粉结队，把个世外桃源变成了桃花灼灼的闹市。

不同的是，这一天又多了几张新面孔。

二

柳隐是第一次踏进这样的生活圈与交际场的。

眼前的这一切，柳隐感到很熟，有一种似曾相识的感觉，又说不清楚在那里曾经经历过。前生？梦里？她知道，不是在相府。周府有一种陈腐得近乎上千年的味道，像是永远的冬天，走进屋里，犹如冰窖，站在太阳下，又昏昏欲睡。

今年春天，她曾同徐佛姨娘乘画舫来过佘山香赛，这里的一切，她也见过，只不过桃花换了梅花。那一次冶游时，她还写过几首小诗，是在别的姑娘们放风筝时，她独坐酒肆，看着天上翻飞的纸鸢，她不禁感叹自己的命运，有感而发，在一纸风筝上写下了一首诗，述说自己飘浮的命运。结果，弄得徐姨娘也触景生情，没了游兴，只好早早上了画舫，回了归家院！

今天故地重游，可惜同舟的已不是徐佛姨娘了。

徐佛姨娘已经嫁人了。

当张溥先生来接柳隐去佘山赴眉公寿宴时，柳隐还不知道有这样一个宴会。张先生她是认识的，曾经慕徐佛之名来访过。当张先生一大早走进归家院的十间楼时，柳隐很客气地对他说："姨娘已经走了。"

张先生说："就是姨娘走了，我才来接你去佘山的。"说着，掏出了请柬和徐佛的信。

原来，徐佛在去周家之前，已在信中拜托了张先生，所以张先生才特地来接柳隐的。

徐佛早已做了安排，让柳隐替她去佘山，一来表示自己艳旗不倒，二来想让柳隐初露锋芒。

因为张溥是徐佛姨娘的客人，又是复社名流、文坛霸主，一向活泼爱动的柳隐，此刻倒拘谨起来。直到小舟驶离了柊暮桥，柳隐默默无语地望着湖面。

湖面上只有船桨拍打着水面发出的单调响声。

张先生打破了沉默："听你口音，好像也是徐佛家乡的人。"见柳隐不语，他又追问了一句："你也是嘉兴人吗？"

这话问到了柳隐痛处。因为她不知道自己生在何处，长在何乡？

柳隐低声说道："不，不是，只是同姨娘一起久了，口音有些像她。"

三

眉公寿宴上，美女们一个个如穿花蝴蝶，名士如过江之鲫。一些名冠江南的名媛、名伎已于柳隐之前到了寿城，如以草衣道人闻名海内的王修微，以诗画双绝蜚声艺坛的杨宛叔，风韵依旧的杨云友，以及"西湖四美""秦淮八艳"等几乎都到齐了，仿佛成了王母娘娘的蟠桃会，仙女们都奉谕旨前来似的。

柳隐这才知道徐佛姨娘的良苦用心。

张溥同认识的名媛们打过招呼之后，将柳隐托付给杨宛叔关照，自己一头扎到男人群聚的"含誉堂"去品茗把盏去了。

杨宛叔走过来，亲热地挽起柳隐的手，没想到，柳隐通身温热，香气袭人。再看看她身上，仅着一件大红色河西罗织的宽袖夹衣，套一件滚边镶条奶色丝织坎肩，下身穿一袭绿色金彩缎裁制的裙子，紧束俏丽，绿肥红瘦。素称诗画双绝的杨宛叔也暗暗大吃一惊：这个美人胚子不但堪可入画，简直就是一幅活脱脱的"红杏出墙图"了。这隆冬，屋里虽然生起炭炉，很多人都穿着紫貂银鼠的盛装，还是敌不住佘山和沸香泉吹来的寒风，而眼前的这个女孩子，不但不觉得冷，反而像绿萼红梅，脸上还红扑扑的。

杨宛叔暗暗叹服徐佛收养了一个即将脱颖而出的珠玉美人！

她笑着对柳隐说："我同你徐佛姨娘是手帕姐妹，她喜欢画兰，也一定教过你，何不过去露一手叫我们开开眼界。"

杨宛叔这一着，让柳隐进退两难起来。她是知道杨宛叔的画名的，很想借此偷学一些；同时，自己也跃跃欲试，想一试锋芒，又怕在这藏龙卧虎之地，自己显丑露羞。她于是谦恭地说："早闻杨姨娘大名，看在同姓的面上，还望赐教。"说着，她们走到了摆好文房四宝的条案旁。

画案旁早已围满了人，大家在看一位书生挥毫作画。这位书生瘦削高挑，鹤立鸡群一般，戴着周正的布头巾，正在凝神运笔。走近看时，见他眸一双似醉非醉的眼，饱蘸酣畅淋漓的墨汁，挥笔而就，刀砍斧削一般，条幅只写到一半，已有人喝彩。

拗不过杨宛叔的推推搡搡，柳隐在这位学士写过之后，没有作画，而是写下了刚才想好的两句祝寿诗。

旁边一位穿素装的女子吟哦道："李卫学书称弟子，东方大隐号先生。"

再看落款："柳隐。"不禁脱口而出，"这李卫学书称弟子，好解；东方大隐不知出自何典？"

说罢，掉头去问陈眉公去了。

柳隐放下笔，回过头，发现刚才作书的书生正睁着一双似醉非醉的眼睛盯着自己。一副高高在上、不可一世的派头。

杨宛叔喊一声："林天素！"转身就去追那素衣女子，又回过头来说，"待问，看好美人，不见了唯你是问。她是徐佛家的杨爱。"

杨宛叔话刚说完，那书生竟开怀大笑起来，说道："原来你就是'柳隐深处十间楼，玉管金樽春复秋'。只有可人杨爱爱，家家团扇写风流的杨爱！这柳隐改得好，你的书法，铁笔银钩，真是真人不露相，你隐了，可存我。正好正好。"

柳隐脸上早已是飞霞流转了。她轻声说道："见笑了。"仰起头来，仔细地打量着身边这位被称为"云间派"的奇人李存我——年轻的书法家。

柳隐早已听说过李存我的大名。松江到处传说着李存我气死董其昌的故事。董其昌是当代大书法家，又官至礼部尚书，声名显赫，世有南董、北米之称。李存我是书坛后起之秀，他的书法，博采众长，大有晋唐风骨。他曾夸言，一定要超过董其昌。这话传到董其昌耳朵里，董其昌便让人到处收购李存我的书法。看过李存我的书法之后，董其昌说："书法是不错，只是这人的笔力有太重的杀气，恐不得善终。"

李存我听到这话，决意在云间松江与董其昌一较高下：凡是有董其昌书写寺院匾额的地方，李存我就另书一幅同样大小的匾额挂在旁边。这些作品都被董其昌派人悄悄用重金买走了，可见董其昌也虑李存我掩己之名。李存我不屈不挠，你收走了匾额，他就自己石刻。一部《九歌》，硬是被他用小楷刻出来了，然后再配上插图，广为拓印，使得无钱购买大书法家作品的乡人市民大为受惠。

所以，松江留下了这一书坛趣事。

李存我不但以书法为云间名士所推重，还因为他为人忠厚持重，对人对事，总是用一双似醉非醉的眼睛静观默察。朋友雅聚，他大半沉默寡言，不鸣则已，一鸣又往往语出惊人，更兼这位崇祯三年的进士，淡泊功名，无意仕进，所以被同辈人视为高人。

此刻，这位"高人"正在打量身边这位有一双丹凤眼女才子，只是他也不解"东方大隐"的含义。

四

柳隐身材矮小，在众佳丽之中，算不得是国色天香。偏她一双丹凤眼、柳叶眉，配在一张梨花带雨的鸭蛋脸上，无比生动，连小巧的蒜瓣鼻子也跟着生动起来。

两人正在顾盼流连之际，走来了鹤发童颜的诗星、寿星陈眉公。他一边走一边说："我来看看这位弟子、高足。"

让陈眉公移座走向一个素未谋面的风尘女子的原因，不是因为一张清新雪丽的新面孔，陈眉公惊服的是这个可人儿的聪慧。

他对林天素等人说，"东方大隐号先生"源出于自己诗集《崖栖记事》中的一首《清平乐》："闲来也教儿孙，读书不为功名。种竹浇花酿酒，世家闭户先生。"这两句平淡诗句，居然可以流传到青楼，对老寿星来说，是今天最大的快事，就像柳永小词在青楼中争相传唱一样。

陈眉公很叹服这可人儿对仗工整、看似平淡、实则出奇的祝寿联。他笑呵呵地抚着一把美髯说："又是弟子，又是先生，可惜廉颇老矣。否则，今天非要你争弟子礼不可。"

他拿过李存我的书法和柳隐墨迹未干的诗，端详半天，说："我今天倒是给这位女弟子找到了另一位好老师。存我的书法笔走龙蛇，过硬；柳隐的书法虽然铁画银钩，还是有些闺阁气。取长补短，教学相长，倒是挺般配的一对书法二秀。存我，我荐的弟子绝对是可造之才，你还不快收下？要不然，我就不割爱了啊！"

在大家的欢呼声中，陈眉公的寿宴上又多了一个拜师酒的小插曲。只此一着，一下子就把柳隐从默默无闻的归家院推上了松江府文化舞台女主角的地位。前来献艺的名媛们，虽有一些落寞，却有江南佳丽队伍壮大的喜悦。单凭这一点，她们就自然而然地更为亲近了。

柳隐从佘山陈眉公的寿城向她的人生之旅迈出了新的一步。

五

女人们在猜拳行令，笑声不断。

坐在"含誉室"的男宾们却一个个心事重重。今天寿宴的主角们还没有来。

张溥这一复社领袖，三朝元老，屈尊就驾来一布衣名士隐居之处赴宴，是另有所图。

他今天来是为了联络云间几位声名蒸蒸日上的少年才俊的。除了李存我来了之外，陈子龙、宋辕文、彭燕又、李舒章……一个个还未露面。

"他们会来的。"陈眉公肯定地说。这样的集会，几社名流都会来参加，何况局势已一天一天不妙，一向以天下为己任的几位热血后生岂肯放过这个谈诗论剑、议论朝政的大好机会。

他们一边等待几社名流到来，一边由朝政、党争，谈到边关烽火、灾祸饥荒、民变流寇。他们的话题自然是从党争说起的。

在文人政治之中，复社名流受党争打击最大。切肤之痛，几入骨髓。先是魏忠贤勾结阉党，迫害东林党人，累及复社，东林党魁钱谦益、张溥又是复社的创始人和领袖。随着他们的放逐和下野，复社已是覆巢之下，几无完卵。现在，魏忠贤虽已被诛，党争仍未结束，反倒环环相扣，愈演愈烈。内阁大臣周廷儒、温体仁把持朝政，结党营私，木蠹而先腐。朝廷内外，已是内忧外患，朝野下上，如一锅烂粥！

张溥对于世局，虽然也是秀才说兵，老生常谈，但却激昂慷慨，切中时弊："建州以十三副兵甲自长白山下一个小部落发难，首先是国运日下，让建虏有可乘之隙，以至成燎原之势，形成一支横扫辽东的铁骑之旅，直抵关内。兵部右侍郎杨镐为经略的万历四十七年四路东征，险遭全军覆没，已给朝廷敲了警钟。纵然朝廷先后下了几着出车、出马的狠着，启用了'气吞万里如虎'的虎将熊廷弼，有'运筹帷幄、雄才大略'之称的名臣孙承宗，无奈朝里文臣争权夺利，绊马腿的绊马腿，挡车路的挡车路，怎么可能挽回败局？辽沈相继失守。连广宁也放弃了。

"崇祯三年，皇太极发十万大军从喜峰口突破长城，已经打到了关内，直到京郊，畿辅危急，幸得各路勤王兵马赶到才转危为安。大明国运至此，皇上不励精图治、卧薪尝胆，反而听信谗言，屈杀了赤胆忠心的虎将袁崇焕。袁大人可谓辅国的栋梁，擎天的砥柱，含冤而死，足令天下忠良骨折心惊。"

一向沉默寡言的李存我，此刻也激动起来。他怒睁一双醉眼，射出凛凛杀气："前年长山之败，袁大人的旧部祖大寿投降，是乃伤心彻骨之举。孙太师背了一个丧师、辱国的罪名，弃官归野。关外丢光了，只剩下关东走廊。建州虎视眈眈，妄图夺我中原，朝廷以为只要守住山海关，就万无一失，甚至还准备暗中议和，岂不知得寸进尺之说！"

布衣名士陈眉公不太关心朝政，有时也发表一些见解："国运如此啊！"他说话温文尔雅，不紧不慢，"连年大旱，赤地千里，饿殍遍地，朝廷不救民于水火，解民之倒悬，开仓放赈，招抚流散，以至酿成民变。盗生于民，民患于贫，李自成、张献忠的民变，已遍及秦晋，蔓延楚豫，成了星火燎原之势。朝廷让陈奇瑜、孙传庭、卢象升这样的封疆大臣去剿流寇，实在是贼喊捉贼。"

……

"含誉室"的宾客们正在神采飞扬、群情激奋之际，伴着他们的嘈杂争议声，室外传来了一阵脚步声。

陈眉公拊掌大笑道："云间才子、几社名流们快来了！"

六

存我说道："陈子龙呢？他又去了哪里？"

就在此时，门外有人大声说道："我来迟了！"

"迟了就该罚酒！"

陈子龙笑着走了进来。说道："刚从严子陵钓鱼台回来,感慨颇多,容我略述。"

严子陵的童年和少年是在河南新县度过的,后随祖父迁至浙江余姚姆湖(今姆湖严家村)。十五岁游学时结识汉高祖刘邦的九世孙刘秀,二人同赴长安在太学求学,遂成莫逆之交。

王莽篡权后,刘秀举义起兵,严子陵参与了起兵事宜,在征战时先后五次赴刘秀营中出谋划策,运筹帷幄,还向刘秀推荐了邓禹、马援两位大将。刘秀即位后为汉光武帝,是东汉的首位皇帝,因严子陵不愿授官,便隐姓埋名,居于山水之间。

东汉建立之初,刘秀求贤若渴,想重用严子陵,于是亲自口述了严子陵的容貌,命画师作像,派员四处寻访。有齐人奏报说,有一身披羊装的男子垂钓于江河,举止不似常人。刘秀知道他就是严子陵,即遣使邀请。

前两次邀请均被严子陵婉拒,第三次礼请时,使者带去了刘秀的亲笔,严子陵只好从山东到了长安,下榻在皇家的北军宾舍,刘秀亲自赴宾见。严子陵躺在床上,翻身向里,假装睡熟,不予理睬。次日刘秀又接进宫中,二人彻夜叙谈,夜深时同榻而卧。谁知严子陵睡熟以后竟将臭脚压在刘秀的腹部!刘秀为不打扰他的睡眠,就让那只臭脚一直压在自己的肚皮上!

此事,便成了中国史书上"客星犯帝座星"的佳话。

光武帝刘秀具有"中兴之主"的胸襟、风度和风范,他尊重严子陵志向,允许他回到富春江畔,清静无为地过着他的隐居生活。两年后再次颁召,并考察他的耕钓生活。东汉建武十年,刘秀再次下诏严子征召陵入京。当诏书送达时,严子陵已经病逝,终年八十岁。

刘秀得知后十分悲痛，并下诏郡县为他赐钱百万，谷千斛，以安排他的后事。

他讲述完了，意犹未尽，又高声朗读起范仲淹的名句：

　　云山苍苍，江水泱泱，先生之风，山高水长！

众人听了，纷纷鼓起掌来。

第三章 云间名流商大计，风尘女子捐金钗

人去也，人去画楼中。不是尾涎人散漫，何须红粉玉玲珑。端有夜来风。

——《梦江南·怀人》之三

一

鱼贯而入的江南名流、云间才子、几社彦俊，使林中居士陈眉公的寿城，一下子如宿鸟投林，充满了欢乐与喧闹。

最为雀跃的是聚集在一起的名媛佳丽们，她们翘首以待的便是此刻。

从江南的古都金陵、名城杭州、禾城嘉兴驾舟而来的名媛们萍聚此间，无不是想借此机会演绎一段才子佳人的佳话。

就连涉足不深的柳隐也有同样的心境。

名媛的队伍又一次壮大起来！来宾中带来了不少艳帜高悬的名媛：林天素风韵常在，顾眉光彩照人；张宛仙艳若桃李；方芷、李十娘不亚名门闺秀；葛嫩英姿飒爽，她的佩剑是一件不可多得的饰品……

佳人名士都各自去找各自的朋友去了。

柳隐一时被冷落，便去书童身边，看来宾的名刺，想找一找相识的人。

二

来宾的名刺已堆了满满一锦盒。她翻来一看，都是些耳有所闻的名士。他们当中有夏允彝、吴昌时、杨龙友、杨文聪、陈子龙、宋尚文、李雯、彭燕又，还有徐孚远等。

柳隐正在翻名刺，走来一个少年，这少年眉清目秀、气度不凡。他腼腆地奉上了自己的名刺。柳隐接过一看，上具宋辕文、微舆。她不由得笑了。她笑的是少年错把自己当成了接待来宾的小丫头了！

这一笑，让少年的脸红到了耳根。

与所有来宾不同的是，宋辕文是唯一一位没有参加过乡试的学子。今天，他是其兄宋微璧带来的，想借此认识一些名家。自然而然，柳隐便把宋辕文看作同党了。

三

张溥正在问陈子龙何故来迟。

等待已久的李存我说："也不知风流才子又到何处风流去了？"一向不苟言笑的李存我，一旦玩笑起来，却顾不了许多了，"听说令慈和大夫人合谋，为了你安心读书，给你娶了一个姓蔡的妾。我想不是蔡文姬，肯定是又麻又丑的蔡经家麻姑仙女。家有丑妻，无价之宝。你老兄倒好，新房还未住热，就撇下新娘去浪迹江湖，从鸳湖到西湖、舜湖，到处风流，还写诗分赠诸妓，成了风流剑客。这还不说，你带着大夫人的弟弟张子服，到处奔波，我看你大夫人让小舅子监视你不光白搭，你已把他拖下了水！真是赔了夫人又折兵。我看陈卧子应该叫陈浪子。"

李存我的话，引起了哄堂大笑，也引起了柳隐的注意。她没想到，温文持重的老师李存我一开起玩笑来，就叫人捧腹。听到李存我的话，她才知道，李存我说的那人，就是自己十分敬慕的陈子龙。

当时的读书人经常诗酒唱和，以文会友，崇尚风雅。天启元年，太仓人张溥、张采、苏州人杨维平等人创办了"应社"。他们最初是聚在一起学习经义、研讨文章，以便通过考试猎取功名。后来，又更名为"复社"。陈子龙、夏允彝、吴应箕、刘城、方以智等名士都参加了复社。他们不但关心读书和学问，更关心朝政大事和民间疾苦。

柳隐移步入室，她终于以目光搜寻到了陈子龙。几年不见，陈子龙显得更成熟了一些，只见他头结金万字儒巾，身穿湖绸袄，脸上硬虬的鬓角，真像是风尘仆仆归来的浪子。

柳隐不明白，这样的一位风流浪子，居然会让诸多的名媛们牵挂，是何原因呢？

陈子龙就是这样一个人。落拓中显出沉稳，豪放中露出练达，风流中掩不住才气横溢，具有登高一呼的号召力。所以，他被公推为几社领袖。

在几社之中，不乏才名高出陈子龙之上的，名气大的有李存我，已及第的有夏允彝。陈子龙乡试之后，已经两次赴京考试落第。

他是一个不按常理出牌的人。

四

陈子龙放浪江湖，声色犬马，是因两次落第而有些怨尤，对八股文和以科举方式选拔人才，他颇有微词，甚至深恶痛绝地大声疾呼过："我朝以八股坏天下，我几社诸君当以才情坏八股！"

陈子龙七岁通经史，十岁时，就可以写出像样的文章。他的父亲曾任刑部侍郎和工部侍郎。陈子龙的文学才能使不甚得志的父亲深感慰藉。十几岁，他已能博通经史百家，独步江东诗坛。创立几社，正是他"以才情坏八股"宣言的表现，就连复社魁首张溥也为结识这样的后进而自豪。

今天，他不但旋风般召来了几社诸友，还引来了不少江南才子。

拜过眉公之后，陈子龙又开始了他的公关企划。

陈子龙今天来的主要目的不是拜寿，他立志要编纂刊印一部五百卷的兵农礼乐刑政大全。这是一项非常宏伟的计划。这部称之为《皇明经世文编》的巨册，上自洪武帝，下至当朝，希望借此为朝政提供直接的参考文献。

这样浩大的工程，从文献的选编到刻印、付梓、刊布等工作，单凭陈子龙一人的财力、物力是不够的。今天，他想借此机会邀集编纂同人，募筹镌刻出版资金。

只这一倡议首先得到张溥的赞赏："古人读书，往往分经史古今，读经者只辑儒家，读古者只考典故，读史的只辩古代，读今的专攻本朝。贤者识文，应先宜经济。陈子龙以国家为大，加上优悠林麓，又有时间，或可为大明拨乱反正，做了件大好事。"张溥不仅赞同，还带头认捐。

陈眉公说："我一介布衣，要钱没有，书读了几句。卧子之事，我肯定支持。我的孙子觉赏就交你们做编务工作吧！"

徐孚远拍案而起："好，日后新人当朝，自大有益处！卧子，我的南园供你们做编纂场所，食宿全包在我身上。"

陈子龙见有这么多同人的响应与支持，大为感动，精神也为之振奋，满面红光，似乎一洗旅途的劳累。他一再揖手称谢之后说："明朝兴旺已有二百六十多年历史，海内平治，贤才辈出，本来轮不上我们做这样的工作。可惜，现在朝纲混乱，朋党为奸。我们编此巨册，也可以说力不从心，只是抛砖引玉，上备一代典则，下以资后学师法。不然后代要说今朝无良史，国无世家，士无实学。因此，希望大家有钱的捧个钱场，没钱的捧个人场。多谢了江南父老兄弟！"

接下来，是大家纷纷解囊和认捐。

五

柳隐听了陈子龙一席话之后，本来就耐寒的身子，此时已热乎乎的了。她在周相府时，也读了一些经史文典，陈子龙的工作为国于民，都是大有裨益之事。只是今天来，根本没带银两，但她还是毅然拔下了头上的金钗。这金钗是徐佛出嫁之前从箱底掏出来送她，作为赠别礼物的。

柳隐刚要上前捐上金钗，被一只手拦住了。拦她的是最后递上名刺的宋辕文："小姐大可不必了。"

柳隐刚要反驳，少年说："这样的场合，你捐自己的体己物，未免小气。不如我替你认捐，小姐只管说个数字。"

宋家是当地世家，家境殷厚，被称为膏粱世族，柳隐略有耳闻；

只是初次见面，让人替自己认捐，心中不安。正在柳隐迟疑之际，宋辕文似乎看透了她的心思，马上说："不如这样，小姐金钗值多少钱，转贷给我，你我两便。"

这样一说，柳隐便把金钗递了过去。宋辕文又说："这样不妥，我尚未婚配，此钗带回家，让家母知道，反而招致非议，金钗配美人，天经地义。不如这样，金钗暂存你处，日后有缘，再还不迟。还未请教台甫呢？"

最后这一句，本来是男子之间问姓名的客套，初次见面，宋辕文便这样称呼，一下子便把两人之间的距离拉近了；加上宋辕文一番言语，早叫柳隐感到有情有理，贴己知心。于是她嫣然一笑，以男人的礼仪拱手道："在下柳隐，多谢公子，他日有缘，定当以涌泉相报。"

"柳隐！"宋辕文惊叹这小女孩的应变和大方，喜上眉梢地跑过去提笔认捐！

宋辕文过来时，柳隐还愣在原地。

宋辕文说："编纂此著的正是陈大樽卧子兄与家兄微璧。不知小姐暂隐何处？改日好登府拜访。"

这话问到了柳隐的痛处，她低下头："浪迹萍踪，有辱公子耳目。"说完，低下头便走了。

宋辕文正在莫名其妙，陈子龙走过来，笑嘻嘻地说道："怎么？碰到了凤仙花？小弟有所不知，这女孩儿有小凤仙的处号；弄不好，就像凤仙花荚子一样，一下子爆了。要不要兄长替你打个圆场？"

众人听了，都笑了起来。

第四章　卧子拒见河东君，柳隐劝导两公子

人去也，人去小池台。道是情多还不是，若为恨少却教猜。一望
损莓苔。

——《梦江南·怀人》之四

一

世上没有不散的筵席。

陈眉公的寿宴终于散了，不少嘉宾早就走了。陈子龙因为《皇明
经世文编》的筹备工作没有结束，加上几社的同人这一次到得很齐；
又因前两天，张溥提出合并复社、几社及江南诸社，团结在野力量，
共振大明文学事业，影响朝政。陈子龙想到这个主意不错，借此召开
几社理事大会讨论。这几日，他借住在徐孚远的南园。

柳隐这几天也没有走，她没走的心情很复杂。

她不知道是为了李存我勾人摄魄的醉眼，还是他飞扬跋扈的书法；
或是宋辕文体贴入微、知己知彼的举止；抑或陈子龙风流自信的谈吐
和几社名流的倜傥。刚好，顾眉让她留下来陪伴自己。顾眉已属意鸳
湖主人吴昌时，她在等待入主鸳湖。柳隐便爽快地答应了。

对于归宿，柳隐还没有深思。宋辕文虽然不错，但没有功名。她倒不在乎功名，功名与名分，她倒更在乎名分。功名对于宋辕文，一定比她看得更重。一个越是温顺周到的男人，理智起来越可怕，这个道理她知道。宋辕文身上少了陈子龙的旷达与刚毅，这极可能成为他不敢接纳一个风尘女子的心理障碍。

无论如何，松江是府城，是卧虎藏龙之地；比起盛泽来，有天壤之别。来往盛泽的多是充满铜臭的商贾，除了会千金买笑之外，就是买卖蚕茧与丝绸，哪里知道"春蚕到死丝方尽，蜡炬成灰泪始干"的风尘女子的心情与痛楚。

柳隐想到自己就是这样的一只洁白丰满、因成熟而血脉偾张的春蚕。吃尽了青枝绿叶，到了吐丝作茧、化娥奋飞的时候，是火也扑过去。

有时，她又想到自己很稚嫩，羽翼还未丰满，还要充实自己。除了有李存我教习书法之外，她还要学习，要学就要拜高师。在松江，要走进名士们的文化圈，最好的导师当然是江东奇才陈子龙了。如何才能接近陈子龙？虽然到处传言陈子龙的风流韵事，但她相信，陈子龙是君子，也是才子！但又有哪个才子不风流呢？

想到君子，她有了主意。

二

陈子龙借住在徐孚远的南园读书。

南园几易主人，已经成了南门外一块荒郊野地。梅楠草庐读书楼尚存，但已破旧不堪。园子里仅剩下一些修竹长林、荒池废榭和生生不已的杂草。白天能看到池塘中捕鱼的獭，且缓缓徐行，根本不怕人。

晚上，古树上的啄木鸟成群结队，月夜飞出，呼啸有声。还有一种像野鸡长尾而背上火红的鸟，叫起来有嗡嗡之声，像在瓮中发出的闷响。说来也怪，这种鸟一叫，天就要下雨。陈子龙几次刚想挽弓而射，鸟便飞走了。

南园之中，除了文朋诗友偶尔来聚会之外，几乎没有外人来过。陈子龙乐得清静，在浩如烟海的名贤著作之中，搜集安邦之策和济世之略的资料，做编《皇明经世文编》的前期准备。身边常陪伴他的是一本大思想家徐光启的《农政全书》抄本。

这一天，园子守门的老仆递来一张拜帖和名刺，说是门外有一乘轿来的少年求见。一看名刺，上书：河东君。

陈子龙问老仆，来客是何等人物？

老仆说，修眉大眼，俊逸活泼。

陈子龙正在潜心读书，不想被人打扰，心想，大概是不求好学的阔少慕名而来，以拜师为名，添点身价。这样的少年，既无法交流，又往往是东拉西扯没完没了，徒耗时光。他对老仆人说："就说陈卧子已解衣而卧，不便见客。"

不多久，老仆又进来了，陈子龙正诧异，老仆递上一张有些折皱的毛边纸，上书："风尘中不辨物色，何足为天下名士？"

陈子龙先是欣赏纸，这是江左有名的出版家毛晋特订制用于镌刻出版古籍的"毛边纸"，正是可以付印自己《皇明经世文编》的上好纸。再看书法，大为诧异。文字娟秀，笔力苍劲老道，似不是笔墨所书！

是女子用来描眉的笔！

陈子龙大惊失色，跌跌撞撞地奔到院门，问守门的老仆，老仆说："这后生好大的脾气，气鼓鼓地走了！"

柳隐！

陈子龙恍然大悟。

出乎他意料之外的是，这女子的举止，超出一般女子的作风，何故易男装？她的书法远在徐佛之上，难道是存我教导有方？不像，完全是她自己的风格。

陈子龙怅然若失。

三

吃了陈子龙的闭门羹之后，柳隐已下定决心，在松江住下来，一定要出人头地，一定要杀出一片天下来！因此，她决定用一个新名字"柳如是"。

她曾经叫过杨爱、杨影怜、我闻居士、蘼芜君，也称河间室主人，字如是。

她之所以取名柳如是，这与她敬仰豪放派诗人辛弃疾有关。

当年，从大草原上来的金兵南侵时，他们的铁蹄所到之处，杀人放火，血流成河！中原一带，成了人间地狱！

为了反抗残暴的入侵者，许多地方揭竿而起的义军与金兵展开了殊死的战斗！

其中山东耿京的义军一呼百应，军力不断增强，山东和附近的义军也纷纷加入进来，实力越来越大。

济南的辛弃疾，虽然只有二十多岁，却练就不凡的武功，也在泰山一带拉起了一支义军，对金兵进行袭击。为了收复中原，他率领自己的义军合并到耿京的义军中，受到了耿京的重视，并让他在训练义军的同时还将义军的帅印交给他保存！

大凡义军的任命，调度，指挥等重要文书，都需加盖帅印才能生效。

有一僧人也参加了义军，成了辛弃疾的好朋友。

一天晚上僧人去拜访辛弃疾时，却偷走了他保管的帅印，便逃出营地，去投靠金兵！

辛弃疾发现后，他一人单骑前去追赶，终将追上了这个叛徒，他夺回了帅印，还砍下了僧人的首级，回到了了义军的营地。

还有一次，他奉耿京之命，单人前往金陵拜见了南京的宋高宗，请求将耿京的抗金义军隶属宋军，宋高宗不但恩准了他的要求，还对耿京的将领们都封了官职。

就在他完成使命回程的途中，忽得消息，耿京的副将张国安杀害了耿京，投降了金兵！

他连夜率领数十人的精兵，奔赴千里到了金营，以迅雷不及掩耳之势闯进在庆功的宴会大厅，一只手将叛徒提了起来，扔到马背上，就冲出了金营！还带回了一万多名义军，回到了金陵，叛徒张国安游街示众后，斩于刑场。

爱英雄也爱英雄的文才。她读过辛弃疾的一首《贺新郎》，尤爱"我爱青山多妩媚，料青山见我应如是"，自此之后，她便以"如是"为名了。

现在，她决定永远用这个名字了，她要用才智、用毅力，甚至自身的魅力，向那些满口君臣父子、忠孝节悌、道德伦常的伪君子们抗争！

她在佘山租了几间僻静的小楼，又自己买了一个叫梅香的小姑娘。买梅香是从李存我的鸳鸯楼学习完书法之后，在回家的路上发生的事。

那天天色已晚，一位老妇人牵着小梅香，梅香头上还插着卖身的草标。饥荒困顿着曾经富庶的鱼米之乡的江南，加上朝廷为应付建州入侵和征剿民变而一加再加的赋税，江南已穷得到了居然连女孩儿都卖不出去的地步！老妇人守了一天没有卖出梅香，只好拖着疲累的双腿归家。

柳如是停了下来，对梅香的母亲说："大妈，小姑娘要卖就卖给我吧！不过，我一时手边无钱，日后一定会加倍给你。"

这样的买卖自然让人怀疑。

她又说："我也曾被卖过，卖过两次，还差点丢了性命。女人，命贱啊！大妈，不瞒你说，我是被卖到妓院里，现在，孤身，但我决不让你女儿卖身。我把她当小妹，我没有父母姐妹，你如果信不过我，过几日再送来也行，等我筹到钱。"

梅香的母亲被柳如是的诚挚所打动，她流着泪说："姑娘，想卖她，也是为了她一条生路。我相信姑娘，交给你，强过被人贩子再卖一次，只求姑娘积善积德，当丫头使唤吧！"

柳如是还是拔下了头上的金钗，嘱咐梅香的娘常来走动，过几日来看梅香时再赎回金钗，暂时别卖掉它。

梅香娘千恩万谢地走了。

这一切，柳如是没有告诉任何人，包括李存我。

四

随着被李存我收为女弟子和陈眉公的赞赏，柳如是的名字渐渐在松江传开了。

松江的纨绔子弟蜂拥而至。为生活所迫，她又得卖笑，但她给自己定下了规矩：卖艺不卖身！观舞听歌、围炉对弈、墨戏娱乐、搏拊笙簧、分韵酬唱，都可以，斗旗枪、陪酒宴也行，但要价很高！

柳如是还订了一个规矩：几社的人不接，没钱的人不接，俗人不接。这样一来，反而名气更大了。整个松江府都在传说，松江来了一位"只堪相笑不相亲"的冷美人。

应酬陪笑的闲暇之余，柳如是便到李存我处学习书法或到度曲名家施子野处练习词曲。

夜阑人静，柳如是也抽空教梅香认些字。梅香的母亲来过之后，又得到柳如是的一些接济。梅香的母亲感激涕零之余说："姑娘真是观世音菩萨转世，人好心好，愿菩萨保佑你找个好人家。"

柳如是栖身的小楼前常有一些通报姓名、慕名求见的客人。松江有位姓徐的公子已来过多次："不就是要钱吗？！"放下三十两银子之后又说，"转告柳如是，我明日再来。"

柳如是回来之后，朱氏过来说："有位姓徐的公子来过，姑娘还是见一见的好，他家在松江是有头有脸的，姑娘得罪了他，可以一走了之，我们可是世代住在松江啊！"

柳如是气愤难平，她见了多少有钱有势的纨绔子弟，哪一个不好色轻财，不是见了青楼女子都骨软筋酥？

见她怒火中烧的样子，朱氏变了脸："钱我已收下，你赁我的房子，就算给我一点老面子，见也得见，不见也得见。"

柳如是冷笑了一声，冲进房里，取出偶尔做女红用的小剪刀，三下两下的拆散了云髻，一头青丝如瀑布一般披下来。她举起剪刀，"咔嚓"一声，铰下一绺头发："用这个去交徐三公子，够了吧？别人说我千金一笑，他三十金得一发！不够叫他来找我！"说完，气咻咻地回了房。

朱氏接过头发，木然地站在那里，心想："风尘之中，也有这样节烈的女子。"

五

柳如是对待几社的人士唯一例外的，是宋辕文。宋辕文会偶尔过来坐一会儿，有时就那么默默无语地坐着。认捐的钱，她还给他时，宋辕文执意不收："别人都说你是千金一笑，强如我给你的脂粉钱。每次来你这里，姑娘亲自端茶送水，起身让座，早叫我受宠若惊。"

这话不说还好，话一出口，柳如是一双凤眼差点竖了起来，立即起身逐客。

第一次看到柳如是发怒，宋辕文也慌了手脚，泪水已先滴了下来。柳如是用一条手帕将他放在桌子上的银子包起来，递给他。他踉踉跄跄地上了街。

宋辕文用这些银子去了酒肆，第一次一个人吃了一大碗黄酒，乘着酒兴，又第一次上了歌楼舞榭。当他睡在妓女的牙床上时，早已烂醉如泥了。

从此，宋辕文三番五次地泡在青楼上。

想起宋辕文泪流满面的情景，柳如是的心也有些软了，怪只怪自己出身卑贱。他也许是真心话，也许是一时失口，至少，宋辕文没有轻薄的举动。

听说宋辕文常去画舫酒肆，柳如是越发后悔，他还有些孩子气啊，那些地方是他去的吗？

这一天，宋辕文又来了。他站在门口，有些犹豫不决。他有些消瘦憔悴。问他，他支支吾吾的，只说病了几日，今日是来还姑娘手帕的。说罢，递过一条叠得方方正正的滚边刺绣手巾。

柳如是将他让进屋里，又让梅香端过龙井茶来，笑着对他说："听说公子近来到处交桃花运啊！"

宋辕文苍白的脸蓦地一红："姑娘哪里知道我的心思呢？只是觉得你高不可攀，我自暴自弃罢了。"说着，已垂下了头。

柳如是很认真地劝慰了他一番，不外乎是功名前程、读书向学之类。话渐说开了，谈兴正好，柳如是问他，在风月场所中可认识一个叫徐三的阔少？并说了前几天的事。

说到徐三公子，宋辕文是知道的："这徐三公子正是我的同乡，华亭人，在当地是数一数二的望族，他的曾祖父曾在朝中做过三品文官。到了三公子这一代，是老鹰巢里出麻雀，一代不如一代；仗着父亲习武出身，从小练了几下三脚猫功夫，在乡里耀武扬威，不可一世。大乱子没有，小乱子不断。一个愣头青，也闹不出什么大麻烦来。他取媚于姑娘，大概是想在同党之中逞一时之雄罢了。不过，姑娘还是注意一点好，这种人，要顺他的毛捋，闹得太僵，反而会因小失大。"

柳如是说，知道了。

她很想问一问陈子龙的书编得怎么样了，但话到嘴边，又咽回去了。

六

这一天，柳如是有些慵懒，卧在绣榻之上，就是不想起来。日上三竿时，房东朱氏跑过来说："姑娘，徐三公子又来了，今天你好歹见一下吧！"

反正闲着无事，她也就答应了。柳如是对朱氏说："让他等一下，我梳洗之后见客。"

一梳洗，一下子去了半个时辰。梅香领着徐三公子进来时，这徐三公子早已不耐烦了，心想，皇帝的公主也未必有这么大的架子！"

一进房门，柳如是正画蛾眉。那脸色和眼神之中，似带着凛然不可侵犯的正气，徐三公子也被柳如是的美貌和冷艳所惊慑。虽然在陋室之中，房舍被梅香收拾得一尘不染，这样的房舍，全不像他所习知的青楼画舫，反倒像豪门大户的闺阁。

进得门来，徐三公子已怯了三分，讷讷地说："传说姑娘只堪相笑不相亲，千金难买姑娘一笑，今日一见，果然绝色佳人，有沉鱼落雁之貌，闭月羞花之容，莫说一笑，千金买一面之缘也值得。"

柳如是心里暗暗地骂道："蠢材，只会几句戏文里的陈词滥调！"想着，想着，便不真不假地冷笑了一声。

没想到，徐公子如看戏喝彩一般叫道："一笑倾城！"

柳如是暗骂："俗人！"她觉得这人既憨且愚，不禁失声笑出来。她笑的是徐三公子身着红缎绣衣，脚蹬粉底皂靴，一个赳赳武夫，脸上黑红发亮，不像是赴青楼女子之约，倒像一个刚卸妆的黑头。

柳如是这一笑，徐三公子倒有所感觉，顺口又喝了一声："再笑倾国！"

徐三公子的喝彩，让一向任性的柳如是马上敛色，生怕再笑，徐三公子还会说出倾家荡产之类的糊涂话来，便正色道："笑也笑过了，我看三公子相貌不俗，何不趁此大好年华，多读一些书。"

徐三公子说："不是我怕读书，是书怕被我读。姑娘是难得的物外之人，何故也劝我读书？我是见书就烦，都说书中自有颜如玉，我倒未见过。"

说笑之后，柳如是起身送客，徐三公子掏出些银子来，说道："千金买美人一笑，我这是五十两银子，买了美人两笑，还说了些知己话，值得！"

　　房东朱氏见徐三公子出手如此阔绰大方，掏出大把的银子连眉头也未皱一下，便早已眼放绿光了。

　　柳如是啼笑皆非，本来是想见过之后，躲过纠缠就可以了，收了银子，反而不好，因此执意不收。徐三公子又执意要给。正在这时，宋辕文来了。柳如是心生一计，对徐三公子说："公子就收下吧！我今又有客，改日再送来，我替公子派些合适的用场。"

　　徐三公子这才收起银子走了。

七

　　回到房中，她忽然心血来潮，疾笔写下了一首《庭中有佳树》：

> 弱丧为杂役，罔瀁求五芝。
> 硕真因诞德，结藻太玄侧。
> 我欲赠夫子，馨香无可植。
> 苟能一有心，何必芝可食？

　　在诗中，她表达了，自幼失去双亲，孤苦伶仃。虽然她被迫做了他人奴婢，但她的心一直在执着地追求崇高的精神境界。她坚信，只要有高尚的品德，就一定会成就一番事业。诗人感激曾经救她出水深火热的君子，但并非轻易以身相许。她以采食芝草作喻：只要有自己这一片赤诚的心，又何必非要得到那散发着馨香的灵芝而食呢？

八

在明朝末年，无锡的东林书院的士子们在学者顾宪成的倡导下，聚众讲学。在讲学之余，东林党人也议论朝政，指陈时弊，锐意图新。

顾宪成入仕后，由于不满朝纲败坏而被罢官。他回到了东林，创办了东林大会，这就是东林党人的来历。

东林党人"持名检，励风节，严气正性，侃侃立朝"，是明末的一股清流，这也成了阉党魏忠贤的眼中钉肉中刺，魏忠贤设计，将杨涟、左光斗、魏大中、袁化中、周朝瑞、顾大辛等人押入大牢，进行了惨无人道的酷刑，有的以铁钉钉入头颅而死！有的遭到鞭刑，肋骨露出体外！六人皆铮铮铁骨，至死不屈，皆都死于非命！

史称此案为"六君子案"。

钱谦益就是东林党人中的倡导者。亦是几社的创始人之一。

第五章　柳如是赋诗惊名士，宋辕文痴情感红颜

人去也，人去绿窗纱。赢得病愁输燕子，禁怜模样隔天涯。好处暗相遮。

——《梦江南·怀人》之五

一

宋辕文见柳如是送徐三公子出门，徐三公子又满面春风，心里便泛起了一股醋意。

进屋之后，宋辕文对柳如是说："姑娘，现在满城都在传说你的声名。凉亭虽好，终不是久留之地。我想姑娘不如另赁一处僻静处所，免受贪绅恶少、轻利商贾的纠葛。"

柳如是正有这种打算，她想另找一个处所，一来是躲些纠缠；二来是离佘山市区也远；三来房东朱氏自从接了徐三公子的钱之后，只要柳如是不在，她就以她的名义收别人的钱。浪迹萍踪，哪里是她名正言顺的家，哪里是她安身立命的场所？

柳如是已打定主意，打造一艘船，既可避江湖风雨，也可以暂避人间风雨。从松江到吴江至苏杭、运河和湖港。浮萍任东西，来去都自由。

极适合自己的个性。

主意已定，她就托人去订制木兰舟去了。这些年来，她也积攒了一些钱财。

宋辕文今天来，是送诗稿给柳如是看的。他与陈子龙、宋让木在南园读书，眼见朝中的京试时间日近，陈子龙打算再一次搏击，准备应考。

宋辕文自从上次经柳如是劝说之后，也收敛了许多，同各位兄长一起在南园梅楠的草庐读书。因为他年龄小，生性好动，便倡议写诗唱和，一来是调剂一下情绪，同时，也可以实践几社文学主张。

宋辕文的倡议得到了兄长们的赞赏。当宋辕文以风雨为题赋诗时，陈子龙、宋让木、李存我均有诗唱和。宋辕文的诗，直露激昂。他的风雨诗，是步韵春上柳如是闲来练笔的一些以风风雨雨感叹自己生平的诗作。她原本想写了就撕毁，没想到宋辕文不但存下来，而且还在几社中传看，引来大家分韵酬和。柳如是心里在笑这些文人们，大考临头了，还有心思吟风颂月！

宋辕文的心思和一番好意，让她感到温暖。在举目无亲的异乡，宋辕文在暗暗地追随和爱慕她。这一点柳如是也已感觉到了。

其中宋让木的一首和诗，让她很感动："较书婵娟年十六，雨雨风风能痛哭。自然闺阁号铮铮，岂料风尘同碌碌。"

这几句诗不但概括了她的身世命运，也充满了理解与同情。

柳如是对宋辕文说："过几天，你陪徐三公子去办点事。"

二

徐三公子第二次来柳如是的住处，正值柳如是准备搬到舟中去的时候。徐三公子见房间里有些乱，以为是自己的鲁莽惊吓了柳如是，赔了半天小心之后，才知是乔迁之喜。徐三公子忙不迭地说："这样的小事何劳小姐亲自动手？我手下随从多的是！举手之劳。"说罢，就要去喊人。

柳如是放下手中的活儿，从扎捆好的画轴中抽出两幅裱好的字画来："这两幅字画，一幅是我的教师李存我的条幅，存我师的书法，已名冠江湖，公子妥为保存，也可以使你们这样的大户人家增些雅趣。另一幅是我信笔涂鸦，送与公子补壁。"

徐三公子受宠若惊。李存我书法的价值不菲，他是知道的。对于钱，徐三公子没有很多的心思，倒是柳如是的美人手迹，让他得意非凡，足可以在一班朋友中炫耀一番。他忙不迭地掏出大把的银子，说是交姑娘作为润笔的费用。

没想到柳如是又一次拒绝了。这一着，让徐三公子既百思不得其解，又倍感柳如是的大度。

柳如是正色说道："君子爱财，更重名节。徐公子如肯如此破费，我可以另外指一条散财之道。南门外的南园住了几位云间名士，这些名士日后不鸣则已，一鸣惊人，他们正在集资出版《皇明经世文编》，尚缺资金。徐公子若肯仗义疏财，何不捐出一些？以后巨著出版，既可以替你和你家垂千古之名，也是我们乡里的一件盛事。你们家是望族，岂有落人之后的道理？再说，你可以此拜师，侧身名流之间，多些文气，少些匪气，耳闻目染，对自己不无裨益，也可以为自己在乡中正名。比如我，出身寒门，就是因为有徐佛、李存我这样的老师引导，才有些长进。当然，老师领进门，修行在个人。愿不愿意，请公子自己酌定。"

柳如是的一番话，说得徐三公子感激涕零，佩服得五体投地；不光是这一石数鸟的主意不错，让他刮目的是，这样一个风尘女子，如此知礼晓义，想到自己，五尺男儿，成天无所事事，心中不觉惭愧万分。

当宋辕文也来帮柳如是搬东西时，柳如是吩咐二位暂且不忙，先去办一件事。

这一文一武两位少年高高兴兴地携手而去。柳如是轻轻地舒了一口气。

三

陈子龙正在潜心读书，随着屋外怪鸟的嚄叫，旋风般走进了宋辕文和徐三公子。

徐三公子听到长尾红背鸟的叫声，循窗望去，发现怪鸟，便取下陈子龙挂在墙上的弯弓，抬手射去，红鸟划着火红的弧线扑落在地！陈子龙很惊讶这少年的腕力与箭术！自己射过多次，就是击它不中。徐三公子正要乘兴再发箭矢，被陈子龙拦住了："乡居无趣，留它也添几分声色。"

宋辕文介绍了徐三公子的来意，并说到柳如是玉成此举的良苦用心。徐三公子站在一边颔首称是。

徐三公子见荒郊的梅楠草庐的柴门虚掩，室内透风漏雨，心中不禁起了冷噤，便一边叹读书苦，一边要陈子龙他们搬进城中他家后花园去读书。

陈子龙笑着说："十年寒窗苦，你来不到一个时辰就叫苦，我可以想见你家的荣华，只怕我们无消受之福。"

见陈子龙不肯进城，徐三公子又掏出一大把银子，说是让他们买些进补，免得伤了身子。他嘟囔着说："不明白柳姑娘为什么对你们这些穷酸文人另眼相看？"

陈子龙不肯收受，徐三公子已有了愠意："你肯定是瞧我不起。

这笔钱算是拜师的，收不收在你，学不学在我，不是因为柳姑娘，我才不到这兔子不拉屎的地方来拜师呢！"

陈子龙收下了钱，对宋辕文说："既然公子美意，有这笔闲资，我们几社开一次诗会如何？"想一想又补充说，"徐三公子也要来啊！另外，辕文，你去请一下柳姑娘，她的诗画不错，请她来添些竹肉之韵，在这野外多一些生机。"

宋辕文高高兴兴地应允了，徐三公子听说柳姑娘参加，自然也很高兴。

两位少年走后，陈子龙向窗外望去。一池春水，和岸上的萋萋芳草，让他兀自走神了。

几年间，自己借酒浇愁，逃避落第带来的困惑；浪迹江湖，逃避对家庭应尽的责任。秦淮旧院，西湖画舫，片刻欢娱，露水情缘……几近醉生梦死，记得几张玉人面孔？要不是柳如是的"风尘中不辨物色，何足为天下名士"当头棒喝，自己还不知要沉沦多久呢？

这是个已搅动松江一池春水的奇女子。陈子龙突然生出很想见她的欲望。

四

柳如是欣然接受了邀请。

她要以崭新的姿态走出人生新的一步。直到这个时候，她才发现，自己滞留松江，就是为了这一天，迈出这一步！

为了这次诗会，她特地来到东城门外竹器店订制了一双新弓鞋。这家竹器店平日做一些水磨竹器，不外乎扇骨、酒杯、笔筒、笔架之类。

鞋子的草样是她自己画的,她要用竹子制一双弓鞋底板。江南的石板街,古老而沉滞,檀木及硬木弓鞋走上去,发出橐橐之声,如古寺里的木鱼。用竹子制的弓鞋,光艳、凉爽,清新悦目,走上去又有弹性,配上婀娜多姿的身材,如风摆柳,羡煞满城仕女。

后来,城中赶时髦的少女纷纷效仿,不惜动用体己钱,这家竹店的生意一下子红火起来。店主逢人便说:"柳姑娘的鞋,我终身奉送!"

穿着仄小的弓鞋,走在江南石板街上,如珠落玉盘,铮铮有声。柳如是想,女人于婚姻,真乃削足适履,包着小小的脚去适应金莲鞋!自己能不能穿着新鞋,去走婚姻的新路?

诗会的主持人虽然是南园的临时主人、几社领袖陈子龙,但诗会的主角却成了柳如是。

诗会的主旨,自然是论诗。几社文人之中,以复古为旗帜,提倡"文必西汉,诗必盛唐"。几社曾编过《壬申诗选》,很有影响。

柳如是对于诗词的见解不多,全凭直感。在几社同人们带着宗派情绪争论的时候,她在一边写作。她把写好的文章递过来。

几社来了一位女学弟,大家都希望先睹为快,一下子蜂拥而至,争看柳如是的新作《听钟鸣》。

听钟鸣,鸣何深。妖栏妍梦轻。不续流苏翠羽郁清曲,乌啼正照青枫根。一枫两枫啼不足,鹃弦烦激犹未明,凄凄胐胐伤人心。惊妾思,动妾情。妾思纵横陈海唱弯弧。君不得相思树下多明星。用力独弹杨柳恨,尽情啼破芙蓉行。月已西,星已沉。霜末息,露未倾。妾心知已乱,君思未全生。情有异,愁仍多。昔何密,今何疏。对此徒下泪,听我鸣钟歌。

陈子龙感慨万千。没想到这女子跳过宋朝诗词之争，却仿南北朝萧世谦的胸蕴，抒自己的情怀，很巧妙！真是小看了她，不但书读得多，典故用得好，而且很讨大家好感。

陈子龙想：她到底有几多愁苦啊？

这一天，柳如是的雕窗朱栏的桂兰舟，泊在谷阳门外的白龙潭。白龙潭是松江府的游赏胜地，乃松江佳迹。花朝月夕，仕女如云。

柳如是睡下之前，已对使女梅香说过，今日谢客，对来人一律称病。昨夜的诗会已使她有些疲倦之感，加之夜来受寒，她确有些不适。

五

一大清早，柳如是就醒了。

湖水轻拍船舷，悠悠荡荡。在半梦半醒之间的柳如是，为自己的梦而羞涩起来。这就是古诗里说的思春？一边问自己，一边为自己的梦笑了。如果说梦见宋辕文，是理所当然的，几乎天天厮守在一起，日有所思，夜有所梦嘛！而梦见陈子龙，就不好理解了。是因为陈子龙昨夜写给自己的一首诗中说到梦："两处伤心一种怜，满城风雨妒婵娟。已惊妖梦鹦鹉，莫遣离魂近杜鹃……"后面的诗句记不得了，不去想它，且春眠不觉晓去吧！

眼前还是他们，一个年轻俊秀，一个成熟壮美……

隐隐约约听到有人在岸上呼喊，好像是宋辕文，又像是在梦中。

仄耳细听，果然是他。这真是一个冤家，居然踏着梦而来，才分手几个时辰，不是吗？

宋辕文的喊叫，随着湖风传来。

不多时，梅香扑了进来，上气不接下气地说："小姐，小姐，宋辕文相公真的涉水过来了！"

似早春的风扑开了柳如是的心扉，融融的暖意荡漾在心头，她顾不上穿衣，只穿一袭睡袍便冲出舱外，把落汤鸡一样的宋辕文引进舱里。

宋辕文一边哆嗦，一边磕磕碰碰地说："我是想……告诉你，他们让你加入……几社。"

几社对于柳如是，已无关紧要了。她用热辣辣的嘴唇堵上了还想说话的宋辕文的嘴，又替他换下已湿透的衣服，让宋辕文钻进了还留着自己体温的锦缎被子之中。

柳如是用温热柔软的身体紧紧地拥着宋辕文，忘记了一切，似又回到了梦中。宋辕文像一个毛躁的孩子，慌乱而急促。在柳如是丰腴而早熟的怀中，宋辕文像一颗植入丰沃土地的种子，在春雨中膨胀、破胚、吐芽。

青春荡漾的身体，在春风荡漾的湖面上澎湃。

柳如是的画舫在白龙潭湖心稳稳地抛了一天的锚。一对年轻人在幸福的波峰浪谷中泛舟。

六

第二天，柳如是写了一首《杨白花》：

杨花飞去泪沾臆，杨花飞来意还息。

可怜杨柳花，忍思入南家。

杨花去时心不难，南家结子何时还？

杨白花，不恨飞去入闺闼，但恨杨花初拾时。

不抱杨花凤窠里，却爱含情多结子。

愿得有力知春风，杨花朝去暮复离。

　　柳氏一生对杨柳情有独钟，初姓柳，后寓姓柳。这首诗借杨花飘飞比喻诗人自己漂泊无依的身世，表达了要改变命运，追求幸福的强烈愿望。诗人把杨花赋予思想，杨花飞去之时泪中包含着自己的理想与愿望；杨花飞回之时，理想和愿望未能实现，但思绪仍不停止。接下来几句，讲杨花飞入"南家结子"，但不知"何时还"，杨白花并不怨恨，飞回来犹如"闺闼"。这些不正是诗人自身经历的写照吗？不正是指她过了十几年飘零不定的生活吗？杨白花怨恨的是，当年来到这世界，为什么没有生在"凤巢"里，她要用心中饱含的热情"多结子"，得到力量与"春风"相知。"春风"正是美好未来的象征。最后一句单句，像是诗人的一声长叹下，还是让杨白花"朝去暮复离"吧，无论是白天还是晚上，让它在天空中自由地飞翔吧！这既是对不幸命运的叹喟，也是对命运的抗争。在自由的飞翔中，白杨花可能会找到她幸福的归宿。

第六章　宋辕文为孝割爱，柳如是斩琴绝情

人去也，人去玉笙寒。凤子啄残红豆小，雉媒骄拥蘘香看。杏子是春衫。

——《梦江南·怀人》之六

一

几社的文人学子们，被柳如是的才气所镇服，终于认可并接纳了这位流落江湖的风尘女子。

这对于柳如是来说，并不重要，重要的是她已敞开心扉接纳了宋辕文。接纳了宋辕文的爱。她感到找到了归宿。

并不是所有的松江人都接纳了她。

走在街上，还是有一些良家妇女侧目而视。梅香去买菜时，也有浪荡公子拦住她说些不堪入耳的污语。船在湖中行走得好端端的，也会有别的画舫过来寻衅。更有甚者，一些不入流的野妓，扬言要去府衙示威，抗义外地来的"流伎"没有交花捐税！

所有这一切，她都默默地忍受着。有了宋辕文，这艘漂荡的小船就有了舵，总有一天要扬帆的。为了宋辕文，她谢绝了一切应酬。

柳如是的画舫已很久没有来客人了，有一天，徐三公子来了。

几日不见，徐三公子变得很温顺了。一温顺，反而显得有些拘谨："真是辜负了柳姑娘一番好意，看来我真是朽木不可雕了。听了姑娘的规劝，我这些时日在家闭门读书，家人见了也高兴，直夸我这个混世魔王，不知被哪位魔手降住，晓得上进了。我想用功，但可就是不想读书，更不想作该死的八股文。"

柳如是相信徐三公子说的是真心话，便有些无可奈何地劝慰道："人各有志，万事不可强求。当年韩信在乡里也是胡作非为，日后照样还不是成了万户侯？"

说到韩信，柳如是的眼睛一亮："我看公子相貌伟岸，仪表堂堂，不能为侯，亦可为将。现在国难当头，听子龙他们说：'孔有德叛降，边关烽火连天，关内民变不断。'此正是国家用人之际，公子何不以习武进取功名，考武状元什么的，也大可有一番作为，不一定要在一棵树上吊死。"

徐三公子听了这话，拍案而起："柳姑娘真是难得的知己，要说习武，我自小有志，且十八般武艺都略通一二。别的书读不进去，列传、演义，只要是关于英雄豪杰的书，我是百读不厌！只是家父反对，说他是以习武进功名，要我成为一个文官！"

听徐三这么一说，柳如是有了信心："文能安邦，武能定国，各有各的作用，一朝是一朝，一代是一代；现在，朝中朋党为奸，钩心斗角，不如做武将省心，你看史阁部史可法，左大将左良玉，不一样是万民拥戴吗？治世出贤良，乱世出英雄，现在努力，成就一番经天纬地的事业，正是时候。"

徐三公子兴奋得像小孩儿一样说："我回去照着柳姑娘的话去做就是了。不瞒你说，我不敢来，是怕夹在你们那些文人中间，斯斯文文，不如柳姑娘直截了当，一拨就明。"

徐三公子起身时，放下手中的包袱说："这是一点日用品，我家里用不着，姑娘或许用得着，我是个武夫，可别推辞啊！"

柳如是含笑接下，这一次，她是真诚的笑。

回舱一看，全是自己急用的。别看徐三粗鲁，还粗中有细呢！他怕送钱财伤了她的面子。

柳如是感到包袱沉甸甸的。

二

宋辕文一连几日未宿在舟中。这天他回来之后，柳如是像柴米夫妻一般又同他说了徐三公子的事。没想到宋辕文却粗暴地说："有什么了不起，值几个钱？外面风风雨雨地说，你拿他的钱财，供我们风流。"柳如是本想争辩几句，想想还是忍住了。

接下来，有几天不见宋辕文的影子。

一个人在舟中无事。想到几日没有去李存我老师那里练习书法了，怕老师怪罪。

第一天去，李存我到青浦写寺庙的匾额去了。

第二次去，李存我在家。他正在案前笔走龙蛇，他头也不回地说："如是，你来得正好，这是写给你的对联，写了几次都不如意，你移舟之后，一直想写副对子送你，算是老师一点心意。"

柳如是过来看时，只见上书：

"岂能尽善如人意，但求无愧是我心。"

这副对联不但嵌了柳如是的名字，也十分恰当地表达了柳如是追求做人的境界。

李存我的对联，一扫柳如是心中的阴霾。她喜不自禁，上前去摩挲，若不是墨迹未干，她恨不得马上取去！

李存我说："只是少了横批。"

她说："如是我闻。"

李存我笑道："十分恰当，横批让你自己去补吧！师生合作……"李存我还有半句话及时煞住了，他没有说出"珠联璧合"的话，但柳如是已明白了。她红着脸说："这几天因为一些俗事，未来向老师求艺，望老师不要见怪。"

李存我脸上的喜色一下子不见了，恢复了惯有的沉稳矜持，低声说："我知道了。今后你就不用来了。"

李存我的话，让柳如是如晴天炸雷，大吃一惊。

李存我说："其实，你也算可以出师了。你的书法间架，气韵也有了几分，我能教你的只有这么多了。今后，你要注意博采众家，形成自己独有的风格。记住，学我者生，似我者死。再说，我们之间差距很大，一个刚劲，一个婉约。如果有机会，可以学一学嘉定程孟阳老人的书法，他的风格已经成熟，你与他的字如出一脉。"

谆谆教诲，柳如是恨不得每一个字都铭刻心中。学书时漫不经心，一下子出师了，就像放手的孩子，既害怕又依恋。

李存我说完后，从桑梓木的书柜中取出一件盛泽产雪绢锦盒，递给柳如是，说道："当一回老师，临别没什么送你的，他日出嫁，是一件嫁妆；不出嫁，你可以尽管用我的这方印卖书法作品。"

柳如是轻轻地掀开盒盖，一方和田黄玉的玉篆映现在眼前。圆润浑厚的玉石中，跳跃出一团通黄如蛋黄的田黄。无价之宝！翻起一看，是李存我亲手刻的两个字："问郎。"

柳如是一下子明白了，她热血沸腾，心像被玉石所包围的那个小小的黄蕊，凝固了，永远凝固了！

一片冰心在玉壶。

柳如是强忍住眼泪："老师，礼太重了。弟子收受不起。"

李存我宽厚地笑了："傻孩子，一日为师，终身为父。岂可言礼？"

如果不言礼，这些礼教禁锢，又该怎样呢？当朝礼义，天地君亲师，师者为父。为师的若爱弟子，是乱伦，是忤逆！天下还真有重礼义的真君子，把爱深藏在心底，苦苦的、紧紧的、真诚的封藏得严丝不漏。

她走到画案前，一任泪水滴在端砚里，她无声地拿起一块煤墨，轻轻地磨了起来。沙沙声如雨丝，如蚕食，又如轻风拂柳。

"老师，来生有缘，弟子愿做你的书童，为你研一辈子墨，洗一辈子砚，裁一辈子纸，伺候你……一辈子！"

李存我走过去，轻轻地拭去她脸上的泪。

柳如是不敢抬头，不敢看一眼李存我的那双醉眼。那是一双看穿所有世人的醉眼。

回到船上，柳如是将李存我送她的锦盒和对联，同陈子龙去年送她的诗稿，一起放在箱子的最深处。她没有勇气多看一眼。

那方印，也深深地刻在她的心里了。

三

柳如是满怀希望的爱的小舟还没有扬帆起航，就碰到了急流、险滩和礁石。

有一天，宋辕文回到舟中，垂头丧气，一言不发。晚上睡到一起，任柳如是千般抚、万般爱，他就是没有一点表示。

柳如是不知道宋辕文正处在忠孝与爱情的两难抉择之中。

他对柳如是的爱，像一个贪玩的孩子，别人想要的，他也想要；越是得不到手的，要的欲望就越发强烈。真正要到手，又很失望，不过如此，马上就腻了，想扔了。

冒一次险很刺激，很浪漫；拿婚姻赌博，宋辕文不敢！正在宋辕文进退维谷的时候，来自家庭的压力如钱塘江之潮，一浪高过一浪。

宋家允许孩子们寻花问柳，在他们看来，偶一为之，无伤大雅，甚至可以使他们成熟，今后更练达。当宋辕文真正投入的时候，家里便出面干涉了！

宋辕文与柳如是的寒水之恋，早已成了松江头号花边新闻，宋府焉有不知？

宋辕文的祖母张太孺人，把孙子叫到膝前，语重心长地规劝他。

宋辕文开始还振振有词："她又不是图我的钱财。"于是，他在祖母面前述说了是如何认识柳如是的，柳如是如何多才多艺，他如何替柳如是认捐，柳如是如何仗义疏财的美德。

张太孺人说："要是她要你的钱财，我也就不管了。她不要你的钱财，是要你的命！想必你也读过孟东野的诗吧：'宝剑不可近，美人不可亲，宝剑近伤手，美人近伤身……’”

老祖母心疼孙儿。把白龙潭受冻，以及宋辕文所有夤夜不归的账，都算在柳如是身上了。

四

一开始，宋辕文就有些招架不住了。他不敢面对柳如是以及柳如是的爱。

这是怎样的一种爱啊！就像游弋于江南小河之间独特的单桨船，一方在使劲地划桨前行，而掌握方向的那只桨却操在别人手上。

柳如是的兰舟泊在白龙潭边，她在焦急地等待宋辕文的到来。

这几天，松江府台已贴出了告示：

为淳民风，限一切未在松江拿牌的歌伎、艺伎、流伎，刻日离开本地，三日后，府台将严厉施行，如有违者，送官衙问罪并严加处罚后驱逐出境外。

“流伎！”柳如是一听到这个字眼，心如刀绞。自己竟成了“流伎”！亏当官的想得出来，创造了“流伎”这个名词！

可是自己流落风尘，又似浮萍般的漂泊不定，不是“流伎”又是什么呢？

她不可能去求李存我老师。至于几社名士，更不可能去找他们，自己是凭才能涉足几社文学活动圈中，怎么可以用这样有辱身份的事去牵连他们呢？

唯一的希望是宋辕文了。

驱逐"流伎"的活动，其实就是宋辕文家中促成的。

宋家在云间，不单有权有势，还有很好的名声。

宋辕文的父亲宋幼清，不仅在京城做官颇有名气；在家乡华亭，也有重孝悌的好名声。宋幼清的结发夫人杨孺人死的时候，他在京师伺候高堂张太孺人而不归，因此，落了个孝子的好名声。听到自己的儿子宋辕文寻花问柳不说，还想娶一个相府卖出的小妾！几十年修来的忠孝门第、诗礼传家的家风，岂不毁于一旦？所以，他以当朝命官的身份修书府台，府台大人方岳贡也因松江被柳如是闹得沸沸扬扬，所以便顺水推舟，下了这道驱逐流伎令。

五

宋辕文也看到了这个告示，他只好又去哀求祖母。祖母先是劝说了半天，什么"大丈夫顶天立地，事业功名要紧"啦，等等，最后说："我们宋家的希望，全寄托在你身上了！"

宋辕文哭也哭过，求也求过，他只希望家人能接纳柳如是；至少，在现在这个情形之下，不要落井下石。

见宋辕文长跪不起，祖母张太孺人颤巍巍地站起身来，从屋里找出一个漆木小百宝箱，翻出一封缄口的信来。祖母说："你父亲的同年进士白正蒙，精通周易，会阴阳八卦，你父亲也迷过一阵子。这是他给你算过之后留下的，本来嘱咐家里人，等你进士及第以后给你自己看，没想到你这么不争气，现在连乡试都没过关，就要为一个下贱的女人抛弃大好前程！"

宋辕文撕开缄好口的信，父亲笔迹映入眼帘：

此儿三十年后当事新朝，官止三品，寿止五十。

短短的一行字，已让宋辕文汗流浃背，他的防线已彻底溃塌了。

这件事本来很荒诞，可是父亲言之凿凿，有鼻子有眼睛，不得不让宋辕文不服。天下的事，神仙也说不准，何况父亲半路出家钻研周易数理呢？然而，父亲是当朝命官，居然敢言儿子"当事新朝"，传言出去，是杀身之祸！只这一句，就把宋辕文彻底打败了。这与他平日与几社名流一起所推崇的"抗外虏，剿流寇，兴大明"的政治观点大相径庭。父命不可逆、天命不可违！

年轻的学子宋辕文，在命运的第一次考验之中，沉痛地交上了考卷！

他的脑子里一片苍茫。苍茫之中有一片辉煌而充满希望的光环，官至三品！何等光宗耀祖的前程啊！

这个目标仿佛就在眼前，一蹴即就。

官府的公差已到船上来过，是查牌。柳如是说："我是来拜师访友的。"公差见她气势不凡，不敢太强硬。柳如是又吩咐梅香包了些碎银子，只说让差人自己找个地方买些茶点吃。

差人说："这是奉官府之命行事，限三日内离开，否则，按流伎论处。"

柳如是还抱着一线希望在等待，等待宋辕文给她一个说法。

心情烦躁的柳如是真恨不得砸点什么！放在案上的古琴已有几日未弹了。柳如是想的是，一旦与宋辕文成秦晋之好，有的是时间。书棋琴剑，自己无所不会；在读书之际，博抚笙簧，真正是琴瑟和鸣的生活，所有这一切，都是为宋辕文而准备的啊！

柳如是坐了下来，一曲《醉风尘》弹了一半，不知是今天的心情不好还是天气阴湿，琴弦有些涩，琴声咽哑。

六

宋辕文终于来了，他是硬着头皮来的。

柳如是一改往日的殷勤与周到，开门见山地说："辕文，外面的风声，你也听说了，我是去是留，想同你商量一下。"

宋辕文支支吾吾地说："等几天再说吧！"

"你能留我，松江郡守却不留我。听说这位方大人官小架子大，口气硬得很。"

"我想留你，家里人不让我留你。你能否等我及第之后呢？"宋辕文试探地问。

"我可以等相公一辈子，但我今天已是刀架到脖子上了，我今日只等相公一句话：是去是留！"

宋辕文嚅嚅地说："……还是先、先离开此地，故避其锋。"说完，宋辕文终于松了一口气。

柳如是听了宋辕文的话，仿佛早就知道会有这样的结果。她很镇定地起身走到桌边，拿起一把镶有绿宝石的户撒刀。

这把锋利精美的小刀是徐孚远送给陈子龙，陈子龙转赠她的。那天参加几社诗会，她看到这把小刀放在陈子龙桌上。这刀是手工制作的，白银刀鞘，用金丝缠的手柄上镶有几颗绿宝石，柳如是一见就爱不释手。原来，这是一把云南少数民族用来打猎和吃野味的户撒小刀。徐孚远的祖父徐琳曾任太常典簿，后来改至荒凉的边陲任云南楚雄府知府。官场失意，祖父皈依了莲池大道，号生生道人。这把小刀因锋利，便留下来，徐孚远后来送给陈子龙作裁纸之用。陈子龙见柳如是喜爱，便送给了她。当时，他开了一句玩笑："红粉赠佳人，宝刀送知己。"

宋辕文见柳如是拿起小刀，立时慌了手脚，以为柳如是要做出决绝的事来，冲过去要拦。柳如是冷笑着，举起户撒刀朝古琴划去，只听得裂帛一声，七根琴弦俱断！梧桐木的焦尾琴上，留下了刀砍斧削的一道深深的印痕。

由于用力过猛，锋利的小刀划伤了柳如是的手指，滴滴鲜血如一瓣一瓣落下的梅花，滴在古琴上。她一字一顿地说道："别人出此言，还情有可原，你既然说出这样的话来，你我之间，就像此琴，从此情断义绝！"

宋辕文低着头走向舱外时，不绝于耳的是铮铮的断弦之声。

第七章　才女寻访李清照，词后隐居芭蕉院

人去也，人去碧梧阴。未信赚人肠断曲，却疑误我宁同心。幽怨不须寻。

——《梦江南·怀人》之七

一

柳如是坐在船头上，一面静静地欣赏着西湖的景色，一面翻动着李清照的《漱玉集》，此时，晚霞照在湖畔的雷峰塔上，塔上好像镀上了一层黄金，十分耀眼，这就是西湖八景之一的"雷峰夕照"。

巍巍古塔的倒影，在粼粼碧波中时隐时显，美轮美奂，如一轴展开的画轴。

她合上书，吟哦了一首《杨花》：

轻风淡丽绣帘垂，婀娜帘开花亦随。
春草先笼红芍药，雕栏多分白棠梨。
黄鹂梦化原无晓，杜宇声消不上枝。
杨柳杨花皆可恨，相思无奈雨丝丝。

　　自古以来，杭州的西湖是文化之湖，故事之湖，更是浪漫之湖，它盛满了王朝更迭的印迹，也装满了诗词歌赋。而苏东坡的，一首《丝湖上初晴后雨》，迭成了西湖的千古绝唱：

　　　　　　水光潋滟晴方好，

　　　　　　山色空蒙雨亦奇。

　　　　　　欲把西湖比西子，

　　　　　　淡装浓抹总相宜。

　　西湖的三潭印月、柳浪闻莺、苏堤春晓、断桥残雪等杭州八景，柳如是都已去过，不过，她心中还有个夙愿：听说词后李清照在杭州的芭蕉院里孤独地生活了二十多年，她想去看一眼。在这座院子里，李清照不但完成了丈夫赵明诚《金石录》的整理、校对工作，终于让这部三十卷的巨著，刊印行世，也完成了她自己的《李易安集》十二卷和《漱玉词》三卷。女词人为这部皇皇巨著的整理、校勘和题跋倾注了大量心血。女词人的一生，承受了太多太多的不幸，这些不幸又与南北两宋的两个帝王有关。

　　正当新婚不久的女词人在词的天空中翱翔的时候，北宋的宋徽宗用他的"瘦金体"，题写了一方"元祐党籍碑"。于是，女词人的父亲和他的老师苏轼，以及黄庭坚、秦观等苏门四学士的名字，便被刻在了石碑上，紧接着便相继被贬往了荒蛮之地。他们的文集也都成了禁书。女词人因属"元祐党人"子女而受株连，也被迫离开了京城。

正是这位道君皇帝的无道，不但惹得天怒人怨，还招致金国举兵南犯。金兵不但攻陷了汴京，掳走了父子二帝，使半壁江山易主，还害得万千百姓背井离乡，纷纷南逃。当兵祸殃及到青州时，女词人从收藏的金石、古籍、字画中挑选出了一部分珍品，视为宝贝，装了整整十五车，便随着逃难的人群匆匆逃往江南。存放在青州"归来堂"里的二十余间屋子的金石、古籍和书画艺术品，在兵火中全部化为了灰烬！

设身处地地为女词人想一想，一个文弱的女子，在兵荒马乱之中，冒着风雨，踏着泥泞，奔波五十余日，行程一千余里，而十五车宝贝没有丢失一件，该是一种怎样的情景！南渡之后，更大的不幸又接踵而来。

女词人逃到江南不久，丈夫赵明诚便染病而逝。正当孤苦伶仃的女词人悲恸欲绝之际，先是高宗皇帝的一个御医趁火打劫，以代为保管为名，强行索去了一批宝贝；不久又传出流言，说赵氏生前曾将一把玉壶送给了金人，有通敌之嫌！为了不使国宝再蒙劫难，她决定将全部收藏之物献给朝廷，以期留世。

谁知皇上得了"恐金症"，已从扬州闻"金"而逃了！女词人便在后边一路追赶，从台州、宁波、温州、四明、绍兴，一直追到了杭州。由于途中屡遭窃贼、土匪和官兵的偷盗和抢夺，宝贝已所剩无几，而女词人也因奔波、劳累了七个多月，到了杭州的那座芭蕉院时，已心力交瘁，病得"牛蚁不分"了，好心的邻居为她备下了棺材和石灰。

新的不幸又降临到了女词人的头上。

一个品行不端的小官吏为了图谋她最后的几件宝贝，竟趁她病危之际，以骗婚手段掠去了一些珍贵的字画，后因女词人奋力抗争，临安府判定婚约无效，小官吏被削职发配柳州。

此事不但伤害了这位饱受磨难的女词人，也为后世留下了她是否改过嫁的争论，这一争论直到今天仍未结束。也许，只有芭蕉院的芭蕉树才能说清此事的始末。

二

芭蕉院里应当有一株或几株芭蕉树，芭蕉树还应当记得女词人在这里到底填写了多少首脍炙人口的绝妙好词。

有人将她和李白、李煜称之为"词家三李"；有人称她是词坛"婉约派"之宗；有人说，她的词有晏殊之和婉，欧阳修之深美，张先之幽隽，柳永之绵博，苏轼之超旷，秦观之凄迷，几道之高秀，贺铸之瑰丽。还有的人认为"易安倜傥有丈夫气、乃闺阁中之苏、辛"，她的"生当作人杰，死亦为鬼雄""南渡衣冠少王导，北来消息欠刘琨"，以及"南来尚怯吴江冷，北狩应悲易水寒"等词句，不但道出了对南宋王朝苟且偷安的愤慨，也表现了女词人的豪放胸襟。

芭蕉树还应记得，跪在岳飞墓前任人唾骂的那个王氏，就是女词人的嫡亲表妹；秦桧的养子又是女词人的嫡亲表侄。当时秦氏因"议和"、投降和杀害岳飞有功，高宗赐他一处豪华宅第，百官奉旨庆贺。秦氏为向高宗邀宠，派其兄来到芭蕉院，求女词人持刀撰一篇"端午帖子"，被女词人拒之门外！表妹曾派来华丽马车，接女词人进宫欢度元宵佳节。"来相召，香车宝马，谢他酒朋诗侣"，女词人对这位红得发紫的一品诰命的邀请，不屑一顾，因为此刻她正坐在芭蕉树下构思一首新词。

她看到临安城里灯红酒绿，歌舞升平，"暖风熏得游人醉，直把杭州当汴州"，南宋的君臣早已忘了国恨家仇。而有家难归的北人（逃到江南的难民），却日夜都在思念自己的故乡。女词人为自己，也为他们填写了这首《添字丑奴儿》：

窗前谁种芭蕉树？阴满中庭。阴满中庭。叶叶心心，舒卷有余情。
伤心枕上三更雨，点滴霖霪。点滴霖霪。愁损北人，不惯起来听。

　　填完了词，女词人的晶莹泪珠便悄然滴在芭蕉树下了。

　　李清照在这里住了多少年？不同版本的书籍有不同的记载，共有二十年、二十四年、二十九年、三十二年四种说法，应当相信哪一种呢？

　　在东浦桥头，见一位老者正在堤上作画，柳如是便向他请教，也顺便向他打听芭蕉院到底在什么地方？他没有正面回答，只是笑着说道，只要知道杭州曾经有座芭蕉院，女词人李清照曾经在芭蕉院里住过，这就足够了。
　　她听了，心有所悟。是啊，就让女词人在芭蕉院里安安静静地住下去吧，何必非要寻寻觅觅地找到不可呢？
　　今天一大早，柳如是便去了杭州城。她曾穿过大街小巷，也向不少行人打听过芭蕉院在哪里，但都失望了。
　　就在他走投无路时，一位卖药草的老伯告诉他：在清波门一带，有一破旧的小院，院子中有几棵芭蕉树，至于在哪条街哪条巷子中，他也说不清。
　　当她来到清波门时，见有一座杂草丛生的小院，院子生有几棵芭蕉树，三间老房子已经是瓦缺墙坍，了无生气。
　　在芭蕉院的院子里，有位银发的妇人正在制作着纸扇，旁边的石桌上已堆放着贴了扇面的纸扇，待请书家和画家画上画或写上字之后，就可出售了。

柳如是向她说明来意之后，她说，听上辈老人说过，这里曾住过一个无儿无女的寡妇，听说她会作诗填词，还会写字画画，后人去了哪里，没人知道。

柳如是向她道谢之后，便惆怅地离开了芭蕉院。在江南长大的柳如是，对这位诗坛前辈，自小就十分钦佩，她少女时写的那首《怨王孙》，柳如是在归家院生活时，就能背诵了！

湖上风来波浩渺，秋已暮、红稀香少。水光山色与人亲，说不尽、无穷好。

莲子已成荷叶老，青露洗、萍花汀草。眠沙鸥鹭不回头，似也恨、人归早。

这位词后虽然才华横溢，又不拘一格，在京城被传为佳话，但她命运多舛，流离生所，就连她珍视为性命的数千首诗词在兵火中，也遗失殆尽，只剩下七十六首和一些断句。

柳如是曾将自己写的诗赋文牍，都完好无损地收藏在一只樟木匣中，还抄写了李清照的一些诗词，以小楷抄录在薛涛笺上，时不时地取出来吟哦。

南宋的豪放派诗人辛弃疾，是李清照的同乡，十分敬仰这位女诗人，他曾填了一首《丑奴儿》：

千峰云起，骤雨一霎儿价，更远树斜阳，风景怎生图画。青旗卖酒，山那畔、别有人间，只消山水光中，无事过这一夏。

午醉醒时，松窗竹户，万千潇洒。野鸟飞来，又是一般闲暇。却怪白鹭，觑着人、欲下未下。旧盟都在，新来莫是，别有说话。

诗人在词牌下面，还留下一行小字：博山道中效李易安体，山东历城人辛弃疾。

柳如是一边走，一边想起了破旧的芭蕉院，她真想放声大哭一场，但忍住了！又一字一句地吟哦起这位词后晚年填的一首《声声慢》：

寻寻觅觅，冷冷清清，凄凄惨惨戚戚。乍暖还寒时候，最难将息。三杯两盏淡酒，怎敌他、晚来风急！雁过也，正伤心，却是旧时相识。

满地黄花堆积，憔悴损，如今有谁堪摘？守着窗儿，独自怎生得黑！梧桐更兼细雨，到黄昏点点滴滴。这次第，怎一个愁字了得。

第八章　风风雨雨横塘路，恩恩怨怨南园梦

人去也，人去小棠梨。

强起落花还瑟瑟，别时红泪有些些。门外柳相依。

——《梦江南·怀人》之八

一

柳如是像一只受了箭伤的小燕子，准备再一次飘零江湖。

船到横塘，酿了几天的阴雨终于落下来了。柳如是让船师找个避风的港口暂避一下。

船刚靠稳，岸上就奔来一群人，透过雨丝望去，不像是官府的官兵。

这一群人直奔柳如是的画舫而来！

是几社的名士们！

陈子龙带来了吴江名产鲈鱼，李舒章带来了特莼菜，李存我带来了瓜果，彭宾带来了点心，就连宋辕文之兄宋微璧也来了，他拎来了一大罐子酒。

这些平日很少登画舫的名士们，今天一下子约得那么齐。

柳如是以为他们是追着自己的画舫来送行的。这些为赶考弄得灰头土脸的文人们，又恢复了往日风流倜傥的面孔。他们不顾头上脸上的雨水，各自在客舱找地方坐下，没地方就席地而坐。

李存我说："梅花香，秀才忙。今天，我们要好好地松一松筋骨。梅香，烩鲈鱼去！"

彭宾说："离得了松江，离不了几社。柳生想同几社不辞而别，我们今天让你辞而不别！"

他们绝不提驱逐"流伎"一事，也闭口不谈宋辕文。大家亲亲热热，闹成一团，像什么事都没有发生一样。

在斜风细雨的横塘，他们的到来，给柳如是封冻的心里，带来了一些和煦的春风，漾起了一波一波的涟漪。她噙着泪，忙前忙后地倒茶、让座。

鲈鱼烩好了，酒也温好了。几社的名士们开怀畅饮。

柳如是本来心情欠佳，但见这些文人们纵酒高歌，先是想借酒浇愁，不知不觉也被欢快的情绪所感染，心情渐渐开朗起来。

宋微璧一边饮酒，一边吟唱道：

> 江皋萧索起秋风，秋风吹落江枫红。
> 楼船箫鼓互容兴，登山涉水秋如许。
> 江东才人恨未消，爵金玛瑙盛香醪。
> 未将宝剑酬肝胆，为觅明珠照寂寥。
> ……

宋微璧且饮且吟，吴腔吴韵，感伤而忧郁。

陈子龙似乎有些醉了，其实他喝得不多。他对柳如是说："'风尘不辨物色！'好好，当朝人中，个个醉花眠柳，把个国家弄得乌烟瘴气，谁辨物色？"

柳如是本来有些气，一听这话，加上三分醉意，便大声说道："你们这些风流文人，个个醉生梦死，有气只知道往女人处发。我看你们都是袁崇焕大人说的叫鹅：'鹅鹅鹅，一鹅一鹅又一鹅，食尽皇家千种稷，凤凰何少尔何多？'"

柳如是的话一说完，满船的人都鸦雀无声，就连正在写诗的李存我也放下了笔，彭宾愣住了，端着酒杯，半天不动。

陈子龙突然大喊一声："走，回松江去！"

李存我说："如是，我们是来接你回松江的。"

彭宾说："跟我们回松江吧！"

陈子龙接着说："连一个郡守方岳贡都斗不过，枉为云间名士！"

柳如是还在犹豫时，宋微璧已去后舱叫船师解缆启航了。

柳如是的画舫又在斜风细雨中，驶回了松江。

二

船靠白龙潭之后，一拨文人浩浩荡荡地奔向了府台。

一大清早，衙中来了这么多人，还未睡醒的郡守方岳贡一下子惊醒了。这些书生们，他大多数认识，只是他们一个个自命不凡，见了父母官都是眼睛长在额角上，仿佛不认识似的，且他们的身后都有些背景。今天相约而来，一定是大兴问罪之师，方岳贡已明白了三分。

一向恃才傲物、盛气凌人的李存我首先走上前去。今天他倒显得彬彬有礼："在下李存我，敢问方大人，可有令将我的弟子柳如是按流伎逐出松江一事？"

为了缓和气氛，方岳贡先让大家坐下。他冷静地想，若说是，这李大书法家蓄为徒，面子上挂不住；若说不是，又难收回成命。想了想后说："久闻先生大名，如雷贯耳。今生得见，幸会幸会，只是驱逐流伎，是泛泛而言，并非专指。本府寡闻，亦从未涉足烟花柳巷，不知李相公收此高足，见谅，见谅。"方岳贡的话绵里藏针，还是不否认柳如是流伎。

彭宾说："方大人既是朝中命官，又是饱学之士，应该略知柳子乃一奇女、才女。若按流伎论处，岂不落外人笑话，说我乡不容人！柳子四海为家，如此一来，岂不使方大人恶名远播？"

方岳贡不悦，回答也有些巧妙："云间人才辈出，大家同气相求，应该是治下的幸事，天下何人不知松江美名和松江名士？柳子啸傲江湖，多才多艺，实在难得。本府下此令，也是出于无奈。松江民风淳朴，只怕各位相公的父母责罪本府，说我管辖不严，耽误了各位功名前程。"

方岳贡的这番话，是指宋微璧而出的，这些云间名士的父亲大人们，个个都有权有势，有声望有影响，得罪不起。

陈子龙站出来说："不知方老师知道不，柳子实属几社一员。几社诸君，除了应付功名之外，正在编纂《皇明经世文编》，柳子除同我们有分韵酬和诗作外，既出钱，又出力，她实质上是我们的校书。这部书的出版，一定会为我们松江传播美名，所以，不仅是同人的事，也望府台大人支持。"

陈子龙简要介绍了这部巨著的筹集、编纂经过，并指出张西铭作序，以及吴昌时等人从外地送来的资料，本地乡绅文人全体支持的前前后后。

陈子龙的这番话，才真正地打动了方岳贡。在众多名士中，方岳贡特别喜欢陈子龙。乡试中，方岳贡把他列为第一，可称为师生。方岳贡是湖北襄西谷城人，分派这么个地方，这么个官，实在叫他有苦难言。当然，江南吴越不是荒蛮之地，亦少刁民，倒也丰衣足食。正因为如此，所以一不小心碰到一个名士或者绅士之类，动了一个便是摘瓜牵蔓，瓜葛不断。必须事事小心，处处谨慎，外加相当的智力，方可把官做得平稳踏实，故也就显不出政绩，一任就是好几年不升不降。这里的文人宗派意识很重，几社、复社，抱成一团，一个外乡人，无法杀进他们的社团，文学名气也就无法刊布传播。这一批少年才俊李存我、彭宾已是举人。陈子龙也是崇祯三年的举人。日后个个会飞黄腾达。自己也得留条退路。

方岳贡想了想之后说："这当然是件伟大工作，本府不但将不遗余力支持，还可以用本衙名义梓以其上，'本衙藏版，翻印必究'。资金上的困难，不足部分，我个人鼎力相助。书成后，我为你们作序，也将呈张国维作序。柳子一事，我们妥为找一安全之处，免得授人以柄就行了。"

几社名士没想到，原准备大闹松江府的，不想搂草带打兔子，一下子解决了！于是，他们一边客气地赞叹府台治理有方，一边都认为，方岳贡其实大可利用。

三

出了松江府，他们就在路上商量后事。首先是住处，徐孚远说："我家的南园荒了很久，幸亏子龙住进去了，才有了些人气；我弟弟的鸳鸯楼也空着，不如让柳子住进去。那里离子龙处不远，正好能互相关照一些。"

陈子龙说："我看改叫南楼罢！免得松江又起风波，说是在外面金屋藏娇。"

彭宾说："什么南园南楼的！就叫难楼吧。美人落难，英雄相救，好事多磨，南园风流。"

一拨文人们在说笑中到了城里。关于柳如是的用品，大家都分担了，各自派家奴送去。最后谈到谁去接柳如是时，李存我说："我要去青浦几日，不能去接。"

李存我的话很坚决，情绪也很低沉。宋微璧碍于弟弟的事，自然不好去。徐孚远说要去外地，彭宾又不太熟，最后大家一致推举陈子龙去接。彭宾又打趣道："这故人新人，你一担挑来得了！"

告别了朋友，陈子龙大步流星直奔江边，他要尽快把这个好消息告诉柳如是。

陈子龙走近柳如是的画舫时，柳如是正在等他。

她知道陈子龙要来的。

在几社名流之中，她最早认识的是陈子龙，最生疏的也是陈子龙。她感到陈子龙有意在躲避她。

上次易服访南园他避而不见，每一次文宴他总躲躲闪闪。直到从横塘回松江的路上，陈子龙借他人之酒，浇自己心中的块垒，才第一次坦然相对。

柳如是也感到奇怪，自己不知为什么对陈子龙有一股说不清道不明的怨气。留下字条是骂他；在船上，一样直言不讳地骂他。奇怪的是，这个威风八面的男子汉既不怒，也不反驳！

这才是真正的男人与女人之间的交流！柳如是想。

陈子龙进船舱前，似乎有很多话要对柳如是说；进了客舱，什么话都没有了。千言万语，一时不知从何说起。他只是平平淡淡地说："收拾东西，跟我走吧！"

"走！去哪儿？"柳如是惊愕地问。

陈子龙把他们几个去松江方岳贡府上如何说服方大人，以及徐孚远借他弟弟徐致远的南楼等经过大略地说了一遍。

听着听着，柳如是的眼泪唰唰地掉了下来。

四

自从柳如是住进了南园旁的南楼之后，陈子龙的起居与读书生活变得很有规律。每天早上起来，在池塘边练练剑，然后闭门读书。厌倦的时候，就给朋友写写信，翻翻闲书，为《皇明经世文编》做些案头工作。

几天不见柳如是过来，陈子龙的心里烦躁不安，读书也时常走神。

是不是自己那天说的话太唐突了，还是她一直就是这个脾气？

这天，陈子龙的夫人从华亭派人带来了不少精肴美食。陈子龙终于下了决心，提着食盒就直奔南楼，这是一个好理由。走在路上，陈子龙又回屋里取了些酒。他边走边想，想到柳如是搬来之后，他还没登过南楼呢！从内心讲，并不是为了瓜田李下，各避嫌疑，完完全全是粗心，一门心思等别人来！一个粗心疏忽的男人，放下别人就不闻不问。这哪里是关心人？这真是"无情未必真君子，多情如何不丈夫！"

再次登上南楼，虽然只是几天不见，却令人耳目一新。尘封的南楼，现已变得窗明几净。女人的灵气真是无处不在啊！一个布满蛛网的旧楼，经过女人的手一拾掇，立刻便显出了生机和活力。

　　楼上楼下都静悄悄的，陈子龙感到有些奇怪。他放下描漆食盒，直奔楼上。

　　推开房门，陈子龙发现柳如是正躺在卧榻之上，梅香在给她端水。已是黄昏，不像晏起，病了！陈子龙明白了。他马上自责起来，自己真是粗心到家了！

　　柳如是见是陈子龙来了，正要挣扎起床，想着自己还穿着藕色织锦褒衣，又慌忙躺了下来。脸红红的，什么话也不说。

　　虽然是惊鸿一瞥，柳如是的慌乱与娇羞，已让陈子龙眼花缭乱，心跳不已了。欲露未露的女人胴体对男人的诱惑是无可言喻的。而柳如是的娇羞，是陈子龙床之间所未见的。他马上镇定下来，问梅香是怎么回事？

　　梅香哭着说，如是小姐从松江到横塘，一路伤心，又陪你们饮酒达旦，加上雨淋，马不停蹄地奔波劳累，身体已经很虚弱了。到了南楼之后，她把船交给船师去管，让船师撑渡混生活去了。在这里洗洒捡扫，她事必躬亲，更加疲累。这几日秋风乍凉，受了风寒，病倒了。梅香又说，"前两日发烧烧得厉害咧，今天才好了一些。"

　　陈子龙走到花梨木卧榻旁坐下后，伸手摸了摸柳如是的脸颊，真的还有一些烫。看看四周，古楼因久未住人，无人照管与修缮，四下里吹些凉沁的秋风来，有高处不胜寒之感。

　　陈子龙轻柔而温存地抚过她的脸颊之后，正要拿开手，没想到柳如是从薄被里伸出手来，捉住他的手，久久不肯松开。

　　陈子龙心慌意乱，又抑不住心跳。

　　柳如是的小手带着被子里的温热，轻轻地、柔情地把陈子龙的手紧紧按在她的脸上。陈子龙感到，纵有千钧之力，也无法抓起这绕指之柔。

　　陈子龙再看柳如是时，两颗豆大晶莹的泪珠，在她的眼中滚动、凝结，终于急剧地掉在香枕边！

　　看到柳如是流泪，陈子龙马上感到心如鞭笞一样，他在心里责骂自己：一个柔弱女子，在风风雨雨中颠沛流离，身在举目无亲的异乡，沐风栉雨，受尽屈辱，自己还乘人之危，竟生出如此邪念，哪怕一刹那，也是不可宽恕的！

　　陈子龙用力抽出手来，本想安慰她几句，没想到她很镇定地说："相公，如是出身卑微，未敢做非分之想。俗话说，百年修得同船渡，我与相公同船几次，也算有缘，可亦算无缘。如是久闻公子美名，高山仰止。自从在眉公寿宴上见到相公，不敢说一见倾心，至少倾慕相公在名士中如鹤独立的风仪，登高一呼的气派。"沉吟了一会儿，她喘了一口气，幽幽地说着，"公子不必自责，如是本是蒲柳之质，用我们盛泽的土话说：只有软柴捆硬柴，却无硬柴捆软柴。相公若怕贱身有辱相公声名，请相公自便，病从心头起，相公也不必挂念。"

　　铮铮肺腑之言，说得陈子龙几乎无地自容，却又摧肝裂胆。陈子龙在碌碌风尘之中，见过的红颜粉黛也不算少，哪里听到过如此感人肺腑的话！就是自己的妻妾，以贤淑而著名，也不曾说过如此贴心暖肺的话。

　　陈子龙奔下楼。提上食盒和一坛窖藏多年的"女儿红"，又回到柳如是房里。他用力掀开酒坛的泥封，倒满了两碗鲜红如血、清冽如醴的酒，对柳如是说："子龙几次落第，浪迹江湖，成日借酒浇愁，空负一腔豪情，虚担名士之份；要不是柳子你敢直言相诤，骂我'风尘不辨物色'，我还不知要沉沦多久！卧子早存感念之心，以至今日发愤。一个五尺男儿，不如一柔弱女子，惭愧。知我者，柳子也，敬我者，亦柳子也。请柳子允我满饮此酒。"

陈子龙喝完酒后，柳如是从枕边摸出一只小小的玻璃瓶来，从里头倒出了些许细粉末于酒碗之中，也一口气饮了一大碗女儿红。

陈子龙虽然知道她有些酒量，但还是关切地叫她少饮，免得病中伤了身子。又关切地问："刚才服的是什么药？看过郎中吗？"

"砒霜！"柳如是说。

陈子龙感到五雷轰顶，手中的碗已掉在地上跌了个粉碎。他扑过去紧紧地搂着柳如是！

柳如是温柔地笑着，无限甜美，无限幸福，仿佛已身在天国一般。陈子龙悲恸地大喊："如是！"旧楼被震动得尘灰飞落。

柳如是柔柔地笑着说："看把你急的！这是一位道人为我特制的砒霜。卧子博学多闻，不知女子美容有外用内服二种，内服珍珠，是去火去热；我这内服砒霜是去寒去湿的。你也见过我冬日里比别人穿得少而且耐寒些不是吗？"看到陈子龙急成如此模样，柳如是停了停又说："士为知己者死，女为知己者容嘛！"

陈子龙一颗提到嗓子眼的心，略略落下来了。他还紧紧地抱着柳如是，生怕她飞走了一样。病中的柳如是，喝了一碗掺了砒霜的女儿红，更显得娇艳、温暖，像一盆火，差不多把陈子龙烤化了。

这一对出身不同经历不同但都已成熟了的男女，在南园的南楼上，又回到了曾是树木葱茏、百花争妍的生命的春季。

对他们来说，这是一种在秋天里的成熟，是暴风雨一般酣畅淋漓的爱。

已近壮年的陈子龙，从未得到过这样的爱。夫人的正经而冷淡，妾的稚嫩与惊恐，青楼女子的麻木，都不是两心愉悦的男欢女爱。这一段时间，他闭门读书，已久不近女色。柳如是是多么欣喜地得到这种壮烈、久旱甘霖一般的男人。如此娴熟、激烈中不乏温存，既古典又有难以言说的韵律。对陈子龙来说，十八九岁的柳如是，已经成熟得像秋天的柿子，彤红欲坠。光滑而富有弹性的肌肤，带着恬静的羞涩、熟悉的新鲜，欲望的宣泄与无畏的奉献，丝丝入扣地迎合了陈子龙。

柳如是也陶醉了！

第九章　巫山云雨小楼梦，风花雪月南园恨

人去也，人去梦偏多。忆昔见时多不语，而今愉悔更生疏。梦里自欢娱。

——《梦江南·怀人》之九

一

柳如是醒来时，陈子龙已不见了。可能又是读书去了。

一看枕边，尚留着他墨迹未干的诗笺。柳如是捧起诗笺，如饥似渴地读了起来：

> 清晖脉脉水粼粼，腊日芳园意气新。
> 岂有冰盘堆绛雪，偏浮玉蕊动香尘。
> 鸳鸯自病溪云暖，翡翠先巢海树春。
> 今日剪刀应不冷，吴绫初换画楼人。

昨夜的情景，历历如在梦中。陈子龙的诗句，又一次把她带到了且浮且沉的梦里。

从未有过的幸福。虽然寄身南楼，心里却很踏实。这一夜漫长而

又暂短，柳如是觉得是一场梦；如果是梦，永远在梦中该有多好！

她想起床，又觉得头重脚轻，病还未愈，不过心情是彻底地康复了。

她就这么半躺在床上，胡乱地想，思绪剪不断，理还乱。她回味陈子龙的诗，想着想着，便吩咐梅香取来笔墨纸砚，她想在卧榻上写点什么。拿起笔，又不知写什么好了。就写这梦吧！凝目思索了一会儿，便举笔写下了《忆梦》：

梦中本是伤心路。芙蓉泪，樱桃语。满帘花片，都受人心误。遮莫今宵风雨话，要他来，来得么？

安排无限销魂事。伢红笺，青绫被。留他无计，去便随他去。算来还有许多时，人近也，愁回处。

她将词用信封缄好，吩咐梅香送了过去。

二

陈子龙登上南楼时，柳如是已经勉强起床了。稍事梳洗，正倚窗凝望。午后的阳光笼罩着竹帘，站在窗前的柳如是成了一幅极优美的剪影。

自从柳如是住进来之后，小楼上到处散发着她特有的体香，淡幽幽的如蕙兰吐华，一丝丝的甜味如含笑花儿临风。一首古诗涌上陈子龙的心间：

日暮吹罗衣，玉闺未遑入。

非矜体自香，本爱当风立。

陈子龙走过去，轻声地对柳如是说："进去躺下吧！病还未好，免得又受凉了。"

柳如是说："不碍事了，我想走动走动，老睡着，闷死人了，不如到园中走一走。"

陈子龙陪着柳如是在园中散步。秋天的南园，树木已开始落叶了。一池秋水，如一面古铜镜，映着蓝天白云。蓝天白云之间有一片火焰，那是一株三角枫树，枫叶正红。

晚上，陈子龙想挑灯夜读。柳如是记起前几天陈子龙说的"红袖添香夜读书"的话，便要留下陪他读书。

陈子龙担心柳如是的身体，一再催她先回去睡。没想柳如是不悦而怒："睡、睡、光知道睡，难怪外号叫陈卧子！你若再不用心读书，就枉担了江左才子的美名，干脆叫江东卧子！"不过，她马上又嗔笑着说，"我已睡了几天了，也想读读书。"

"什么江左才子！十岁神童，二十岁才子，三十岁庸人，四十岁老而不死！"陈子龙笑着说。

"什么死不死的，尽说胡话！"柳如是有些怒了。

见柳如是发怒，陈子龙马上玩笑说："你看看，难怪叫小凤仙，一碰就炸，差一点就是河东狮子吼了！"

"江左才子对河东狮子，亏你想得出来！"柳如是不但没有生气，反而转怒为喜，"我干脆就自号河东得了。"

"好！好！不与你辩了，'河东佳丽，江左才子'。如果我真能成就一番功名，倒也不错，应了才子佳人的故事，只是眼前……"

"眼前用功读书，甲寅会试快到了。"柳如是说。

说笑之间，陈子龙想起了那天徐孚远的玩笑。这一批朋友之中，待问已经中了进士，彭宾也中了进士，只有自己名声在外，却无长进。为了柳如是，也该用功一些。别人能做的事，自己也一定可以做到，先争功名要紧，至于自己的文学主张，可以慢慢再说。

三

读书读累了之后，柳如是就送些汤水来。汤水都是她亲手调烹的，又亲自送来。

他们相敬如宾，心心相印，似你中有我、我中有你一般。

一天晚上，柳如是在抚摸着陈子龙结实的臂膀，无意中碰到一个硬东西，拉起他的手臂在烛下细看，原是一只上面镏满了金文的臂圈。柳如是笑了："女人戴手镯，你带个臂圈干什么？未必是哪吒再世，怕你跑了，还是别的什么？"

陈子龙讲了一个故事：

他在七八岁时，有一天晚上做了一个梦，梦到天庭也在考试。他去看金榜之时，见榜上写着"乘槎入北海，紫府碌清虚"。那时候他还不懂天地阴阳之类的真谛。

"按说，'北海''清虚'应该是神仙道人的去处，是说我以后会当和尚、道士，可是我天生就不安分，又不守礼教，叫我出家脱俗也受不了！若说金榜题名，我至今也未考上进士，不知为什么？当时，我把这个梦讲给祖母听了，祖母又告诉了我父亲，我父亲曾去请教过一位波斯来的文人，于是，就打造了这只金圈，大概是想箍住我，怕我飞走了吧？"

柳如是听了这个故事，心事蒙眬。她躺在陈子龙的身边，真想与他比翼飞往青天！然而，她紧紧地箍住了陈子龙的另一条手臂，说："我不管那么多，我把你另外一条手臂也箍住，看你哪里飞？"

陈子龙笑着说："说傻话，这不过是个梦而已，老人家们喜欢这一套，我不过尽点孝心罢了。我怎么舍得离开你呢？"

"可是，能这样过一辈子么？"柳如是轻轻地叹了一口气。

陈子龙沉吟了半天说："总会有办法的吧？等我考试之后。"

没想到柳如是斩钉截铁地说："我可是宁做鸡头不做凤尾的人。要么嫡配，要么，不如还是流浪江湖，省得低眉事。"

这一点，陈子龙想都没想过。

这一夜的心情，柳如是后来时常记起，还填过一阕词：

人何在，人在月明中。半夜夺他金扼臂，带人还复看芙蓉。心事好蒙眬。

在蒙眬的心事和蒙眬的月光下，因为认识了陈子龙，柳如是开始对未来生活产生了蒙眬的向往。

陈子龙转身搂着她，在她耳边轻声说："睡吧！先不去想这些了，船到桥头自然直的。"

柳如是的泪水无声地落下来。

四

翌日早上，陈子龙因昨晚说了一宿话而起晚了。还未睁开眼，他就伸手去摸，摸了半天，青绫被还有余温，人却不见了。

陈子龙慌忙起身，到书房一看，人不在。书案上的八行笺在晨风中飘动。他顾不得穿衣，走来急欲看看她写的什么？八行笺上，是柳如是刚写的一首词《添病》：

　　几番春信，遮得香魂无影。衔来好梦难凭，碎处轻红成阵，任教日暮还添，相思近了，莫被花吹醒。

　　雨丝零，又早明帘人静。轻轻分付，多个未曾经。画楼心。东风去也，无奈受他，一宵恩幸，愁甚病儿真。

　　陈子龙读过之后，非常感动，莺莺之语，犹在耳边。一大清早，柳如是会到哪里去呢？他慌忙穿上衣服，来不及梳头，就慌慌忙忙地到南园里边寻找去了。

五

　　原来，一大清早，柳如是就从梦中惊醒了。

　　她梦见陈子龙划着桨，匆匆地行驶在银河里。陈子龙用力地划，船像箭一般飞行。她想追上去，伸手去抓，可是手脚像被缚住了一样，不能动弹！

　　醒来时，发现自己在梦中哭了，青绫被头湿了好大一块，眼角还挂着泪。她准备拭泪时，发现陈子龙紧紧地抓住自己的手臂，还在酣甜地睡着。她轻轻地抽出来，拭掉泪，悄悄地起了床。

　　金雀一早就在枝头欢唱。坐在书案前，柳如是似乎还未从梦中伤感里走出来。看看水汀旁自生自灭的蓼草，红彤彤的，渐行渐远。她捡起笔来写下了《添病》之后，一个人悄悄地离开了梅楠草庐。

　　正在小楼上准备梳洗，忽听得园里传来陈子龙惊心动魄的叫喊声。柳如是顾不及梳完，放下木梳，就直奔下楼。她站在台阶上，忽又犹豫起来。今天是怎么啦？她问自己，在一起才几天，今天为什么如此被人牵引？如此的动情，今后怎么办？

陈子龙的身影越来越近了，焦急的喊声越来越大。柳如是镇静下来，她看到陈子龙披头散发，儒巾也未系，衣衫也未整，她笑了。再想想自己，也是散乱着头发，一时兴起，童心大发，轻轻地应了一声之后，便跑到一蓬秋海棠边躲了起来。

陈子龙急奔而来，完全是一副心急火燎的样子。看到陈子龙急成如此模样，柳如是有些心疼，再也躲不住了，便连忙站起来。

陈子龙连忙奔了过来，一下子连人带枝抱住了她，生怕她飞走了似的。海棠树也被猛地摇下一树花雨，洒在两个人的头上和脸上。

六

经过这个插曲之后，二人笑成一团，尔后又回到了陈子龙读书处。

陈子龙赞赏了一番柳如是的词后，也诗兴大发，立即铺纸写了一首《少年游》：

满庭清露浸花明，携手月中行。玉枕寒深。冰绡香浅，无计与多情。

奈她先滴离时泪，禁得梦难成，半晌欢悦，几分憔悴，重叠到三更。

柳如是说："别那么多愁善感。我也填几首助助兴吧！"说完，一口气写了四首《忆江南·怀人》：

其一

人何在？人在枕函边。只有被头无限泪，一时偷拭又须牵。好否要他怜。

人何在？人在蓼花汀。炉鸭自沉香雾暖，春山争绕画屏深。金雀敛啼痕。

人何在？人在玉阶行。不是情痴还欲住，未曾怜处却多心。应是怕情深。

人何在？人在石秋棠。好是捉人狂要事，几回贪却不须长。多少又斜阳。

柳如是的词，就像她的为人，耿直爽快，这些词完全是直抒胸臆，陈子龙一看就完全明白了。

．

七

自从听了陈子龙说梦以后，柳如是的心中一直忐忑不安，心思变得越来越迷惘和疑惑了。这个梦深深地烙进了她的心中，使她心中充满了矛盾。她害怕这如胶似漆的爱，会又一次使陈子龙沉沦——欢乐的沉沦。

陈子龙已变得非常温顺了，总在陪着她，放风筝、说笑话、指导她读书，赋诗填词。这一段时间，陈子龙的灵感如涌泉一般，信手拈起，几乎每天都有情诗见赠。女人如水，她害怕陈子龙沉没在温柔的海洋之中，再也不肯扬帆了！另外，陈子龙给柳如是带来了神秘魔幻一般的吸引力。她仿佛正在一步一步地走进陈子龙那个充满昭示的梦中。"乘槎入北海"简直是一种神化的力量。她甚至遥想，陈子龙的前生大概是溺水而死的洛神——水仙花之神，高标独立，凌波直上，给自己阴晦的心里，带来一点点春的讯息。

受陈子龙和几社的影响，柳如是现在尤其喜欢古文词赋了。词，她是一直都喜欢的，优美的旋律感，长短参差的形式美，可以浅吟低唱，极适合宣泄愁怨的文字。所以，她常常更喜填词。近来，她读了不少赋，以前很反对这种文学样式，因为它过于追求辞藻的虚华。自从与陈子龙在一起之后，心情很好，一切都变得美轮美奂了。赋，在她的心目中，成了一浪连一浪接连起伏的湖水，很适合泛舟荡桨，优美的词句如水中的菡萏，赏心悦目，美不胜收。

这一天，天气很好，心情也好，她想练练笔。她便找出一张六尺宣纸来，逐字逐句地仿着《洛神赋》，写了一首《男洛神赋》来。写完之后贴在墙上，自己看了看，觉得好笑，在外人看来，肯定不知所云，只有她自己明白其中的比拟、典故和用意。世上的文人，都喜欢用女人的腔调写女人的闺怨与愁绪。她今天反其道而行之，用男人的口气写一回男人！她想说，这种心情，只有天知、地知、你知、我知了。贴好之后，她还仿着男人的腔调吟诵了一遍："……协玄响于湘娥，匹匏瓜于织女……"

读完之后，觉得过于晦涩，又补了一个题记："友人感神沧溟，役思妍丽，称以辨服群智，约术芳鉴，非止过于所为，盖虑求其至者也。偶来寒淑，苍茫微堕……"

她将写好的《男洛神赋》揭下来，送到陈子龙处。

陈子龙看了之后说："呵！自矜才高八斗，欲作女中陈思了？"想了想又说，"命题颇有新意，书法也直追李存我。啊，对了，我们也该请夺我他们来聚一聚了，免得他说我们喜新厌旧。"

八

南园的这次聚会，是一次非常不成功的集会。人数很少，兴致也不高。

几社文人中，大都忙于应考，临时抱佛脚也好，到了这个时候，应考的人总是满腹心事的。

李存我、彭宾他们很客气，似乎谁也不曾感到柳如是的幸福与欢乐。

夏允彝说："大家现在谁也无心作诗为文了，人心惶惶。自李自成、张献忠的先头之旅攻陷凤阳之后，不仅挖了先祖朱元璋的坟，曝尸郊野，连皇陵周围的龙柏都一把火烧个精光！这些流寇打起了'古元真龙皇帝'的大旗，一路纠集难民，乘势而下，连破寿州、卢州，舒城、巢县、无为数城，大有星火燎原之势！"

陈子龙说："南京兵部尚书吕维祺曾上奏，提出凤阳系皇陵所在，需重兵驻守，以防流寇东犯。内阁置若罔闻，首辅温体仁拟旨准抚不必移镇，以致凤阳成了空城，祸及祖陵，若论罪，温体仁应首当其冲。"

"温体仁找了替死鬼，将凤阳巡抚扬一鹏、巡按吴振缨逮捕下狱，处以死刑！尽管皇上素服避居英武殿，灭膳撤乐，但对朝中罢免温体仁首辅的呼声却避而不听，对误国权臣固信不移，真是大奸似忠，蒙蔽圣聪！"几社名士周立勋边说边摇头，一副无可奈何的样子。

彭宾激愤地说道："弹劾温体仁，谈何容易！几年来，东林党辈遭排斥，真是'除佞如拔石，去贤若转丸'！"

闭门读书的陈子龙对外面情况知道很少，听他们这么一说，也有些吃惊。本来他不太关心政事，但在古明风雨飘摇的时刻，他不能不关心了。"皮之不存，毛将焉附？"知识分子的命运，总是与国家与民族命运相关联的。他见大家只有牢骚而无主见，便说："总这么议论也不是办法，我们应该尽我们的能力做点什么。复社名士、东林党人个个意志消沉，像钱座师、钱牧斋都退隐山林了！我说，大家应该团结起来，竖起旗帜，推出钱座师为代表，游说张溥、吴昌时等有实权、有号召力的人，由张溥坐镇江南，与朝中弹劾阉党余孽温体仁之人士相呼应，形成朝野上下口诛笔伐的声势。"

大家一致同意陈子龙的意见，尤其对推出钱谦益为大旗这一方案，无不兴奋不已，并安排分头联系，采取行动。

柳如是看到陈子龙对钱谦益极为佩服，便悄声说道："都道牧斋是文坛领袖、东林党魁，可惜未曾谋面，若有机缘，定要当面求教。"

陈子龙简要地向她介绍了钱谦益的经历、为人，以及他被世人称为"文学泰斗"的依据。最后，又善意地笑着说道："阉党指责他为'天巧星浪子'，我们都称他为'广大风流教主'，是当今罕见之才。"

柳如是听了，默默地记在心中。

酒宴之后，徐孚远悄悄把陈子龙叫到一边说："子龙，你可不要乐不思蜀啊！你的祖母和继母问起过我，问你怎么样？一大家子人，你还是应该适当关心一下。"

听了这话，陈子龙沉吟不语。

徐孚远见陈子龙不语，又说："听说你夫人又在给你觅侧室呢！"

听了这话，陈子龙感到局促与不安。

聚会时众人对社稷的关注，对时局的忧心，是有正义感的文友们的家国情怀，柳如是虽未表达她的想法，但内心赞许这些热血学子！

送走他们之后，她站在一片楠竹旁边，便有了腹稿，便连忙回到室内，写下了一首《题画竹》：

> 不肯开花不趁妍，萧萧影落砚池边。
> 一枝片叶休轻看，曾住名山傲七贤。

　　古来吟咏竹、梅之诗颇多，柳如是这首《咏竹》，追逐美艳，萧然挺拔，卓然立世。对竹子的一枝一叶都不能轻视小看，因为它曾生长于名山之中，这首七绝构思精巧，格调清新。诗人以竹喻人、托物见志。竹子不趋时媚俗，清高孤傲正是人格高尚、德操纯正的象征。这恰是诗人的自期自励。在短短二十八个字中，竹子的潇洒雍容、气宇轩昂被描摹入微，诗人不慕荣利、恃才傲物的形象隐含其内，写来笔墨省俭，含义丰赡，余味无穷。《神释堂诗话》评柳氏之诗"七言乃至独绝"，堪称笃论。

第十章　应变华亭伊人去，揖别松江兰舟归

人去也，人去夜偏长。宝带乍温聪意，罗衣轻试玉光凉。薇帐一条香。

——《梦江南·怀人》之十

一

对柳如是和陈子龙来说，这一年的秋天，是一个多事之秋。很多事，其实早就如点燃了引线的爆竹，只是因为他们沉溺在爱河之中没有发现罢了。

正在专心读书准备考试的时候，陈子龙家里准备为他娶侧室的风声越来越紧。加上一些莫名其妙的谣言和一场莫名其妙的诉讼，陈子龙已经有些焦头烂额了。

最头痛的还是家里。

陈子龙家在松江算不上是名门望族，但在松江有很好的名声。祖父陈善谟没有在朝中做过官，是一个富甲一方、颇有声望的爱国人士。陈家是靠勤劳节俭起家的。田地上的事祖父亲力亲为。当时，江南作为丝绸之都，有悠久的通商历史。日本列岛和高丽的商人经东海来贸易，也有一大批浪人活动在松江、盛泽一带。这些浪人逐步扩张，形成一

股武装势力，不断在沿海骚扰，商行时有打家劫舍之事发生，官府无力对付，陈善谟便组织起护院家丁和乡村农民，与来犯的倭寇浴血奋战，保护了江南，保护了松江。

这支小小的民间武装屡建战功。陈善谟几次死里逃生，仍不屈不挠地进行抗倭的战斗。祖父抗倭的故事，从小就在陈子龙的心中种下了爱国抗暴的种子。

万历十四年，陈子龙的父亲陈所闻考中进士，一度任过刑部郎中，后改工部郎中。陈子龙的父亲和祖父一样，脾气十分耿直，在魏忠贤阉党专权横行的朝廷，处处是荆棘塞路，虎狼当道，许多敢于直谏的文武官员或被消职，或蒙冤入狱，有的竟被阉党以莫须有的罪名迫害致死。朝政乌烟瘴气，天下民不聊生！就在阉党制造"六君子"案之前，陈所闻便急流勇退，辞官归里。他在家里研习古文，课子读书。就是在乡下，他也是一个闲不住的人，路见不平，拔刀相助，在当地百姓自发组织起来抄了尚书董其昌的家时，陈所闻不惜冒着与董其昌断交的危险，与全都孝廉联名上书，为受牵连的生员鸣冤。

陈子龙的父亲不仅倾注了大量的心血教授陈子龙诗书礼仪，更重要的是言传身教，将陈家刚正不阿、为人正直的家风传给了他。

十九岁那年，陈子龙中了秀才。就在那一年，他的父亲英年早逝，留下了祖母高安人，继母唐孺人，和姑母及一群老少妇孺，也留下了一副重担。

陈家三代单传。祖母为此急忙替陈子龙择亲完婚。从此，祖母也将家庭的财政大权交给了陈子龙这对年轻的夫妇。

陈子龙在内心深处深深感激发妻张氏。几乎是母系氏族的陈家，也只有张氏这样贤淑能干的女人才能打理得井井有条。陈子龙从成家到现在，哪里知道盐咸米贵？陈府除了家人之外，还有仆人使女，是一个数十口之家的大家庭；张氏是支撑起这个家庭的顶梁柱，外有催租纳赋，人来客往，四时八节；内有鞋头袜脚、穿衣着裳、柴米油盐。大到婚丧嫁娶，小至洒扫庭院；上有高堂老母，下有七姑八妹，也够她操持的了！多亏了张氏精明干练，治家有方，才有得陈子龙抛头露面，闲云野鹤一般逍遥。

陈子龙觉得欠张氏的情不仅是她的辛苦勤劳，更主要的是张氏的孝顺与贤惠。张氏与陈子龙成婚数年，皆未生育，她知道陈家世代单传，不可绝嗣，便说服高安人，替陈子龙娶回了端庄、健壮的侧室蔡氏，而且情同姐妹，一起侍奉老人。可惜，蔡氏也只生下一个女儿。陈子龙倒没什么，也没心思与妻妾同房。

结交柳如是之后，爱情如含在口中一般甜蜜可爱，更不把生儿育女放在心上了。这倒是急坏了张氏，听说，她又在给陈子龙觅一个年轻、貌美的良家女子。

其实，张氏哪里不知陈子龙在外面的风花雪月？听到陈子龙与柳如是同居南楼，她才真正地紧张起来！名花须有主。柳如是的出现，既给陈家造成危机，也给张氏的地位带来威胁。于是，她这才想出一个既得贤名又兼巩固地位的办法：用温柔的枷锁套住陈子龙这匹野马。

既然张氏四处托媒，一定是得到了祖母高安人的点头应允。所以陈子龙感到不安和紧张。

二

接踵而来的打击，使陈子龙不得不面对严酷的现实了。

徐三公子的父亲已在松江府状告陈子龙了。

自从松江府下令驱逐"流伎"之后，柳如是的名声在松江大振。

正在人们等着看一场好戏的时候，没想到几社文人把柳如是又接回来了！他们不仅说服了郡守，还私藏在南园之中。这一些曲折的经历，不知是被三流文人还是江湖艺人编成了传奇故事，有章有节，到处流传，什么"徐公子寻花兰舟""陈子龙醉卧柳隐""文武两状元、风流三书生"，还有什么"佘山搂抱千金买笑，白龙潭惊顽感艳""方大人舌战群儒、柳女史易服私访"如此等等，有声有色。就连李舒章的游戏之笔，应酬柳如是的《江城子》一词，也广为流传。

陈子龙听到这些传闻，哭笑不得。年轻气盛的李舒章，一听到这些流言，激动不已，急于反辩。小小的松江，一点小风，就可以掀起极大的风波。

李舒章不辩还罢，一辩就替陈子龙辩出是非来了。

陈、徐两家，是一箭之遥的乡邻，却早就有芥蒂。

徐三公子的祖父徐锴在京任相时，陈子龙的祖父在家乡抗倭，徐家还亏了陈家保护。两家虽不怎么来往，不过还算是睦邻。陈子龙的祖父想买下一块地开一个园子。徐三公子的祖父也就答应了。徐锴想的是，好狗护三邻、好汉护三村。既然陈家为保护自己的家院出了力，这一小块地也就算不了什么，不如成全别人，也算是君子成人之美。

陈家将这块地开了一个后院，取名"文园"。陈家希望陈子龙的父亲以文取名，以文进仕。

这一名字犯了徐家的忌。徐三公子的父亲徐肇美是一武将，听了之后，气从心来，日后，陈家果然出了京官。徐肇美修书京城，意思是或是讨回这块地，或是给陈子龙的父亲陈所闻设关卡、穿小鞋。

没想到徐锴回信说："千里修书为一墙，让他三尺又何妨。万里长城今犹在，至今不见秦始皇。"上一代人已经辞世了，事情也就这样过去了。

现在，乡中到处传闻，徐三公子贴银柳如是，柳如是又将徐三公子的钱给了陈子龙、宋辕文、李舒章三人花销。徐三公子如何愚蠢，如何被柳如是等人看不起，文人们如何戏弄他等，渲染得绘声绘色，有鼻子有眼。

徐家发怒了。

三

这一次，徐肇美长了个心眼，他没有亲自出面，而是托朱翰林出面当说客。

朱翰林来到陈家之后，陈子龙不在家。朱翰林说明来意，张氏说："相公不在家，不好做主。"

朱翰林添油加醋地乱说了一通："你家相公也不在乎这块旧园地，就像他有了新人不在乎旧人一样，兄弟如手足、妻妾如衣服，还不是说换就换？"然后将民间演义再演义了一通。

再有气量的女人也容不了这话。张氏虽然又气又急，心中如打翻的五味瓶，但口里还是稳稳当当、应付自如："莫说相公不在，就是他在也不会答应的。这一点祖业，我敢让，谅他也不敢让。相公在外，树大招风，自然会有闲言碎语，哪个人前无人说，哪个人后不说人？只要我相信他就是了。我劝你还是各人自扫门前雪，休管他人瓦上霜为宜。"

张氏的话，不仅绵里藏针，反而是骂了朱翰林一顿。朱翰林虽然心中不快，也只好悻悻地走了。

朱翰林对徐家说了此行结果，徐家的人再也稳不住了。火急上房一般，要告到官府，其目的是要官府取消陈子龙进京考试资格，使陈家永无出头之日！

徐家为了解心头之恨，做了充分的准备。徐肇美知道，要到郡守那里去告，一定很难办，因郡守方岳贡是偏袒着陈子龙的。他决定告到巡抚那里去，但他自己不出面，而是唆使朱翰林去告，他私下里给了朱翰林不少好处，并拍着胸脯说："花多少钱通关节都可，你只管到我这里取。"

徐肇美不单告了陈子龙，连李舒章也一起告了。他告陈子龙的罪状是：蓄娼纳妓，败坏民风；讹人钱财，误人子弟；结社营私，攻讦朝政。告李舒章的罪状是：无德文人，编演传奇，诽谤乡里！

徐肇美把李舒章牵连进来，是以为乡间演义和说书人编排的故事是出自李舒章之手，但他的状子中并未涉及宋辕文。在徐肇美看来，宋辕文与自己的儿子一样是受害者。

这一年的除夕之夜，街上的爆竹如豆子一般。柳如是与陈子龙正在饮酒赋诗时，徐三公子慌慌张张地跑到了南楼，让柳如是和陈子龙大吃一惊。

柳如是热情地上前请徐三公子进屋，并且让座斟酒。她说："没想到公子除夕会到这里来，在这里喝杯薄酒，就回去与家人团聚吧！免得叫父母心里牵挂。"

徐三公子愤愤不平地说："家里人一直守着我，不让我出门。要不是今天除夕，乘机溜了出来，只怕相公与姑娘要记恨我一辈子呢！"

徐三公子一边大口地喝酒，一边把父亲这些时如何唆使朱翰林再一次向巡抚告状等仔细地说了一遍。

徐三公子有些醉了。柳如是打着灯笼，同梅香一起将他送到南园门外的大街上，并嘱咐他一定要早些回家，不要再到别处去，免得家人担心。

回到南楼，陈子龙和柳如是感到事态有些严重，柳如是劝陈子龙现在就赶回去。这不仅包含让他回去与全家团圆的心意，而且还想替他摆脱目前的窘境。见陈子龙还在犹豫，她说："你放心地回去吧！所有这些事都是冲着我来的。不如我暂且离开松江避一下风头，你也好乘此时间处理一下家中的事和商讨如何对付官司。再说，我也想回盛泽看一看，或者到姐妹们那里走动一下。"

陈子龙问她想去哪里？

她说："或者可以去葛嫩处，听说她最近被人纳为侧室；或者去王修微处，她也嫁人了。这你总可以放心了吧？"柳如是又笑着说，"也想看看她们夫婿如何？"

陈子龙说："去葛嫩那里最好，她嫁给了孙克咸。孙克咸与我和舒章交情甚笃。这样吧！让舒章陪你去，克咸任侠尚武，是位豪杰。我今夜就修书交给你带去，你正好代我去喝他的喜酒。安排好了这边的事，我去接你。"

安排妥当，陈子龙星夜赶回华亭。

四

春节刚过，没等李舒章来约，柳如是便带着梅香离开了松江。

虽然只是短暂的小别，柳如是每走一段路，都恋恋不舍地回首望一望，挥不去陈子龙的影子，她只好写些小词来排解心中的淤积。她想写一札《梦江南》，记下一路的心情，回松江后再给陈子龙看。

人去也，人去画楼中。不是尾燕人散慢，何须红粉玉玲珑。端有夜来风。

离开南楼，她什么也没带，也懒得化妆。想着陈子龙在时，南楼无限温暖，他一走，便感到倍加冷清，风也大了似的。

出了城门，她又恋恋不舍地回头望了一眼松江。天上下起了细雨，春雨潇潇，更添离愁。

人去也，人去凤城西。细雨湿得红袖意，新芜深与翠眉低。蝴蝶最迷离。

出了城南，野外一片肃杀，连行人也极少。春湖带雨，淹没了沙洲；新柳含苞，已露春意。满湖的荷花，只剩下枯败的枝梗。陈子龙写给自己的《咏寒柳》《采莲赋》《采莲童曲》和秋天画的《采莲图》题诗，都历历如在眼前，字字犹在心胸。此情此景，最为伤情：

人去也，人去鹭鸶洲。菡萏结为翡翠恨，柳丝飞上细筝愁。罗幕早惊秋。

人去也，人去小棠梨。强起落花还瑟瑟。别时红泪有些些。门外柳相依。

柳如是带着满怀伤感，一步三叹地暂别了松江。

第十一章　程孟阳自作多情，黄衫客怜香惜玉

人何在？人在蓼花汀。炉鸭自沉香雾暖，春山争绕画屏深。金雀敛啼痕。

——《梦江南·怀人》之十一

一

柳如是的突然到来，给了葛嫩一个意外的惊喜。

还沉浸在新婚幸福中的葛嫩，连忙叫来了孙克咸。

孙克咸没见过却早就听说过柳如是。柳如是也是只听说过孙克咸，而未见过面。第一次见面，一向能纵酒高歌的孙克咸，变得呆呆的，不知是被柳如是的美貌所吸引，还是被她的气质所打动。

葛嫩想到柳如是此番前来，一定是有什么事。于是，便很关切地问她："听说你与子龙在松江闹得风风雨雨，比我和克咸闹得还凶，到底怎么回事？"

不提陈子龙还罢，一提陈子龙，柳如是的泪就涌了出来。她含着泪将她与陈子龙相遇相知的经过说了一遍，最后又说到陈子龙近来被徐府纠缠，以及家中可能出现危机等情况。

一听说自己最好的三个朋友中，一下子卷进去两个，刚烈火暴的孙克咸气不打一处来，满口粗话都骂了出来。虽然官司是徐肇美挑起来的，但此事涉及官府，情势复杂，还有陈子龙家里的情形，孙克咸都只有干着急。一着急，口里咻咻的出粗气，满身如刺倒竖的刺猬。

他与陈子龙不但意气相投，还互相敬慕，陈子龙曾赠诗赞他："孙郎磊落天下才。"

还是女人细心周到，葛嫩说道："克咸，如是一路赶来，定然劳累不堪，还不快去准备酒菜！"

柳如是笑着说："我正要讨你们的喜酒喝呢！子龙和舒章也要我代他们给你们祝酒。"

有美酒佳肴，加上挚友的盛情，柳如是暂时忘记了烦恼与忧愁。

二

晚上，葛嫩与柳如是久别重逢，有说不完的知心话，却把孙克咸晾在了一边。

孙克咸是桐城人，能文能武，骑在马背上，千言立就。他虽然五短身材，但精明强悍。五石之弓，能左右拉开！自号飞将军，又别名武公。他总想投笔磨盾、封狼居胥。他爱酒爱色，喜欢纵酒高歌。有一次，他刚刚看中朱市一个叫王月的青楼女子，没想到，王月被一有钱有势的人家买走了。他郁郁寡欢地到李十娘家闲坐。那天，李十娘劝他说："一个无名小妓也会值你这样的男人留恋？色艺无双、才貌双全的葛嫩就在此间，何不去拜会一下？"

孙克咸抱着试一试的心情来到了葛嫩住处。葛嫩刚起床，淡淡地说一声"请坐"后，就忙着梳妆去了。

葛嫩有一头秀丽的长发，这头发比她本人的身高还长！葛嫩梳一次头总得一个时辰左右，小侍女要踏在踏板上梳，就是如此，头发还是要拖到地上！她的头发不但长而且浓黑，像瀑布一样包围了她，她间或拾起手来帮侍女理一下，白嫩而肥美的手臂如莲藕一样，从镜中，隐约可见她的脸庞上宛如黛山的双眉和点漆一般的瞳仁。

梳完头的葛嫩，几乎忘记了前来拜访的孙克咸。当她发现孙克咸还痴痴地坐在那里，不禁笑了。"此温柔乡也，亦吾老之乡矣。"这是孙克咸的原话。

他们一见钟情，孙克咸在葛嫩那里住了一个月，几乎足不出户，最后将葛嫩娶过来了。

在平淡之中，柳如是能感觉到孙克咸对葛嫩如痴如醉的爱，也感觉到了葛嫩得到孙克咸这个归宿后的幸福。这使她又想到了陈子龙。

一想到陈子龙，她便无端地感到怅然若失。

三

柳如是在焦急与等待中徘徊。

她不想在葛嫩和孙克咸处久留，不想因自己的到来惊扰他们的幸福。她很想回到松江，回到陈子龙的怀抱；但又怕回到松江，怕见到他。她渴望陈子龙的爱，又怕因为爱而给已有家室妻小的陈子龙带来一次又一次的磨难。

最后，她借口去王修微那里看一下，而告别了孙克咸夫妇。

告别孙克咸夫妇之后，原来想探望王修微的借口便逐渐变成了愿望。她想起了李存我曾经对她说过的话：有机会去嘉定向程孟阳学习一下书画。何不借此拜访一下程孟阳？这个想法一旦在柳如是脑中出现，她便迫不及待地去实现它。

草衣道人王修微热情欢迎柳如是的到来。外传王修微古板、冷漠，这是因为王修微目上无人。不是聪明的男人，不是她看得起的男人，王修微不为之接待。但王修微所嫁的男人茅元仪，却是一个非常一般的人。

只有柳如是知道，草衣道人心高气傲。因为心高气傲而渴望恬淡、幽雅，如同山中高人与外界绝尘的生活。正是这种热望的破灭，她才不得已而匆忙嫁给了茅元仪。一种无言的悲剧。这样的悲剧，只可能发生王修微身上。

出乎柳如是意料的是，她在嘉定的王修微家中，碰到了林天素，并因此而认识了林天素的崇拜者，有"黄衫豪客"之称的富商汪然明。

要说脾气古怪，林天素在风尘女子中可以说古怪第一。林天素名林云，自称云道人。因为都是"同道中人"，所以与王修微意气相投。二人相从甚密。

有"三山才女"之称的林天素，是一个恃才傲物的冰雪美人。她有雪白的面孔，雪白的肌肤，加一袭雪白素净的衣衫，更有一副冰雪般的铁石心肠。

有财有势又有万贯家财的汪然明，也是一位不同凡响的名士，他对林天素始终追随左右而不得。林天素自号云道人，汪然明就取号为黄衫客。黄衫乃道人之正色。林天素在西湖暂居，汪然明为她伐木筑净室，名曰随喜庵，几乎是让林天素随心所欲了。

林天素就是林天素，仍不为其所动。

　　柳如是到嘉定后，就住在汪然明老家嘉定归宅的垫巾楼。恰好，她所要拜访的程孟阳，也借住在此。

　　程孟阳是客居在嘉定的新安人，他虽然几次想在嘉定买地置屋，但终因囊中羞涩而未能如愿。程孟阳虽是外乡人，因为诗词书画不错，与唐时升、李流芳等有"嘉定四老"之称。

　　柳如是的到来，经过当地名媛和学士们的交往、应酬和传播，几乎轰动了嘉定。

　　柳如是一时间成了嘉定文化圈中的核心人物，如众星拱月一般。"嘉定四老"你请我接，日日欢歌，夜夜舞宴。在"四老"不知疲倦的应酬中，柳如是却感到孤寂，一种说不出的孤寂。

　　一有空闲，柳如是就练笔。她想把满腹的心思都形诸笔墨。在嘉定几日，她大开眼界，程孟阳的字画老到圆润；唐时升的模古遗怀，无意之中妙趣天成；李流芳的书法似乎无法掌握，握如椽之笔，一笔扫下，她也感到似乎有一扫古今愁的痛快。柳如是默默地想，书法与人之间，存在着一种只可意会、不可言传的联系，王羲之不是因为看公孙大娘舞剑而书艺大进吗？

　　在嘉定，柳如是领悟到了书画与人生意义的真谛。

　　嘉定是如此的古典，又是如此的充满文化气息，老人和艺术，诗与情感，画与女人，简直是世外桃源。

　　从垫巾楼开始，每到一处都是典故。比如垫巾楼，山中高人郭太在山中遇雨，以巾一角垫坐；唐时升家的梅庵琴台；"过园"有百年珍奇山茶，有古桂树一株……鹤槎山，几乎被名园里名胜所包围。

　　虽然应酬在名士和名园别墅中间，但柳如是能感到他们的热心，每一个人都善待于她。不知为什么，她无法让心境同这些古典的园林与艺术融洽。在松江，虽然风风雨雨，却充满了朝气。现在，在如此宁静优雅的环境之中，却感到窒息。她不知道王修微、林天素是怎么适应这种生活环境的。

这些话，她只是藏在心中，表面上还是一样的欢笑，一样的饮酒，一样的歌舞。

有一天，汪然明悄悄对她说："你肯定不开心。"那天，她一人独步走到"杞园"一棵数围粗的枸杞树下，汪然明也离席走到了她身边。柳如是笑了："你怎么知道？你又不是算命先生。"

汪然明笑着说："大凡读书人，都读过《周易》，也大都会一点阴阳数理；如果不是做生意，我去替人算命说不定更有些名气。我还精通易学呢！只不过很少对人讲起此事，因为世人总认为商贾是胸无点墨的。"

"那你知道我为什么不开心吗？"柳如是饶有兴趣地问。

"你对嘉定枯燥无味的生活感到厌倦。"

"难道这里生活不好吗？"

汪然明说："对有些人来说算是天堂，程孟阳一住几十年也不愿意走；对有些人来说，这是一个古玩一样做工精致的鸟笼，比如你我等人。"

"这里可是你的老家啊！美不美，乡中水吗！"

"要不，我怎么会长居杭州呢！欢迎你到西湖去。"汪然明说完，笑着走了。

过了一会儿，他回过头来又说："仁者乐山，智者乐水，你更喜欢择水而居。"

四

由于没有等到陈子龙的任何消息，柳如是决定再回松江。也许不为别的，只为了见到陈子龙。

柳如是决定走的时候没有告诉任何人，她特别不愿意告诉程孟阳。

柳如是决定悄悄离开嘉定，也与程孟阳有很大关系。

她听了李存我的话之后，与程孟阳接触得多了一些，也对他多了一些了解。渐渐地，她觉得程孟阳的书法造诣颇深，诗词歌赋之水准亦不同凡响，但人品似不如文品，而人品欠缺些什么，又难用一两句话说清。这位布衣名士，在十几天时间里，为柳如是写了七八首艳诗。更令她不舒服的是，他喜欢在人前人后"云娃"长、"云娃"短的称呼她。

柳如是小名去云，叫她"云娃"，完全是一种称妓的口气，这深深地伤害了柳如是的自尊心。她把程孟阳与陈子龙等松江的一些复社的学士们比，与孙克咸、汪然明等在嘉定新结识的名士们比，甚至拿他与徐三公子相比，她总觉得程孟阳略输一筹。虽然程孟阳一生郁郁不得志，最终可能客死异乡。如果为长者忌，为师者忌，柳如是将感激地称他为师。没想到，他把柳如是对他的爱戴用一种阴暗的心理去理解，以为是他风烛残年的一点艳遇。

正月十一、十二日，柳如是因城内关了城门而不能返回城中，因而留宿在程孟阳寄居的垫巾楼。程孟阳便写了三首绝句，上引"正月十一、十二日云生留余家"，到处传看。诗中的文字极扭捏作态，莫说柳如是形同儒生一样的闲云野鹤，何况心中挂念着陈子龙，所以她更想离开嘉定了。

让柳如是最为生气的是，几天后程孟阳不顾年老体迈、老眼昏花，将几首艳诗用工整的蝇头小楷书于扇面，在团扇没有扇骨的一面画柳如是早起梳头时彩绘，撩得别人想入非非。又题诗曰："不嫌昼漏三眠催，方信春宵一刻争。背立东风意何限，殢腰珠压丽人行。"

更令柳如是反感的是，听说柳如是极为崇拜钱谦益，程孟阳便向柳如是谈了许多关于对钱谦益道德文章的评价，还说他同钱谦益的私谊颇深等，他甚至提出同她一道去常熟拜访钱谦益。此话经程孟阳提出，柳如是反而对程孟阳的话，以及对钱谦益的为人，产生一些疑问。

柳如是几乎是逃离嘉定的。

五

柳如是的兰舟刚出嘉定，便远远地看见堤岸上站着一黄一白两位道人。不用看，她就知道这两人肯定是汪然明与林天素了。柳如是既惊且喜。令她吃惊的是，她决定走的时候，不曾同任何人说过，难道汪然明真的会算？喜的是朋友之间的情义真如古人所言倾心之交。同林天素在陈眉公寿宴后，天各一方，算不上至交；与汪然明，更是萍水相逢。此刻，他们却在早春的野外等候着为自己送行！

柳如是蓦地想到了李太白的《赠汪伦》。她命船师急摇船棹，移舟岸边。

柳如是上岸之后，尚未来得及说出感激之语，汪然明也不曾有半句客气，便笑眯眯地说："不知柳生早走，特地赶来，是想向你讨件墨宝的。"

见柳如是还在疑虑之中，汪然明又说："不必多虑了，在商言商，商人重利轻义，我可是带着诚意来的啊！"

　　柳如是取来行囊，任汪然明挑选。汪然明挑了一些字画，仔细地卷起来。

　　柳如是笑着说："凭你员外郎的名气，天下名士的字画，岂不如探囊取物；何况你又工诗画，广结交，一大早来这里索一个小女子的字画，让别人知道，岂不笑死！"

　　"名人的字画见多了，也就不稀奇了。柳生的画，别具一格，倒让我喜爱。"

　　汪然明说着从行囊中取出一包银子递与柳如是，柳如是岂肯收下。汪然明又平平和和地说："收下吧！这是画资，公平交易。回松江就要用这阿堵物的。"

　　这种平淡中，带着令人难以推却的恳切，柳如是只好收下。最后，汪然明又一次邀请柳如是春和景明时去西湖泛舟。林天素在一旁含笑算是帮腔，不过，眼角上已有些晶莹了。

　　上了船，柳如是还在想，汪然明到底是位儒商，送人情都送得如此得体、潇洒。

　　回头望去，那两个一白一黄的身影，还伫立在古渡边上。

　　天已放晴。虽说刚刚出了"九九"，但岸上的垂柳已婀娜多姿。远处有一片桃园，树冠有一抹淡淡的红云，大约枝条上已缀满了骨朵，正是桃花将开未开时。春风，已经拂绿了江南。柳如是在心里问道：春风何时能吹绿自己的心田呢？

　　水面平静如镜，映照着春日的蓝天和白云；兰舟好像在白云间滑动，似一幅绝妙的画。

第十二章　一分谁说是与非，两处心知愁和怨

人何在？人在小中亭。想得起来匀面后，知他和笑是无情。遮莫向谁生。

——《梦江南·怀人》之十二

一

南园以春天的面孔欢迎柳如是的归来。

虽然只是借居南园，柳如是还是有劳燕归巢的亲切感。那一份宁馨是在嘉定任何一家名园中都没有的。

让她感到欣喜的是，陈子龙与徐肇美的官司，还不曾上堂就以大获全胜而结案。

江南最高长官张国维接到朱翰林的状纸之后，没有立即审案，而是先微服进行了一些调查。这虽然是一桩风月案，张国维却认真对待。这其中不光涉及两个举子的前程，且江南的文人关系网复杂，宿怨颇深。告状多半只是一种形式，真的审起来，又各有辩才，让人头痛。于是，张国维让人叫来了郡守方岳贡。

　　方岳贡一看呈状，也惊出了一身冷汗。朱翰林状告的几条，真的追究下来，自己也逃不脱一个拙政渎职的罪名！因为条条都牵涉到自己。"蓄娼纳妓"虽然算不上罪，但柳如是是经自己认可留在松江的，令出而未督办，也是失职，有伤风化，等于是对他政绩的否定。"结社营私，攻讦朝政"，几社在松江结社，这是抹不掉的事实，朝野皆知。陈子龙的秀才是自己拔的第一。关键在编纂《皇明经世文编》一事，若此事能得到张国维的支持，便万事大吉。方岳贡在这件事上，是不遗余力支持陈子龙的。他在口头陈述了这部巨著的价值和作用之后，又回松江询问了陈子龙，并且要来了书稿。

　　堂审十分简单，案子呈向一边倒之势，一些不实之词，当即就被否定："讹人钱财"查无实据，倒是有徐三公子认捐款项，如果编书有罪，徐家资助，该犯连坐；结社营私，他徐三公子也支持过，几乎是几社编外成员，并多次参加活动。"蓄娼纳妓"，查柳如是已离开松江，也没有纳客。至于告李舒章诽谤之词，经查，更是子虚乌有，该责诬告之罪。

　　朱翰林见势不妙，只好告饶，承认自己是受人唆使、被人利用。

　　这桩官司也就不了了之。

　　张国维见了书稿之后，也称这是一件盛事，并且为此书作序，对方岳贡大加夸奖。

　　《皇明经世文编》的编纂工作算是告一段落了。风波过去之后，剩下的便只有整理和准备刊刻的工作了。

　　陈子龙在松江找了几家书坊，因工作量大，松江书坊是小本经营，资金有限，人手也不够，刊刻工作因而搁浅了。

在《皇明经世文编》最后整理过程中，柳如是做了不少案头工作，如誊正、校对等。让陈子龙吃惊的是柳如是过目不忘的记忆力，牙轴万卷之中，她能立刻指出出典的书籍！

陈子龙打算，如果实在不行，就请镌刻的印刷匠人在自己家中"平露堂"镌刻，自己来印刷。

风雨之后，柳如是的归来，既让陈子龙感到高兴，也给他带来了不安。

对于柳如是，这是一次出远门后回家的感觉；而对陈子龙来说，这是一次离家出远门。

读了柳如是一路上写的满纸相思的诗词，陈子龙很感动，他写了一首《踏莎行·寄书》来表达他的心情：

无限心苗，鸾笺半截。写成亲衬胸前折。临行检点泪痕多，重题小字三声咽。

两地魂销，一分难说。也须暗里思清切。归来认取断肠人，开缄应见红文灭。

在春意阑珊、萧萧春雨下个不停的季节里，柳如是和陈子龙暂时忘记了烦恼，尽情享受春天带来的欢乐。

二

尽管两人花前月下，如胶似漆，恩爱越深，柳如是心中的阴影就越重。她知道欢乐是暂时的，分别的痛苦将会是永远的。

从嘉定回来之后，柳如是从来不问陈子龙家人的情况，正因为自己深深地爱着陈子龙，所以不可能步入陈子龙这种正统、严峻而又被世人称道的家庭中去；也正因为陈子龙深深地爱着柳如是，所以，他不会让她违心地去做侧室、偏房、小妾。

随着陈子龙赴京考试时间的逼近，柳如是的心情越来越紧张。自唐朝开始，才子佳人的戏剧就一直盛演不衰。没有一个举子不为功名而忙，在功名未就之前，又没有一个不声色犬马，每一次总是以应考拉开举子与名伎之间好戏的帷幕，又每一次都以他们金榜题名而谢幕，几乎无一例外。松江虽然不是京都，这样的故事，也一样可以在小舞台上演，只是演戏的人更加投入，看戏的人更加逼近一些罢了。

崇祯八年，陈子龙家中的事情越来越多了。

父亲去世的时候，撇下继母和四个同父异母的妹妹，张夫人不但担负起照顾陈子龙的祖母和继母的重担，而且对这四个未成年及笄的妹妹，也像待自己亲骨肉一样，亲爱有加。现在，妹妹们已渐长大成人了，正准备出嫁。一向很少关心她们的陈子龙，无法逃避主持婚礼的责任。为了这事，陈子龙耗费了不少钱财和光阴，亏得家里有张夫人这样的贤内助日夜操劳。

在陈子龙内心深处，另外一种欲望也越来越强烈了：他希望有一个儿子！说来也怪，陈家到陈子龙这一代，竟是五世单传了。父亲死不瞑目是因没有看见孙子。妻子嫁过来上十年了，一直未生育；妾蔡氏娶过来之后，只生了一个女儿陈欣。六年过去了，也未再生育。不孝有三，无后为大。陈子龙很想趁祖母在世时为她添个曾孙子，在功名未就之前，把生儿育女的事办好，也算了却自己的心愿。

虽然这个想法没有说出口，但柳如是还是察觉到了陈子龙内心深处的孤寂与遗憾。

三

前几天，家里用人到南园给陈子龙送了换季的春装，顺便告诉陈子龙，女儿陈欣得了病！这几天一直时烧时退，两位夫人都很着急，问陈子龙是否可以回去看一下。

陈子龙有些害怕，回家了，他害怕祖母的唠叨。陈子龙的祖母高安人吃长斋，拜菩萨，身体很好。祖母对陈家唯一的期望是能有一个曾孙，以便延续陈家的香火。她一直吃素为的就是这一点。陈子龙也害怕见到张夫人，张夫人与其说是陈子龙的妻子，倒不如说是陈子龙的母亲；她不单在陈家担负起操持一家的家务，还好像陈子龙没有儿子是她的罪过。春节前，她替陈子龙物色了一个姓沈的小姐，几至逼陈子龙去认亲了。张夫人反复强调的是这一家人品好，沈姑娘身体也好。陈子龙推说等应考完之后再说，便逃也似的离开了家。

这天晚上，陈子龙与柳如是各填了一首《踏莎行》，心情正好，没料到，有人在敲门。

陈子龙开门一看，来的是家中男仆。家里半夜差人来，一定是出了什么事。果然，他的长女陈欣病危，怕是挨不过今日。

陈子龙慌忙与柳如是告别，连夜到园外别处借了一匹马，便急驰而去。

柳如是多么想替陈子龙分担一点痛苦啊！

四

在柳如是的焦急等待中，陈子龙从家里又回到了松江。

十几天不见，陈子龙完全变成了另一个人：苍老、憔悴、疲倦不堪；性情也像一个老人，成天陷入自责、后悔之中。他回忆起今年除夕，女儿在屏风前向他讨要压岁钱的天伦之乐。这件事他永远都忘不了。

女儿陈欣夭折时，尚不到七岁！

在陈子龙最痛苦的时候，柳如是给了他最大的安慰。她一方面劝慰他，用心地照顾他的起居生活；另一方面，督促陈子龙发愤读书，希望他借由书籍得到解脱。

看到陈子龙日渐消瘦的面孔和精神不振的状态，柳如是已悄悄下定了决心：离开陈子龙！只有离开他，才能使他从痛苦中解脱出来，从温柔的沉沦中重新振作。对有些男人来说，情爱与性爱是一生的唯一，幸亏陈子龙不是这样的男人。只有自己离开，才能使陈子龙从儿女深情的硬茧中蜕变而出。她了解陈子龙，必须再一次对他当头棒喝。这一次不是用语言，而是要牺牲自己的情感去锻造陈子龙的事业心。

五

崇祯八年的春末夏初，陈子龙刚从失去女儿的痛苦中稍稍恢复，柳如是就提出了与陈子龙分别的想法。她小心翼翼地试探着说："几年没有回盛泽了，很想回去看看，听说徐佛姨娘在周金甫仙逝之后，万念俱灰，已削发入了空门，我想去看看她，你也该回家为应考做些准备了。此去京城，少则半年，多则一载，该把家里安顿好。"

陈子龙沉吟了半天，一言不发，热泪噙在眼中，就是不让它落下。这样的热血男儿，有泪也不轻弹。柳如是知道，他已感到这一别就是永远的离去。

长痛不如短痛，柳如是再一次为自己鼓气。

离别自古多伤心。陈子龙含泪说："我这是第三次进京考试了，中与不中，我都会回来接你。"

柳如是的泪水夺眶而出："无论你中与不中，我都等着你！你来不来接我不要紧，只要相公还记得贱身，如是也就知足了。"

末了，柳如是拿出早已写好的一沓诗笺递给陈子龙，说："我别无所赠，千言万语，一时难尽；受相公教诲多时，临别送你一点习作，今后恐怕再也得不到你的指教了。"说完，柳如是踉跄着奔出屋外。

陈子龙展开手稿，见一篇《别赋》，洋洋千言，字字珠玑！他含泪读着：

……悲夫同在百年之内，共为幽怨之人。事有参商，势有难易，虽知己而必别，纵暂别其必深。祈白首而同归，愿心志之固贞。遮乎延平之剑，有时而合。平原之簪，永永其不失矣。

香雾缭绕，冉冉升腾。画屏典雅，绣房春深。这样令人心醉神迷的地方，正是柳如是与陈子龙二人的爱巢。如今这个两情欢娱的温柔乡已不可复得，怎能不让她思之动容，黯然流泪呢？写来融景于物，哀婉深沉。

读完柳如是的发幽怨之思、极哀情之真的《别赋》，陈子龙的泪水终于掉了下来，打湿了一大片诗笺。

陈子龙知道再难以挽留柳如是了，当天晚上，帮她收拾好了行装，天未亮，便到了船上。

船到了武塘镇之后，离盛泽便只有一箭之遥了。陈子龙不能再送，分别就在眼前。

柳如是又收回了这条画舫。几经风雨之后，船上的油漆已有些剥落了。柳如是本来决定自己一个人走的，陈子龙执意要送。

　　送行比不送行还难受，因为暮春的江南，到处都是令人伤心的景致。比方说，那些断桥和野渡，那些长亭和古道，以及双飞的燕子，袅绕的晚炊，子规的叫声，晨钟的惊心，都令柳如是摆脱不了无边的惆怅。陈子龙要在舟中把满腹的离愁写下来：

　　　　漫漫长道，悠悠我心。与子言别，怆然哀吟……
　　　　远与君别，各天一方。飘摇分袂，杳若参商……

　　刚写到这里，柳如是走了过来，她泪眼盈盈地说："'两情若是久长时，又岂在朝朝暮暮。'别如此伤情。"

　　在武塘镇停舟，渡过他们之间最后的一夜之后，陈子龙转道去了苏州。柳如是载着一船的离愁，一船对人生的感慨，一船对生活的向往，向盛泽驶去。

第十三章　归盛泽徐佛入空门，刊诗集卧子留真情

人何在？人在月明中。半夜夺他金扼臂，殢人还复看芙蓉。心事好朦胧。

——《梦江南·怀人》之十三

一

盛泽还是过去的盛泽，什么都没有改变，只是归家院的十间楼的紫藤开放得更茂盛了，盛泽的丝绸蚕茧生意更红火了，来来往往的人也更多一些了。归家院华丽如昔，门前车水马龙如昔。柳如是去城郊的无量庵拜访遁入空门的徐佛之后，面对繁花似锦的暮春和繁花似锦的"十间楼"，她感到满眼都是凄凉、伤春与落寞。

徐佛像是等了很久，又像是根本不认识她。只是在喃喃有词之后问道："你来了？！"

见到徐佛，柳如是很想扑到她怀里大哭一场。徐佛冷淡而平静的面容让她感到遥不可及。默默相对无言地坐了片刻之后，徐佛又敲响了木鱼：

"般若波罗蜜、南无阿弥陀佛……"

118

柳如是知道，徐佛已在送客了。深揖之后，她便含泪退了出来。

柳如是欲哭无泪，这就是自己日夜思念的徐佛姨娘？这就是几次收留她又栽培过她的徐佛姨娘？徐佛姨娘可以和自己相依为命嘛，为何非要选择在青灯下黄卷里打发自己的余生？

她想再去一次城郊的无量庵，去探望徐佛姨娘，像女儿回来探访母亲一样，因为她有太多的话想对徐佛姨娘说，还想听她对自己有什么嘱咐，对自己所认识的一些名士有何详细评论。但她后来痛定思痛，决定不再去打扰徐佛姨娘，因为她的心已如古井之水了。

不知道是劳累还是伤心，经湖上的春风一吹，回到盛泽的柳如是就病倒了！

几天后，张溥来到了盛泽。张溥总是像出没丛林中的绿林好汉一样，在关键时刻冒出来。

三十多岁的张溥，永远是那么儒雅。他对柳如是说："这里不适合你留下，还是跟我走吧！找个地方，你好好静养些日子。"

柳如是便跟着张溥来到了吴江八景之一的"垂虹夜月"的垂虹亭。

柳如是突兀地立在垂虹桥上，一拱一拱拱拱相连的垂虹桥，长达二三里，七十二孔石桥犹如天上的彩虹垂落在湖深水急的湖面上。桥两边的小亭子如两只尖尖的木楔牢牢地把这道彩虹钉在湖上。桥上有三孔巨大的桥孔，下面是百舸争流，上面托起一个亭子。这个亭子，吸引了多少文人墨客！连王安石也说："他年散发处，最爱垂虹桥。"

今天，江南复社和诸社的名士集聚在垂虹亭上。

文人雅聚，该来的都来了，独少了陈子龙。

柳如是因为身体不适，又害怕应酬，再加上离愁，和对徐佛姨娘的无比同情，所以她不想去面对那些旧朋新友，张溥也不勉强，留她在舟中休息。

朦胧的月光，洒在宽阔的湖面上，水天浩渺。病中的柳如是更加有今夕何夕，今年何年的孤独。

> 垂虹五百步，太湖三万顷。
> 除却岳阳楼，天下无此景。

面对此情此景，柳如是想：人能搭造出如此壮美的石拱桥，是否可以在梦中搭出彩虹一样的鹊桥？

二

让柳如是感到吃惊的是，等自己从梦中醒来时，来接她的不是张溥，而是柳如是不愿见的人——程孟阳。

程孟阳已在舟中等待多时了。

见柳如是醒来和洗漱之后，程孟阳一脸朝阳般地走来。

他对柳如是说了昨天晚上聚会的情形。随着明朝内外矛盾的加剧，文人一叶知秋一般纷纷扬扬起来。

这次聚会，是想重振士气，讨论结果，还是要在江南推出钱谦益做旗帜，就算不能尽力于朝政，也要力争保住江南这块文艺乐土。张溥一早就去找钱谦益去了，听说这几天钱谦益要去登黄山，一去黄山，就不知多久才能回来，所以，必须抢在他去黄山之前找到他。

张溥临走之前，曾嘱咐程孟阳，让他替柳如是找一处僻静的养病处所，如果可以的话，最好帮她找个可靠的归宿。

"我心中有合适的人选了。我替她作伐，当一回月老。"程孟阳说。

柳如是不想见到程孟阳，更不想听他这话。她肯定会嫁人，她要嫁的这个人，一是应当尊重自己；二是要自己做这个抉择，不受他人左右；三是要看他的文才如何，只要自己认准了，不管贫富贵贱，也不论相貌年龄，只要是意中之人，便至死不渝。

程孟阳说："嘉定很安定，名园又多，是个休养生息的好地方，上次你不辞而别，害得我们思念很久。"

听了这话，柳如是越发不想去嘉定了。

就在这时，船上来了鸳湖主人吴昌时。

吴昌时是来向柳如是打听徐佛的。他说："徐佛也是嘉兴人，讲起来，还是至亲的乡亲呢！"当他听说徐佛已削发为尼之后，唏嘘再三。接着，他询问柳如是的下一步打算，程孟阳抢着说："我邀她去嘉定，想让她会一个人。"

吴昌时听了这话，很高兴："正好，我也想到嘉定会一个人，正应了那句'送美人兮南湖'，再好不过了。"

有吴昌时在，柳如是动了些心思。吴昌时与陈子龙既是社中密友，又是崇祯三年同榜中举的同年，关系很不一般。爱屋之情，使柳如是决定同行。

鸳湖主人吴昌时，官虽不大，在朝中只列五品，但因为掌管官吏升降，所以很有权势。就连朋友集会，他也是乘豪华的官船而来。还不等柳如是答应，他就以命令的口气说道："走吧！到我的船上饮酒去。"

在嘉定，柳如是闭门谢客，安心养病，也借此疗养心灵上的创伤。

程孟阳来过一两次，见柳如是恹恹之中露出不快，就再也没有来过。

几天后，吴昌时来了。柳如是这才知道程孟阳不来的原因。

程孟阳自命清高，以一介布衣标榜，其实穷困潦倒，是一个吃嗟来之食的文乞。除了钱谦益等大文豪周济他之外，还有一个富绅偶尔也接济一下，那就是富甲一方的谢象三。为了迎接柳如是的到来，他想办一次像样的聚会。要举办这样的聚会，只有以谢象三的名义和得到谢象三的资助才行，于是，他只好去向谢象三求助。

"七十三、八十四，阎王不请自己去。"程孟阳已有七十三岁，居然冒着盛夏的酷暑，向坐落在城北的谢府奔跑。没想到进了谢府，才知道谢象三的母亲去世了。他只好说是前来凭吊的。听了这话，谢象三很高兴，向前来的达官贵人炫耀说，像程孟阳这样的大文人也不顾年老酷暑前来致哀，让人很感动。

程孟阳便乘机解释说，自己在路上听到谢母仙逝，便匆匆赶来了。说完，稍微沉思了一会儿，便写了一首七律诗，当场悬于灵堂之上。

原来，程孟阳准备出卖柳如是来讨好谢象三。他原本想游说浙东富商谢象三纳柳如是为侧室，这就是程孟阳说的愿做月老的原因。这下，谢象三重孝在身，程孟阳只好不敢开这个口了。

当柳如是知道这一切之后，羞愧得无地自容。如果再不离开嘉定，说不定过不了几天便会生出许多流言蜚语来的。当鸳湖主人办妥了事之后，问她愿不愿意去鸳湖一游，顺道去看望老姐妹、鸳湖女主人顾眉时，柳如是便顺水推舟，爽快地答应了，并立即拔锚启航。

三

柳如是到了嘉兴之后，暂时寄住吴昌时的勺园。

柳如是这次病得非常严重，先是因伤风而咳，最后到了咯血的程度！

因病而羁留异乡的柳如是，虽然得到了吴昌时周到的照顾，心里却有万念俱灰的苍凉之感。

见柳如是的病一日比一日加重，吴昌时便托人从南京钟山请来了道人玉林。玉林与其师胤昌在钟山脚下筑了一座小道庵，名是向道，实则是借此隐居。平日里饮酒作画，过着怡然自得的山居生活。闲来无事，也研习百草医药，会治一些奇疾怪病。

玉林道人给柳如是的药方很奇特：他采来百花的花粉，不用酒曲，只用花粉酿酒，称之为百花仙酒方。用这个酒方酿出的酒，异香扑鼻，饮过之后，心情便豁然开朗，病也一日好似一日。

柳如是病中无聊，酒却喝出了些门道。她向玉林道人讨过酒方，准备病好之后自己也酿些酒。这些花粉，是百草的精华，佐以酒水，滋阴润肺。

柳如是的气色一天一天地好起来，没事的时候，她也向玉林道人讨教一些六壬之术的学问。

闲居调养身体的柳如是，从此对佛教发生了兴趣。她这才明白，那些心比天高、命如纸薄的风尘姐妹们，为什么一个个向佛入道？徐佛、林天素、王修微……一个个都以青灯黄卷为伴。人在极度失望之后，必得有一个寄托心灵之处，空旷幽深的庙堂，正是最好的地方。

四

一切都像是命中注定。柳如是既无法跳出风尘之中，也无法步出红尘之外。

吴昌时带来的两本书既打乱了柳如是宁静的生活，也打乱了她宁静的心境。

这两本书，一本是陈子龙为她刻印的诗文集《戊寅草》；另一本是谢象三为嘉定程孟阳等四君子刻印的《嘉定四君子集》。

寄居在嘉兴的柳如是并不知道，由于这两本集子的刻印和流传，柳如是的才名和美名，已在江南的社会名流和文化圈中有了很大的反响。

柳如是翻开《戊寅草》，念着一首首自己写给陈子龙的那些充满激情的诗词，陈子龙临别赠言还在耳边：

> 我欲扬清音，世俗当告谁？
> 同心多异路，永为皓首期！

看到这些诗句，对陈子龙的思念，又添几分。吴昌时也带来了陈子龙的消息，这也正是柳如是迫切想知道的。

崇祯十年，陈子龙第三次赴京应试，终于考中了三甲第十七名进士。不久，就放任到地处偏僻的广东惠州任推官。陈子龙正在赴任途中，传来了继母唐孺人病故的消息，他只好从途中转回松江治丧，并以守孝为由，避开宦海的波涛，并设法打探钱谦益的近况，得知钱谦益被诬告、逮捕押京。连复社领袖张溥和自己也已被列入黑名单。

在这种情形之下，陈子龙只好蜗居在松江家中。他请来一些镌刻工匠，在自己的平露堂中，加紧镌刻、印刷已编纂完成的巨著《皇明经世文编》。

《戊寅草》是陈子龙在刊刻《皇明经世文编》之余整理刊印的。读过这集诗文的人，无不为柳如是幽怨之思、哀艳之情的才情所倾倒，也为陈、柳之间的爱情所倾倒。

《戊寅草》奠定了柳如是江南才女的地位。

然而，随着《嘉定四君子集》的刊刻流传，又仿佛在柳如是身上泼了一身污。随着程孟阳的《采云》等诗的四处传扬，人们遥想柳如是如云中神女，让一个行将就木的人都能为之倾倒。有的人把她想象成了一个神龙见首不见尾、会挑逗撒娇、卖弄风情的应酬交际名伎；一个雾中花、水中月般捉摸不透的才女佳丽！

赞助刊刻《嘉定四君子集》的，就是浙东富绅谢象三。

程孟阳冒着六月的酷暑去为谢象三的母亲吊丧，为谢象三添了不少脸面。一掷千金的谢象三决定为程孟阳做点什么。当程孟阳意欲结集时，谢象三慷慨应允。他拿几个小钱，得了一个乐于助人的好名声。

见柳如是的身体渐渐康复，吴昌时对柳如是说，他从杭州回来时，汪然明托他带信，让她去西湖小住；时间在八月，好赶上看钱塘江潮。汪然明还说，他的"不系园"已很久没有人用了。

"你老待在这里也不是个事，到外边去走动一下吧。八月的西湖，游人如织，佳丽云集，你还可以看望不少朋友呢！如果外面风声小一些，我也路过那里，想打探一下钱牧斋的案子，看有什么变化。他是东林党人的中流砥柱，不能倒。如果方便，我们再结伴同行。"

柳如是慌乱之中点了点头，算是答应了。

此刻的柳如是，心中早如钱塘江的潮水，已排山倒海地澎湃起来。

第十四章　美人游冶西湖醉，英雄赴任浙东行

人何在？人在木兰舟。总见客时常独语，更无知处在梳头。碧丽怨风流。

——《梦江南·怀人》之十四

一

杭州，虽不像金陵那样有六朝古都的非凡景象，但也有她独特的魅力。这里的繁荣与富丽，是无以匹敌的。大小官员川流不息，各路商贾聚集如云。舞榭歌台、秦楼楚馆，以及气质不凡、容姿艳丽的名媛；既是朝野各种政治势力和政治人物渗透、交锋的场所，又为富豪子弟和文人士子提供了消遣的条件。在声乐歌舞的喧闹声中潜伏着明争暗斗；在声色犬马的活动中，掩盖着动荡不安局势；在宴无虚席的杯影中，已折射出了山雨欲来的前兆。

虽说已进八月，暑热难耐，但柳如是却有一种寒自心中出的感觉。她不但在为陈子龙担心，也在为尚未谋面的钱谦益担心。他的政敌温体仁会放过他吗？陈子龙能逃过这次劫数吗？若他们有什么不测，东林党和复社则无人擎旗了。他们的抱负与事业，则将付诸东流。想到此，

她又悲从心底来，不由得打了一个寒噤。

八月，弄潮儿和观潮客云集西子湖畔。

柳如是如约来到杭州。她弄不清楚，自己是弄潮儿还是观潮客。

当柳如是一踏进汪然明的"不系园"时，她就知道自己已不知不觉地踏上了杭州上流社会的波峰浪谷。

"不系园"是一艘豪华的游船。

拥有这艘船的是"黄衫豪客"汪然明。

以园名船，足见其气派。六丈二尺长，五丈一尺宽的游船，实际上是一座精致的园林。回廊环绕，彩伞高竖，朱窗倚户，便于观景。船里布置精巧合理，吟诗作画，奏乐观舞，饮酒品茗，无所不宜。

汪然明原有几艘小船，都各有特色，像"团瓢"——浑然如瓢；"观叶"——狭窄如叶；"雨丝风片"——细致入微。"不系园"的打造，是在为林天素筑净室时，多了几段巨大的木兰树料，他雇请能工巧匠花了四个多月时间造成了这艘兰舟。兰舟造成之后，轰动一时，当朝名人为他题匾的不少，陈眉公题为"不系园"，董其昌题为"随喜庵"。

就连住过了不知多少名楼名园，走遍了不知多少官船、画舫的柳如是，也对豪华中显朴素、气派之中透精巧的"不系园"感到惊奇。

柳如是的到来，使汪然明很高兴。汪然明是一儒商，极重感情，守诺言，肯仗义，所以，又有人说他是侠商。他打造"不系园"是为了林天素，林天素不能长居"不系园"，他也不愿别人来玷污这块心目中的圣地，因此，他订下了登"不系园"的"九忌""十二宜"：非是名流、高僧、美人、知己四类人士，皆不让登舟。柳如是在几社中称学弟，可谓名流；佛教道义也略谙一二；又因为林天素的关系，汪然明视柳如是为知己；美人，自不必说。所以，抛锚很久的"不系园"，今天又张灯结彩，迎接柳如是的到来。在汪然明看来，柳如是是他"不系园"贵宾中唯一一位身兼四类的嘉宾。

二

柳如是的到来，所有与汪然明认识不认识的杭州名流，都想通过登上"不系园"而一睹柳如是的风采，最关心柳如是到来的人是谢象三。

谢象三名三宾，字象三，官至太仆少卿，又称谢太仆。他本是浙江人，少年时就才智过人，能诗善画，天启五年中进士，后来出任嘉定知县。在嘉定任知县期间，重处士，好风雅，不久应召入京，被封为监察御史。

崇祯五年，山东爆发孔有德、耿仲明叛乱，登州失陷，莱州被围，巡抚中炮阵亡，总督被逮，形势十分危急。派出进剿的大军连遭溃败，朝中大臣惊慌失措。新到京师不久的谢象三却显得胸有成竹，上疏陈剿，声言："胜势在我，贼不足惮！"因此被任命为登莱巡按并监纪军事。谢象三上任后，严申军纪，先斩逃帅王洪，然后亲临淮河，查办奸细。经数月苦战，平定叛乱，收复失地，一战功成，因而升为太仆少卿。

正当朝野四处传言谢象三没收叛臣巨金、富可敌国之时，谢象三因父丧丁忧归里，从此再没有出山。他买宅西湖，过着诗酒风雅的日子。

柳如是来到杭州，惯会附庸风雅的谢象三自然不甘寂寞。

谢象三不知多少次读过程孟阳写的《朝云诗》等篇什，这些诗自从谢象三资助程孟阳刻印出版之后，早已脍炙人口。但谢象三对待女人，却不像对待政治那么热情。不过，程孟阳有一次对他说的话，也不无道理。既然现在是优悠林野，找一个红粉知己，也是对生活的一种补偿。人生难得一知己，像柳如是这样聪颖的女子，天下难得，谢象三又岂甘寂寞？当他听说柳如是到了汪然明的"不系园"，便马上送来了请帖。

因他不愿去"不系园"当配角。请帖是请汪然明即日去他的"燕子庄"，观看李笠翁的新剧《意中缘》。

此时，李笠翁也来了，谢象三的请帖就是李笠翁带来的。

剧作家李笠翁是一个快活而又幽默的人，他很能在不同的场合开不同的玩笑。此刻，在汪然明的"不系园"，他知道只许高僧、名流、知己、美人方可以登船。于是他就讲了几个苏东坡在西湖的故事。

柳如是很佩服苏东坡的才智。这又使她想起几社的诗友陈子龙他们。几社文人极鄙宋诗，柳如是却喜欢宋诗，尤其苏轼的许多诗如《惠崇春江晓景》《春宵》《题西林壁》和写西湖的《饮湖上初晴后雨》等，她尤为喜爱。

汪然明说："说到美女名姬、和尚道人、才人学士，自唐宋以来的中华文化就断不可缺这三类人。好比一座山，女人是山上的花草、流水、小鸟，文人是山上的树林、森林、藤萝，僧道是幽深峡谷与崆峒。缺一样，就不成其为名山。"

在大家的随和声中，柳如是感到吃惊，她感到汪然明的比喻既突兀又十分贴切。

三

汪然明似乎为了转移大家的注意力，他说："最近，有两位名伎下嫁的新闻，笠翁不知又要编什么新剧了。一个是顾媚嫁给了合肥龚芝麓，一个是董小宛选中了冒辟疆。龚芝麓任兵部给事中，顾媚是有南曲第一之称的秦淮名花，算是名花有主了；董小宛是姑苏美人，配冒公子也可谓佳偶天成。大家有所不知，我们舟中还有一位美人，连文学领袖钱谦益都夸奖。我将柳子的字和诗送给钱谦益座师求教，他不仅十分欣赏而且当即赋了一首《题美人手迹》，并且说：'天下风流佳丽，独王修微、杨宛叔和柳如是可鼎足而三。'"

柳如是这才知道，上次汪然明要去的字画，是送给了钱谦益！

能得到这位文学泰斗的称赞，自然非同小可。她很感激汪然明，这样默默地引荐自己。其实，在她心中，永远忘不了陈子龙，然而此刻，有很多新朋友在一起，大家又都十分关心她的归宿，因此，她便笑着说道："除非才气如钱牧斋，否则不嫁。"

柳如是说的虽是一句应酬的玩笑话，但她语惊四座，大家都纷纷看着她。

四

柳如是思念陈子龙的同时，陈子龙也正在赶往杭州的路途之中。

陈子龙在去广东惠州任推官的途中，因接到继母病故的噩耗，回家治丧两年后，进京复职。

此时的陈子龙，因《皇明经世文编》的出版及自己作品集《平露堂集》的刻印，已在江南有了一定的声名。这一次，他被派任为绍兴府推官，开始了自己的仕途生涯。

说起来很有意思，汪然明是嘉定人，却长期住在杭州；谢象三是浙东人，却在汪然明故乡做父母官。而云间华亭陈子龙又派往浙东就任。这种命运的连环结，终结在柳如是身上。

陈子龙到任后，浙东正面临严重饥荒。民不聊生，哀鸿遍野，饿殍载道。陈子龙到任的第一件事，就是负责知府委派的救灾工作。

陈子龙首先打开官仓，放粮赈灾，开设粥厂，收养遗弃，施药治病。因为饥荒严重，单靠政府官仓的一点粮食远远不够，他必须说服地主富豪，用借粮减价的办法施行善举。这次来杭，就是为了动员杭州的一些大富商为乡梓赈灾。他第一个要说服的就是谢三宾。

陈子龙在去杭州之前，想去拜访一个人。只要有了这个人的关系，再见谢三宾就方便多了。这个人就是江南文学泰斗钱谦益。

虽然陈子龙不是钱谦益的嫡传弟子，但是，钱谦益可以左右江南文人及士大夫。他对谢象三的影响尤其重。钱谦益一直退隐山林，但他不愿看到谢象三这样的人亦步其后尘。因此鼓励他东山再起，重建功勋。所以，在谢象三五十岁生日时，钱谦益为他写了《谢象三五十寿辰序》，借此规劝："天子拊髀侧席，以思封疆之臣。"让谢象三不要"息影自匿""悠然抱膝"当"折秦鞭而安晋鼎"，干一番轰轰烈烈的事业。基于这层关系，陈子龙想先绕道虞山拜见钱谦益。

因为刚上任，加之救灾工作繁忙，陈子龙很少在文学圈中走动。钱谦益被逮至京，当时陈子龙曾置个人安危不顾，奔走呼号，并亲自到西郊迎接。

世事变幻莫测，现在钱谦益的案子已经终结了，东林党人与复社终于占了上风。陈子龙也因此得以被任命为绍兴府推官，他想借此慰问钱谦益，并打听一下时局形势。

从京都回来之后，钱谦益闭门谢客，变得似乎不大关心朝政了。首辅人选本是钱谦益最为关心的事，钱谦益却只字不提。

正在发生和发展着的民变，还是陈子龙告诉钱谦益的。钱谦益听了陈子龙所说的情况以后，马上修书谢象三，写完之后，钱谦益说："听说你与柳如是有一段旧情，她此刻也在杭州，或许可以动员她去游说一下谢象三。"钱谦益笑着说，"当今名伎，在我看来，唯杨宛叔、王修微与她可以三足鼎立。上次见过汪然明转来她的手迹，虽然素不相识，但我相信她的才艺，尊重她的人品。前些时候，我为她写过一首诗，你可以带给她。"钱谦益找来了写好的诗笺：

草衣家住断桥东，好句清如湖上风。
近日西泠夸柳隐，桃花得气美人中。

陈子龙读后，往日情景，浮上心头。他很佩服钱谦益作为文学泰斗、当代李杜的气魄。几句诗中，既嵌有柳如是的名字，又概括了柳如是的生平，"桃花得气美人中"可谓绝唱。

辞别了钱谦益，陈子龙马不停蹄地直奔杭州，他恨不得马上见到柳如是。

第十五章　文宴说武燕子庄，看戏听曲西子湖

人何在？人在绮筵时。香臂欲拍何处堕，片言吹去若为思。况是口微脂。

——《梦江南·怀人》之十五

一

西湖旁的燕子庄，也是一座江南名园。这座名园是江南园林建筑名家张南垣的杰作。它巧借三分山景，七分湖光，依山傍水，独特别致，清幽自然。楼台画阁，曲径回廊，假山水榭，莲塘花坞，都按湖山自然景色，巧夺天工。

园主谢象三要在这里大宴宾朋，这一切，都是为了柳如是。

富可敌国的谢象三，近来虽然以在野文人身份活动于西湖，但他的心中却总有无法满足的欲望和无法排遣的遗憾。大兴土木，极尽工巧的燕子庄，名气却比不过吴昌时的竹亭。为什么？因为没人捧场。燕子庄甚至比不上小小的"不系园"！"不系园"因接待过不少名媛佳丽而名噪一时。这就是他今天急于邀请柳如是的原因。今天，他想自己出面，借此认识艳帜高悬的柳如是，同时，也借此来抬高自己的

名声和身价。

今天的集会，谢象三可谓煞费苦心了，单从来宾来看，就可见他的用心之苦。

第一批到场的是梨园班头、度曲名家李笠翁。李笠翁今天带来了自己的戏班，准备演出《意中缘》。这次演出，肯定让谢象三大为破费。谢象三像急于成为主角的新秀一样，他的目的很明显，希望李笠翁在下一出《意中缘》中，使自己与柳如是成为主角。

谢象三今天请的另外一位客人是巡按大人左光先。

左光先是以忠烈著称的东林名贤左光斗的胞弟，为人矜持，大有丘壑。左光先来燕子庄，不单是赴宴而来。他今天来，也是为了向谢象三讨教如何平息谢象三故乡浙东的暴动。左光先深知地方各种势力关系复杂，谢象三又有过平息孔有德叛乱的经验，所以，左光先自然想不露声色地借此讨教谢象三，想听听他对治理浙江军事、政治方面的见解。

左光先漫不经心地说："如今贼势蔓延至数省，朝中屡剿屡起，真不知如何是好？"

说到征剿，一直没有说话机会的谢象三很亢奋。烛光映着他通红的脸，他慷慨陈词："当年登莱平叛，主张招抚者大有人在，独象三上疏主剿伐。凡主抚者，多是求胜以邀功，惧败以塞责，故以抚为上。除恶务尽，斩草除根，这才是真正的上策。"

左光先连连称赞道："谢公高论。不知谢公对浙东的暴动有何高见？"

谢象三笑着说："我主张招抚。"这一回答，使左光先大吃一惊。刚才他极力主张剿，为何来了个一百八十度大转变而主张招抚？左光先正要继续追问，有人来通报：今天宴会的主角柳如是、汪然明到。谢象宴忙不迭地去前庭迎客去了。

二

柳如是是带着难以言状的心情赴宴的。这次文宴，柳如是本意是不来的，直到临行前，她越发打算不参加宴会，若不是为了陈子龙，她肯定会婉言推辞的。

下午，陈子龙到杭州后，急忙找到汪然明，由汪然明带他去见柳如是。

陈子龙的到来，使柳如是既惊又喜。

多日不见的陈子龙，英姿不减当年，只是更加成熟，更加消瘦了。

"如是。"陈子龙轻轻地一声呼唤，让柳如是大吃一惊，一下子扑翻了梳妆台上的铜镜。

半晌无话之后，陈子龙开口道："你要去参加燕子庄的晚宴吧？"

刚刚梳头梳了一半的柳如是云鬟半掩，脸上红云初上，半天才说："公子来了，我可以改日再去。"

"你还是去吧！"

"相公更是难得一见啊！"

"正因为如此，我今天来，就是希望你一定要去。"陈子龙将此行的目的简单地说了一遍。

此时，窗外已是万家灯火，西湖堤上的一树桃一树柳已隐在暮色之中。昔日的繁荣，现在有些衰败。桃林之中，已有星星点点的灯笼点燃，这是谢象三挂上的。今天燕子庄的灯火一直燃到城中心的武林，张灯结彩，如过节一般。

柳如是为了陈子龙而赴宴。

三

柳如是来到谢象三的燕子庄时，李笠翁的《意中缘》正演到高潮处。一小生上场唱道："是当年天街上元。绛龙纱灯前一面，两下流连。两下流连。幸好淡月梅花，拾取钗钿。将去纳采牵红，成就良缘。"柳如是走进来的那一刻，正是一片欢乐的合唱："今日紫浩皇宣，夫和妇永团圆。"

舞台上总是演不完才子佳人的老套。而今天的戏让柳如是别有一番滋味在心头。她这时才明白，她心中对陈子龙还是有着难以割舍的情缘。

几年间，柳如是无时无刻不是梦绕魂牵般的思念着陈子龙。在陈子龙金榜题名时，她已有了预感。忠孝节悌，看来陈子龙也是无法摆脱的。纵或陈子龙敢儿女情长，在巍巍孝道面前，也只能是英雄气短。她曾听说在陈子龙为继母守孝期满之后，由祖母做主，张夫人在娘家为他物色了一位小妾。张夫人的条件是：一要良家女子，二要健康，所以要这样做，不过是希望延续陈家香火一脉。柳如是完全失望了，佳期无望，旧梦如烟。柳如是有很长一段时间不能自拔，现在刚刚有所缓解，不期又见到了陈子龙。

柳如是不知在心中多少次替陈子龙开脱。莫说陈子龙不敢违忤祖母之命，就是真的娶了她，也未见得有好的结局。就连当年跃马横戈、气吞万里山河的陆游在孝道与爱情上也只能吞声饮恨。他与唐婉已结为夫妻，琴瑟和谐，只为不能见容于其母被迫分离，只好含泪哭诉："东风恶，欢情薄……"

陈子龙家里还有一位高举礼教大旗的张夫人，柳如是能敌得过她吗？

所有这一切，叫柳如是才下眉头，却上心头。游冶江湖，纵情风月的柳如是，此刻真的希望有一个移舟靠岸的港口，有一个疼爱自己、理解自己的人，一个与自己情投意合的人。

柳如是是带着这种心情来到燕子庄的。

四

柳如是对李煜的词，凡是能找到的，她都已陆续读过，有的甚至读过了数十遍了，每读一遍，她都惊叹这位帝王的才华。历代的这些帝王，有的帝王以治国理政，国强民富而名垂青史，有的以驱除外寇，扩展疆土，造福于社稷而被后人称道，但没有哪位帝王的诗词歌赋能胜过南唐的李后主。称他为词国皇帝，名副其实。于是柳如是决定金陵一游，去寻觅这位词国皇帝的遗迹和逸闻。

她说走就走，便只身上路了！

金陵在江南。

唐人白居易在杭州为官时所写"江南好，风景旧曾谙"的诗句，早已被时人和后人咏哦，不知多少遍了，至今仍旧常吟常新。一提到江南，人们便想起一大串美妙的诗句，还有江南的秀丽景色，以及那些沉鱼落雁的江南女子。在江南的这块热土上，也负载着太多的繁华旧梦和怀古的幽情。

华夏文明，自黄帝始，经历了夏、商、周，中原等一直是国家的政治、经济、文化中心。而坐落在长江流域的江南，还是一处蛮夷之地，被称为南蛮。

春秋时期周太王的长子太白，次子仲雍，因将王位让给李历，便逃离了梅里，也就是江南地区。有千余家蛮人前去归附太白和仲雍认同当地断发文身，相继做了蛮人的君长，立国为吴。

公元前506年，吴王阖闾任孙武为将军，伐兵攻楚，五战五胜。八年后，吴王夫差与楚国作战大胜，越国成了吴国的附属国，越王勾践夫妇和大臣范蠡入吴国为奴！越王勾践经过卧薪尝胆，力精图治，出兵伐吴，将吴王逼死在姑苏城，成了春秋时期最后一位霸王。

这就是2500多年前的蛮荒之邦——江南。

江南的秀丽与富饶，是与生俱来的，因为它在长江之畔，又有太湖等众多湖泊，四通八达的河港，河港上又有数不清的桥梁。土地肥沃，交通便利，还是鱼米之乡。

秦始皇一统六国后，创建了前无古人的伟业，他乘着牛车去巡视大秦的万里江山，当他经过金陵时，发现金陵竟有帝王之气。于是，下令开凿一条人工河，以绝金陵的王气！

这条人工河，就是后来的秦淮河。

到了三国时代，在赤壁大战之前，诸葛亮出使东吴，与孙权共谋抗曹大计时，他曾去了石头山观察地形时，赞叹金陵的"钟山虎蟠，石头虎踞"，乃帝王之宅，孙权在金陵建都，命名"建邺"。

后来，北方的司马政权仓皇逃到了金陵，于是定都于此，开始了魏晋南北朝时代！

北方的战乱。有成千上万的中原人士背井离乡逃到长江以南避难，中国出现了大规模的移民潮，一直延续了200多年！来到江南的移民，不但带来了大量劳动力，也带来了中原先进的生产技术和耕作经验，中原的文化中心，也渐渐转移到了江南。

南北朝诗人谢朓曾写过一首《入朝曲》：

江南佳丽地，金陵帝王州。

逶迤带绿水，迢递起朱楼。

飞甍夹驰道，垂杨荫御沟。

凝笳翼高盖，叠鼓送华辀。

献纳云台表，功名良可收。

那时金陵的九华山、覆舟山、鸡笼山、玄武湖、莫愁湖一带，到处都是皇家的御花园和宫殿，有些地方楼台亭阁，绵延数里，那些皇亲国戚们，都在金陵的湖光山色中醉生梦死。

南唐，是在金陵建立起来的政权，它积贫积弱，苟安一方，虽然地处物华天宝的江南，却难以自强，只存活了三代，便被北宋所灭。但李煜后主的故事，却远远超过了所有的帝王。

柳如是前来金陵，就是为寻觅这位词国的皇帝的迹踪和逸闻而来。

她也知道，自己崇拜的偶像已被宋太祖押往汴京，清凉山上不会有他的遗迹，心中有一种无法排解的惆怅，在返回的途中，不由得又吟哦起了他的那首《虞美人》：

春花秋月何时了？往事知多少。小楼昨夜又东风，故国不堪回首月明中。

雕栏玉砌应犹在，只是朱颜改，问君能有几多愁？恰似一江春水向东流。

清凉山上只有南唐先主和中主的陵墓，荒草丛生，一片萧条，走下清凉山，柳如是本想去玄武湖，乘舟领略玄武湖与西湖有何不同之处，

140

下山后，已兴头全无！

　　她回首望去，见暮色渐浓，清凉山上的古树和荒草，已经看不清了，她低声便吟哦了李煜的一首《朝见欢》：

　　　　无言独上高楼，月如钩。寂寞梧桐深院锁清秋。

　　　　剪不断，理还乱，是离愁，别是一般滋味在心头。

　　吟罢，她便踏上了回吴江的路途。

第十六章　寒柳依依为谁舞，壮士萧萧听剑鸣

人何在？人在石秋棠。好是捉人狂耍事，几回贪却不须长，多少又斜阳。

——《梦江南·怀人》之十六

一

柳如是来到燕子庄时，云集在西湖的名媛名伎都到齐了。一时间，燕子庄如同春燕归巢，热闹非凡。

定居在西湖边的谢象三，是一个完全不同于汪然明的绅士。汪然明虽是儒商，处处却以侠客面目出现，游刃有余地游弋在商海。

谢象三虽然是进士，一样工书善画，颇有名气，且在战场上有过汗马功劳，然而他却把这种角逐带到了人生之中。他工于心计，虽外表谦和，但更显得像一个斤斤计较的小商人。虽然在杭州广有财富与声名，却没有什么人缘。今天的来宾中，有不少人是汪然明请来的。

林天素沉默寡言地坐在花梨木琴凳上，似乎有满腹心事，一屋子的欢乐似乎与她完全无涉。

王修微在另一间房子里作画，刚画过的兰草被她揉成一团，现在

她正在信笔涂鸦。

黄皆令与王端淑坐在窗前窃窃私语，正在兴头上，也许她们在说一段帐帏的艳语，一个脸上绯红，一个笑上眉梢。

一进燕子庄，还不待汪然明介绍，柳如是一眼就认出了谢象三。此刻，谢象三矜持而又显得心不在焉地听李笠翁说话。

一半是因为汪然明的到来，一半是因为柳如是的到来，客厅里先是一静，接着便是一阵喧哗。来宾们团团地围了上来，一下子把谢象三冷落到一边了。

站在一边的谢象三没有跟过来。

谢象三的外表温文尔雅，虽然五十多岁了，却是一个成熟壮美的中年人。由于养尊处优，更显得健硕而且容光焕发。周身的锦绣衬出很好的仪表。无论从外表上看，还是从地位、气魄、财富和学识上看，谢象三应当是一只在积蓄力量、准备一飞冲天的大鹏。

很少有人真正地了解谢象三。

这个人的城府，像江南秀气、玲珑的园林，给人的印象，不显山不露水，内心深处，却是结构曲仄的回廊幽室。为了达到目的，他不惜任何手段。文韬武略，这个人都有；诗酒应酬，得心应手。对他来说，过程并不重要，重要的是结果。

现在，自柳如是一出现，他心里就暗暗地打定了主意，一定要得到这个女人！

谢象三想得到柳如是的想法，一半是因为这个惊艳的可人儿，一半是因为汪然明的出现。自从这两人出现后，客人们似乎忘记了谢象三这位主人。对谢象三来说，寄情西湖，只是玩玩潇洒而已——一种貌似旷达名士的潇洒。即便是潇洒，他也不甘在人之下。可是在杭州，几乎所有的名士名媛，都无形地追随在汪然明左右，这让他愤愤不已。

谢象三的一切并不在汪然明之下。若能得到柳如是，将是他在西湖交际圈中重振雄风的一次绝好机会。

谢象三正要过去迎接柳如是的时候，柳如是已从红粉结队的人群中挤了出来，轻移莲步、如风摆柳地来到了谢象三的面前。

这一步一步的移动，早已使谢象三心旌摇荡了。

当汪然明走过去欲将柳如是介绍给谢象三时，却见他们已熟人一般谈得很投机了。吃惊之余，汪然明过去说道："谈什么谈得如此投机？"

谢象三笑着说："柳子要做劫富济贫的侠士了。"

柳如是忙笑着说："汪先生来得正好，我也正想对你说这事呢！现在浙东灾荒日渐严重，刚熬过寒冬，春荒难度，不少人吃观音土、剥树皮，我让谢太仆发发善心，做些善举，赈济一下家乡的父老兄弟，救民于苦难。这件事对谢太仆来说，乃九牛一毛，今天这顿山珍海味，就可以救不少百姓。可谓是朱门酒肉臭，路有冻死骨！谢太仆，你说对吧？"

谢象三有些尴尬，不过，还是雍容大度地说："凭我个人的能力，也是回天无力。这样吧！我来想些办法，今天大家都尽兴地玩吧！不谈这个。"

汪然明沉吟片刻之后，若有所思地说："难得柳子一片善心，虽然身处江湖，自己身世飘零，还惦记着受苦百姓，难得啊！真是难得，让我们这些大丈夫也自愧弗如。近来，不少难民逃到了杭州，若多开几间粥厂，倒是可以救燃眉之急。只是饥荒连连，生意不大好做。我内人吃斋念佛、乐善好施，她若手头没有闲钱，可拿出一些首饰珍珠来。容我回去之后想些办法。"

柳如是接着对谢象三说："太仆，民以食为天，连年饥荒，加上各地民变，现在浙东不救，将有民变的可能。"

谢象三一边连连点头称是，一边显得心不在焉地应付着，他希望得到的女人，应该是个尤物，而不是一个忧国忧民的志士。正在谢象三踌躇之间，李笠翁撇下一堆女伶、女乐师走了过来。

李笠翁与所有以学进仕的士子习气大相径庭，完全是一个闲云野鹤一般无拘无束的文人。他在江南文人圈中尤为人所注意。他善于写剧本，是诗人又是散文家，并且是女性和优雅生活的鉴赏家。生性风流浪漫，与不同的女性产生不同的感情。女伶、女乐师、娼妓和其他欢乐场的女性都愿意同他交往。他承认自己是个享乐主义者，并且愿意将自己的享乐经验告诉别人。虽然他的爱情总是不持久的。

李笠翁是冲着柳如是来的，他老远就叫道："如是，你没看到我的《意中缘》，可以说是一件憾事。"

柳如是因为来晚了，心中正为错过这一场好戏而遗憾着呢！经他一说，连忙点头。不想李笠翁突然大声叫道："要说《意中缘》，我倒忘了一对儿呢！日后再写一幕。如是从小就能高谈阔论国事朝政，又才高心傲，名冠江南；谢太仆呢，是文武之道，都有所成就。真乃天作之合的一对呢！"说完，自己先拊掌大笑起来。

这些话，惹得柳如是脸上早已是飞霞流动了，看到柳如是脸上羞涩的笑意，谢象三感到十分受用。他越发下定了追逐柳如是的决心。

二

当柳如是从燕子庄匆匆赶回"不系园"时，没想到陈子龙已经走了。

梳妆台上，有陈子龙留下的信笺。这些东西被一面唐代青铜镜压着。一看到这面铜镜，她就百感交集。这是当年在南园时，陈子龙不知从哪处古肆上搜罗来送给她的。这面镜子并不特别，特别的是铭刻在镜子背面的一首小诗，这首小诗已被他们抚摸得光滑平贴了，简洁有力的钟鼎文，环绕着铜镜的四周："照日菱花出，临池满月生；官看巾帽整，妾映点妆成。"

当年，陈子龙还是一个穷秀才，无官帽可整，这面古铜镜让柳如是甚是喜欢。当窗理铜镜，对镜贴花黄。耳鬓厮磨情景难忘，只是物是人非。镜未破，人难圆，她已害怕面对它了。今天，陈子龙又勾起她的无限心事。

她先看陈子龙留下的七言古诗《长相思》：

> 美人昔在春风前，娇花欲语含轻烟。
>
> 欢倚细腰欹绣枕，愁凭素手送哀弦。
>
> 美人今在秋风里，碧云迢迢隔江水。
>
> 写尽红霞不肯传，紫麟亦妒婵娟子。
>
> 劝君莫向梦中行，海天崎岖最不平。
>
> 纵使乘风到王京，琼楼群仙口语轻。
>
> 别时余香在君袖，香若有情尚依旧。
>
> 但令君心识故人，绮窗何必长相守。

柳如是读罢此诗，心中已激起千重浪。

陈子龙写过不少与柳如是离别的诗，似乎一开始，陈子龙就预感到两人注定要分离，而每一次分离，便更增加柳如是对陈子龙无以解脱的挂念。早在崇祯六年，陈子龙还是几社名流，将要为考试北行时，曾赋诗留别："良朋徘徊望河梁，美人赠我酒满觞。欲行不行结中肠，何年解佩酬明珰。"绻绻之情，洋溢着青春的气息，只是至今还不能作解佩之举。后来他写的"不然奋身击胡羌，勒功金石何辉光"等诗句，其儿女情怀与英雄志略，更让柳如是倾心相向。

今天，陈子龙终于发出了"绮窗何必长相守"的无奈与感慨。

这是一种什么样的感慨啊！堪堪聚首，尚未叙旧就匆匆离别。对柳如是来说，只有无穷的哀怨，而没有一点恨。包括此刻，陈子龙的不辞而别，她亦无恨意。

读过陈子龙留下的信，柳如是这才知道他为什么急匆匆地要走。

原来，正如陈子龙所料想的那样，陈子龙刚刚离开浙东，浙东的饥民又一次掀起了大规模的民变。领头的不是别人，正是陈子龙的朋友许都。无论是作为地方官还是朋友，陈子龙都必须尽快赶回去，平息这场风波。

柳如是又一次为陈子龙担心起来。

虽然陈子龙还没有离开杭州，柳如是却无法见到他，这怎不叫她心急呢？陈子龙去了巡按府，说是去商讨救灾民的办法。

陈子龙已是一个完全成熟的男人了，柳如是这样想的。因为他甚至决绝到连一夕的恩爱也不肯给她！可是她却无论如何也放不下对他的牵挂。

三

第二天早上，柳如是尚卧在绣榻上，门外有人来报，说有人送请帖来了。

送请帖的，是谢象三燕子庄的仆人，柳如是感到很不开心。昨天刚分开，今天一大早就急不可耐的来请！

帘外春雨潇潇，远山近水朦朦胧胧。在这样的日子里，如果不是牵挂陈子龙和陈子龙所说的灾民，柳如是还会就此睡下去的。

梳洗的时候，她翻开了谢象三手书的泥金请帖。里面夹了一页燕子笺，除了一首《雨余》之外，什么都没有。对谢象三的书法，柳如是是赞赏不已的。这张请帖，使柳如是高兴起来，仿佛是有人送来一束带雨带露的花朵。谢象三精致到连一页彩笺，都很用心！不由得柳如是不读下去。

寒食清明一雨余，春芳未歇绿荫舒。
闲依陆子经烹茗，漫学陶公法种鱼。
方竹枝分野老蕙，细花笺寄美人书。
一年好景清和日，莫教樽前夜月虚。

读罢诗笺，柳如是不去玩味诗，而是去玩味谢象三这个人。他如果不是一个腼腆含蓄的人，就是一个工于心计的人；曲里拐弯抹角地绕了半天，表白自己学着陆羽茶经烹茶，学陶潜种花，春和景明，以此种种吸引别人，末了还是一种赤裸裸的勾引：莫教樽前夜月虚！

即便是这样，柳如是还是决定去，而且立即就去，为了陈子龙——自己深爱的人。

四

柳如是突然造访燕子庄，使谢象三喜出望外，又乱了方寸。按他的想象，柳如是的名声正蒸蒸日上，自己的邀请，即使不拿捏一番，也绝不会如此迅速地招之即来的。

148

　　如果说，昨天晚上见到的柳如是，在谢象三心中只是流星滑过；那么今天，这颗光彩照人的星星，已如此真实降临到自己身边了。这个略施薄粉的女人，正如春天的花朵，二十三四岁的年纪，按照当时的说法，该是美人迟暮。她从十五六岁涉足风尘，风尘碌碌近十年，一点也不见雨打风吹的迹象，反而如饱受雨露之恩的芍药，开放得如此的艳丽迷人。她周身散发出淡淡的香气，更加勾魂摄魄，这使谢象三吃惊。世上真有异样体香如传说中香妃那样的女子，并不足奇；而世上竟有其容貌、颜色和体形达到如此完美无缺的女子，却是闻所未闻见所未见的。

　　柳如是在同谢象三寒暄之时，也在打量谢象三。从前程孟阳曾提过他，昨天，李笠翁又提起过他。至于有缘无缘，柳如是不曾细想。总的来说，这是一个非常不错的男人，也是个找不出什么大缺点的男人。也许正因为找不出大缺点，所以柳如是总找不到一见倾心的感觉。男人不坏，女人不爱，可能也有某些道理。一个没有个性的男人，往往让人感到乏味；何况，各色男人，柳如是领略多了；即使是李渔这样的男人，敢于赤裸裸的把男女之间种种床笫之欢写出来，也能吸引女人。

　　今天，柳如是已无暇作更多的深究，她对谢象三说明了来意。

　　柳如是的用意很明显，一切都在为陈子龙，包括昨天晚上提出的赈灾。这使谢象三无端的泛出一些醋意。没想到，风月场中，也有这样肝胆相照的女人！一转念，谢象三又很爽快地答应了，嘴角眉间，流露出难以掩饰的得意笑意。

　　谢象三的爽快，反而使柳如是惶惑。这不是一个爽快的男人，却又如此爽快地答应从中斡旋，不知是为了什么。

　　当柳如是起身告辞时，谢象三并不勉强挽留，只是彬彬有礼地送到门口。

五

柳如是在杭州西湖的日子，过得并不欢畅。西湖本是个令人心旷神怡的地方，但对柳如是来说，触目皆是伤心之景之地。

前几日，从汪然明处借来杨云友的画，仔细玩味，欣赏不已。杨云友已在去年病故。

董其昌称杨云友澹宕而有骨韵，如果继续发挥，造诣无可限量。柳如是看来，却是蒙蒙绿水，伤心至极。她在给汪然明的信中道："泣惠草飘零，怜佳人迟暮，自非绵丽之笔，恐不能如此。然以云友之才，先生之侠，使我辈即丞无文，亦不可不作。容俟一荒山烟雨之中，直当以痛哭成之耳。"

回到汪然明的别墅，柳如是联系自己的身世，挥笔写下了《金明池·咏寒柳》：

有恨寒潮，无情残照，正是萧萧南浦。更吹起，霜条孤影，还记得，旧时飞絮，况晚来，烟浪斜阳，见行客，特地瘦腰如舞。总有一种凄凉，十分憔悴，尚有燕台佳句。

春日酿成秋日雨。念畴昔风流，暗伤如许。纵饶有，绕堤画舸，冷落尽，水云犹故。忆从前，一点东风，几隔着重帘，眉儿愁苦。待约个梅魂，黄昏月淡，与伊深怜低语。

"垂柳无人临古渡，娟娟独立寒塘路。"陈子龙曾将她比作娟娟独立的垂柳，几度柳绿，几度絮飞。眼下，她还在飘零之中。归期无望，前途渺茫，想到这一点，柳如是不由得黯然神伤。

第十七章　借刀杀人欲夺美，重义轻利为护花

人何在？人在雨烟湖。篙水月明春腻滑，舵楼风满睡香多。杨柳落微波。

——《梦江南·怀人》之十七

一

由于连日乍暖还寒的天气，加之应酬的劳累，柳如是自感体力不支。她移居西溪汪然明的横山书屋，谢绝会客和一切应酬，终日与药炉瓦罐为伴，稍好一些时，也只在春天的阳光下读李清照的《漱玉词》。

西溪在市郊，离苏州城还有一段距离。柳如是与汪然明之间只好靠书信联络。对横山书屋，柳如是十分满意，这里泉水淙淙，绿树成荫，幽静如同脱离尘世。

汪然明去嘉禾了。回杭州之后，听说柳如是病了，便连忙雇轿过来看她。汪然明的到来，使柳如是十分高兴。

汪然明给柳如是带来了几样西湖特产，有鲜藕红菱、白芨和香菇，还有一些其他补品。同时，给柳如是带来了几锭银子，让她延医和买些补品调理一下。柳如是收下了东西，却不肯收他的银子。"已经给你添了不少麻烦，蒙你多方照顾，已心有愧意，如何能再收你的银两？

这阵子，听说民间饥荒。住在杭州，如是也知道，长安米贵，居大不易！何况你也需要资金周转。"

汪然明听了很不高兴，但还是笑着说："瘦死的骆驼比马大！你就收下以备不时之需吧！我这次回嘉禾老家，触目皆是饥荒，乡下人卖儿卖女，连树皮、观音土都没有了，其状惨不忍睹。我这次回去卖掉了二十亩田，救济了一些穷人，所以所剩无几，区区二十亩田，在这年头，卖不到好价钱，对江南大批饥民，也只是杯水车薪。这一点银两，你无论如何都要收下。"

柳如是知道，人称黄衫豪客的汪然明，素来视钱财如粪土。他曾接济过不少风尘才女，如果拒绝不收，反而拂了他的面子，只好勉强收下。虽然一生风尘碌碌，却少有冻馁之虞，听到汪然明说到嘉禾饥民，她又为陈子龙担心起来。柳如是正欲开口询问，没想到汪然明倒先说了出来："听说浙东的饥荒更严重，已经发生了民变。这次回杭州，又听谢象三力荐陈子龙去招抚，不知是福是祸。"

听了汪然明的介绍，柳如是才知道浙东民变的大致经过。

正在浙东百姓处于水深火热之时，东阳知县、巡抚左光斗的同乡姚孙斐以借饷之名，大肆搜括民财以饱私囊，却碰上了中产之家、当地义士许都的抗拒。姚孙斐本想杀鸡给猴看，便动用了兵备道兵力，以谋反名义，逼交一万两银子！正好碰上许都丧朋，一时火上浇油。许都的朋友朱彪、冯龙友、戴法聪等人揭竿而起，因用戴孝的白布缠头，号称"白头军"，浩浩荡荡直奔东阳，攻破县城。知县姚孙斐逃往金华，义军攻破东阳之后，所向披靡，又攻占浦江、兰溪，声憾江浙！

汪然明说："卧子东任之后，非常器重许都，认为他任侠尚义，智勇双全，虽出于草莽，却身怀报国之志；所以他与上海举人何刚联名上书皇上，乞用许都，希望通过许都招募义士，练一支劲旅，为国效力。现在，许都已被逼上与朝廷为敌的局面，陈子龙恐怕也要受些牵连，至少他是两头为难。"

柳如是想起陈子龙曾托她通过谢象三疏通左光先，便问汪然明："汪先生与谢太仆较熟稔，谢太仆有平定孔有德叛乱的经验，不知谢太仆保荐陈子龙去招抚，有何深意？"

"谢象三，"汪然明有些不屑地说，"他以一副在野功臣的面目出现，好坏似乎都不关他的事。这件事发生在谢象三老家，人云，好汉护三村，好狗护三邻。谢象三一副事不关己的样子，保荐陈子龙去招抚，招抚成功，谢象三成了有功之臣；不成功，谢象三可以看热闹。这就是谢象三的高人之处。"

听了这番话，柳如是才知道官场的险恶，不由得为陈子龙担心起来。

见柳如是郁郁寡欢，汪然明笑着说："现在杭州文人圈中传言说，柳子你已属意谢太仆，可是真的？"

也许在某一刹那间，柳如是真有这样的想法，在横山书房养病，谢象三隔三岔五地让人送来情诗、应景诗和补品，这让柳如是有些感动。还不等柳如是回答，汪然明抢白道："若就才品而论，谢象三倒是值得考虑——不知你考虑过归宿没有？也该考虑了，他的财产在杭州也是数一数二的。不过，这个人工于心计，心中大有丘壑，不见得是一个体己的人。这样的事，也不是没有过，王修微初归茅元仪，后归许誉乡，都未善始善终。我劝你，宁做鸡头，莫作凤尾，真的要娶你的人，得以嫡配之礼。我去嘉禾时，闲来无事，也曾为你卜过一卦，你近来是驿马星动，又有五鬼小人星，交友须小心，谨防桃花劫。"

汪然明再看柳如是时，柳如是噙了许久的两滴泪水已经掉了下来。汪然明以为柳如是是病中伤感，或是谣言伤了她的心，连忙说："这一定是谣言，要么是谢象三借此抬高身价，要么是李笠翁这样的风流文人编的风花雪月的韵事，你大可不必在意。"

其实，汪然明哪里知道，此时的柳如是是百感交集，她为汪然明的知遇之恩而感动。这样的肺腑之言，这样的忠告，非君子难以吐之。自己何曾不想得到他人的尊重与了解？茫茫人海之中，谁肯以嫡配之礼对待一个风尘女子？

汪然明要柳如是搬到城里他的缸儿巷家中去住，说是便于养病，也好早晚照顾。

柳如是说："要说养病，横山书屋更合适一些，既安静，又有书读；别说养病，今后在这里颐养天年也是一个好地方！搬到你家，汪夫人的经书，加上我的药罐子，真的成了教中的僧侣了。"这时的柳如是，才有了一点笑意。

汪然明告辞时，柳如是起身要送。汪然明说她身体不好，不让她送，柳如是坚持送到门口。

在大门中，汪然明笑着问："此次回乡传闻说，你曾说过，天下才子，除非功名如钱牧斋，否则不嫁。可有此话？"

柳如是笑了："不过是一时的戏言。"

汪然明说："这话传到了牧耳中了。他说：'天下才女，非柳如是不娶！'"

望着汪然明渐行渐远的身影，柳如是感到心头有一种慌乱，汪然明的一番话，也打破了横山书屋的平静。

二

柳如是在横山书屋静养的日子里，杭州城却处在骚动之中，那是一种波浪不兴而潜流暗涌的骚动。

这一阵子，杭州城里发生了两件与柳如是有关的事。

一是陈子龙平定许都等人的叛乱后，杭州全城沸沸扬扬；二是谢象三准备在本月十五日过五十一岁寿辰，杭州的名士圈中议论纷纷，谢象三把五十一岁的生日办得如此隆重，仍是为了柳如是。

他想在杭州名士圈中造成一种印象，自古美女许英雄，有才女美人之称的柳如是，最终将属他谢象三，而不是平定叛乱的英雄陈子龙！

横山书屋失去了宁静，以探病为名的朋友络绎不绝。有不少是来探听柳如是底细的，而又有一些人，是为谢象三做说客的；当然，也有人是真正关心她的前途命运的。

三

这天一大早，柳如是十万火急地派人给汪然明送来了一封信。

汪然明展开短笺，一目十行地读了起来：

嵇叔夜有言："人知相知，贵济其天性。"弟读此语，未尝不再三叹也。今以观先生于弟，得其无信然乎？浮谈谤谣之迹，适所以为累，非所以鸣得志也。然所谓飘飘远游之士，未加六翻，是尤在乎鉴其机要者耳。今弟所汲汲者，亡过于避迹一事，望先生速择一静地为进退。最切、最感！余晤悉。

字里行间，汪然明似乎听到柳如是像受惊的小鸟一样的哀求。为人豪爽耿直的汪然明，只觉得周身的热血在奔涌。这位护花使者，马上明白了柳如是的处境，他要尽力保护这只被谣言惊吓的小鸟，让她飞出樊笼，不做达官贵人的玩物。

汪夫人是位性情淡泊之人，一生信教，对丈夫千金散尽去周济名媛和流浪江湖的才女，她从无怨言，也不干涉，毫无妒意地泰然处之。在她看来，丈夫是在救苦救难，救姐妹于苦海。她见丈夫还愣在那里，便连忙轻言细语地说："还不快去把她接到家中来。"

汪然明听了急忙吩咐人去备轿。

四

柳如是很快被接到了汪然明的缸儿巷，用过素膳之后，坐在花梨木几旁，她向汪然明诉说连日来的种种谣传。她起先是不肯来汪然明缸儿巷老宅的，一是怕给汪然明添麻烦，二是怕给汪然明带来毁谤。自从离开盛泽之后，从借居南园开始，柳如是只要出游，不住画舫之中，便是借居当地名园，因此，她几乎游历了所有的江南名园，往往是从这家园子移往另一家园子。她喜欢江南名园的别致与雅静。今日，是汪然明连哄带逼催她上轿的。

对谢象三造得满城风雨的谣言，柳如是只是淡淡地说："他是剃头担子一头热，从今往后，我决不会做达官贵人的后宫花。汪兄可曾留心，冯家小妾被大夫人所妒，郁郁而死，有人作《小青传》，其实小青合起来就是一个'情'字。真正碰到一个有情人，如是将勤荐枕席，服侍周到。我只求他尊重我，就像你那天说的一样，当以嫡配之礼待我就行了！我反感谢象三志在必得踌躇满志的神态。他只不过是把征服一个弱女子，看作情场得胜而加以标榜！哪里有半点诚意可言？"

烛光摇曳，汪然明叫仆人送上了刚刚采来的西湖龙井，干干净净的茶盏，看上去就赏心悦目。这个茶叶商，家中不但有各色好茶，其茶具也让柳如是感到惊讶。茶灶、茶盏、茶注，茶注还有生熟之分；茶臼、拂刷净布、炭箱、银火钳、火箸、小火扇、火斗、茶盘等一应俱全。

汪然明让茶童下去，自己亲自煮水，直到水汤出现蟹眼鹧鸪斑才慢慢一程一程的冲点。汪然明一边点茶，一边以茶筅击拂茶汤。杯中的茶纷纷如劈柴，影落春江。清香在汪然明击拂中飘来，恰似欧阳修在饮龙井之后说："凭君汲井试烹之，不是人间香味色。"柳如是早已跃跃欲试！恨不得马上一尝。

汪然明一边如入了忘我之境的烹茶，一边不经意地问："卧子近日可曾去过横山书屋？"

柳如是听后大吃一惊，连忙问道："子龙没有离开杭州？"

汪然明说："他又来了杭州。"

估计柳如是不知道陈子龙近日情况，汪然明把近日发生的一切，一五一十地告诉了她：

陈子龙回到东阳之后，按住了兵备道王雄的兵马，自己只身进入深山，劝说许都归抚朝廷，并保荐他去抗击建州入侵之敌。

陈子龙与许都在此之前有过交往，许都很器重陈子龙，陈子龙的祖父抗击倭寇，组织家丁保卫家乡的故事，许都也听人说过。

陈子龙语重心长，在荒山之中，与许都长谈了一夜，许都也感到目前处境的严重。当今朝廷由于处于风雨飘摇之中，所以对征剿内乱不遗余力。陈子龙对他说，莫说小小东阳一股流民，李自成、张献忠那么浩大的民变，在朝廷重兵之下，也是惊弓之鸟。现在，上面已派出兵备兵力，就是一种预兆。

许都终于同意接受招抚，随同推官陈子龙到了杭州，接受官府的发落。

许都含泪遣散了游勇，没想到，不少小股民变，还是被朝廷的兵马所追杀。马龙友、戴法聪、朱彪带了一百多人马向台州方向逃奔。

许都带了二百多精锐随从下了山。陈子龙还在等待朝廷对许都的安排，因为许都和二百壮士将赴北上征途。

暴乱平定之后，巡按左光先一再催促陈子龙来杭州庆功，陈子龙刚到杭州，就听说了许都已被官兵杀害！

许都是在北上到钱塘江畔时，被害的。

这是一场血腥的屠杀，有预谋的屠杀！二百多壮士无一生还！

许都刚死，陈子龙的朋友何刚就接到了圣谕，命许都招募义勇，以备勤王。可惜，许都已含冤而去了。

这一系列事件的发生，都是谢象三在幕后策划的。是他推举陈子龙任监军征抚的；是他让左光先催回陈子龙的；也是他让王雄先下手屠杀许都等壮士的！他很开心，他在杭州小金谷坐山观虎斗。对于老家，他戮杀的是一帮流民，巩固了家乡势力；对于当地命官，他讨了很多好处：地方平安，征剿有功；他保举陈子龙，使陈子龙成为单骑赴阵劝降的英雄，以此讨好柳如是，然后，又置陈子龙于一种背信弃义、出卖朋友的境地。

谢象三欣赏自己的文韬武略，他挥动着无形两面刀，让杭州处在他的刀光剑影之中。

他很高兴，比自己亲自上战场都高兴。因此，他要为此好好地庆贺一下，正好是五十一岁生日，这是他数十余年来最开心的一件事。

五

听完汪然明的一番话，柳如是骤觉浑身寒冷。

天色将明，窗外的雨声渐渐地小了，茶灶中的炭火还有余烬。自己在横山书屋，根本不知道咫尺之间所发生的这一切。柳如是这才知道，人心是多么险恶啊！

见柳如是半天沉吟不语，汪然明说："现在满城都传说你要下嫁谢象三，可能陈子龙不便前来见你。"

"我谁也不嫁！"柳如是斩钉截铁地说。

"那你作何打算？本来我打算近日同你到雁荡山等江南名山大川去旅游一番的，一时却难以脱身。林天素回福建后，处境一直不佳，我最近要去福建收一些铁观音、乌龙，顺便去看她一下。看来只有等到秋天再作安排了。"汪然明说。

柳如是说："看来我只有一走了之为好，至于下一步到哪里去，还没想好。"

"要走，也不容易。以谢象三的财势权势，他不会轻易放过你的。即便离开杭州，也要找一个安全的地方。"汪然明说。

柳如是问道："不知先生有何高见？"

汪然明说："要找一个谢象三无法报复你的地方。看来有两处，一处是嘉兴吴昌时的鸳湖，吴昌时现在势倾朝野，谢象三也惧他三分；一处是钱牧斋的半野堂。"

"我与吴吏部有些旧交，但与钱牧斋素不相识，如是不知如何拜见。另外，他又如何能保护一个弱女子？"柳如是问道。

汪然明笑着说："牧翁已久慕柳子才名，不会不见，且卞赛此时也到牧翁处了，你可以通过她求见。另外，程孟阳从黄山归来，可能也在。牧斋是谢象三的座师，想必谢象三不敢非礼，更何况牧斋是蛰伏蛟龙，虽暂时不得意，但以他的声名，以他江南文章领袖的身份，没有人不敬让他的。程孟阳也可以替你打个圆场。此事宜早不宜迟，不如趁谢象三生日前暗度陈仓。"

六

商定好一切之后，汪然明起身告辞，回卧室小憩去了。

过惯了夜生活的柳如是，此时心潮澎湃。马上就要分别如长兄一般的汪然明，她内心实在无法平静。吹灭蜡烛，就着窗前微曦曙光，她铺开花笺。杜鹃啼血，雨打残花，使她惘然不已。想到汪先生种种深情，她挥笔写道：

鹃声雨梦，遂若与先生为隔世游矣。至归途黯瑟，惟有轻浪萍花与断魂杨柳耳。回想先生种种深情，应如铜台高揭，汉水西流，岂止桃花千尺也。但离别微茫，非若麻姑方平，则为刘阮重来耳。秋间之约，尚怀渺渺，所望来先生维持之矣。便羽即当续及，音人相思之字，每付断鸿之声里。弟于先生，亦正如是，书次惘然。

心中有万语千言，下笔却成了短短的风行。柳如是一边重读信笺，一边感念汪先生情如承露铜台，以可断银汉之水。与汪先生离别之后，山隔水阻，再会无期。何时刘阮重来？但愿能践如麻姑与方平过蔡经家之约。

虽然就住在汪先生府上，自从认识他开始，柳如是一直与他书札往返。她认为，这正是朋友之间交流感情和礼会的最佳方式。

汪然明不但早就为柳如是准备了足够的银两和衣食住行的必备物件，而且给钱谦益修了一封很长的信。这是柳如是事先未曾知道的。

经堂里传来了汪夫人早课的木鱼和诵经声。汪夫人早就起来了。

柳如是在汪夫人的木鱼和诵经声中暗暗地祈祷。

"笃笃"的木鱼声，让柳如是的心涛逐渐平复下来。她已经历过过多的风雨和过多的坎坷。此时，窗外传来一阵欢快的"漱啾"之声。寻声望去，见一对金黄色的鸟儿站在枝头，正在啄食叶尖上的晨露。此时，她的心中忽有所动：自己再也不是一个被人买来卖去的艺妓。更不想去充任点缀别人园林的名花。我就是我，我也要奋飞，因为翅膀是属于我自己的！

朝霞在远山的山峰上抹了一笔彩绘，柳如是终于离开了杭州这块是非之地，像一只小鸟，义无反顾地朝着自己心目中的大树飞去。

第十八章　卞赛又说柳如是，牧斋不识河东君

人何在？人在玉阶行。不是情痴还欲住，未曾怜处却多心，应是怕情深。

——《梦江南·怀人》之十八

一

"半野堂"在常熟，几乎无人不知、无人不晓。因为这里住着一位声名显赫的人物——钱谦益。

钱谦益字受之，号牧斋，又号尚湖。

"半野堂"在常熟东门内，并不是飞檐拱斗、朱柱碧瓦的宅第。三开大门，古朴庄雅，门上悬一匾额，"半野堂"这三个大字，是钱谦益的座师东阁大学士孙承宗所书。当代文豪、东林领袖钱谦益近来常住在这里。"半野堂"这三个字，也确实直抒他此时的心境。

自从当年的"阁讼"之后，钱谦益一直退隐山林，过着文人名士闲情逸致的生活。表面上看起来，是怡然自得；其实，是人在曹营心在汉，虽住在虞山，还总是以居江湖之远则忧其君的面目出现。

钱谦益的一生，离登峰造极往往就在一步半步之间。

万历三十八年廷试时，当时叶向高当国，初拟钱谦益为第一；因为他未进奉，于是，韩敬成了头名状元！他中了个"探花"。

半世功名，败在天意，还是败在人意？

魏忠贤阉党专政时，疯狂地迫害东林党人并打击朝野的异己。钱谦益身为东林人，首当其冲地受到排斥。

崇祯元年，朝廷终于清洗了阉党，东林党人兴高采烈。钱谦益德高望重，许多人士以为他做宰相有望。

十一月举行会推"枚卜"，即由吏部尚书会合廷臣推举内阁大学士的候选人，把供皇帝点用者的名字写在纸条上，放入金瓶内，皇帝焚香肃拜之后，抓阄一样向瓶里一抓，抓到谁谁就任首辅。当时他是詹事府詹事、礼部侍郎兼翰林侍读学士，为东林名贤，倾天下重塑，会推名列第二，极有希望被点中。他也将赌注押在这一着上，积极活动。他的门生采取釜底抽薪的办法，取消了主要竞争对手周延儒的会推提名资格。

周延儒是万历四十一年状元，虽然声望资历不及钱谦益，但此人工于心计，事先走了皇戚的门路，伙同温体仁看准机会反攻，毁谤钱谦益结党舞弊，引起崇祯怀疑，以"滥竽枚卜，有党可知"的罪名，将钱谦益革职回家，不但没有做成宰相，反而一失足成千古恨。

他结庐半野堂，一半是自嘲，一半则在观察时局的发展。历朝文人大多如此，功名无望便以退隐标榜。

钱谦益革职归籍之后，有一段时间，确实心灰意懒。一方面，著书立说，或与人诗词应和，或为后进作序，也为望族或名人写点墓志铭之类的文字；另一方面，放洋海运，偶尔也知道一些外域的风土人情和奇闻异事。后来，又将宿敌温体仁、张汉儒击败，心中甚是得意。加之自己是东林党魁，且又以文学冠东南，所以日子过得也算潇洒。

其实，钱谦益对外面传说的柳如是，也早已心仪许久了，只是一直无缘一见。

钱谦益曾钟情过当代另一名伎卞赛（卞玉京）。世人传说：花下卞赛，酒底陈圆。

一日，闲谈中卞赛谈及当朝名伎。卞赛说："若论容貌美艳，陈圆圆第一，可惜少了一点才情，最好配武士；要论灵慧秀雅，当推董小宛，又嫌过于娇柔。冷艳有林天素，热烈奔放的有葛嫩，能度曲会歌舞的有顾媚，能书能画的有王修微……只是还有一个无法找到俦侣。"

钱谦益惊问道："莫不是花下卞赛？"其实，他知道卞赛已心许吴梅村，只不过试探一下罢了。

卞赛嫣然一笑："奴蒙宗伯错爱，只是无咏絮诗才，难做郑家诗婢。我说的这个人，才貌双全，胆略过人，琴棋书画，歌舞弹唱，无一不精。可以说称得上巾帼不让须眉。"

"世上有这等可人儿，牧斋陋闻，不曾听说过。"

"其实，这个人宗伯也曾称赞过，未见其人，已先闻其名，她就是柳如是。"

"未必真有你所说的那么好！既然如此，应该为天下名士争聘才是。"

"正因为如此恃才傲物，才会使竞聘者望而却步。天下才子，只

164

怕只有一人可配这位绝代佳丽。因此，她曾发誓，非明媒正娶者不嫁。只怕是心比天高，命如纸薄。"

钱谦益接着问："你说的这个人是谁？"

"一代龙门，当今李杜，除了宗伯你还有谁呢？"卞赛回答道，"听说她曾在友人面前开玩笑说：'非钱谦益不嫁。'"

听一个美丽的女人夸奖另一位美女，如果不是知己，至少是心悦诚服。钱谦益的心中已有所动了。他讪讪地说："牧斋退隐山居，心如止水，何况既老且贫，又黑又丑。望不可再取笑我了。"说完，自己哈哈大笑起来。想来，也是一件值得发笑的事。

"宗伯切勿见笑，你又想错了一回。郎才女貌，千古定论。真正的才女，是不会计较世俗的一切，只在乎尊重与理解，何况一个曾经沧海难为水的风尘女子，需要的是一颗真诚温暖的心。"说到这里，似乎勾联想起她自己的身世。言未尽，神已黯。

钱谦益思忖，真的有一个敢以青春换知音的奇女子，自己又为何不敢以此生换真情呢？

二

钱谦益见过柳如是娟秀俊逸的诗篇，关于她的身世也略知一二。

自从她出周相府之后，裂琴绝情，同宋辕文绝交是少年的事，姑且不论。然真正让他面对柳如是，他的心中有些忐忑不安。

一是她与陈子龙的恩爱。陈子龙虽然不是嫡传弟子，但他对自己却比座师还尊重，自称是私淑弟子。这种关系已超过朋友之情义了。自己被逮押京，陈子龙冒险相送；温体仁罢相之后，陈子龙在《赠钱牧斋少宗伯》的诗中称道：

> 艰险思良佐，孤危得大臣。
>
> 东山云壑里，早晚下蒲轮。

这是对他重新出发，铁肩担道义的呼唤，也是一种鼓励与理解。虽说陈子龙与柳如是难越家庭障碍，自己也不见得能跨过这道鸿沟。

不久前，又纷纷传说，柳如是与自己的另一弟子谢象三定情。谢象三正值壮年，家境丰厚，而自己自从进京打官司破财之后，家中只剩下一个空架子，唯两肩明月与一壁旧书而已，无法与谢象三配比，柳如是又何故舍谢象三不嫁呢？如果她真的肯下嫁过来，自己所能给她的也唯有尊重与善待。这难道真的是柳如是的初衷吗？

更多而且更形象对柳如是的评价，是来自钱谦益的老友，一起吟诗作画、研习佛经的程孟阳。他读过程孟阳写给柳如是的一些艳诗。

一想到程孟阳，钱谦益信心倍增。自己与程孟阳比起来，可算得上年轻有为的了，自己又为何不可一试？他的内心有一种企盼在萌动。他在事业上雄心不已，在爱情上一样应当让人感到宝刀未老！

或许，这是自己人生的一次转机。

前些日子，吴昌时托人带来信件，说是这些日子要前来造访，并带来一位新朋友。思前想后，不知这位新朋友是谁？但他希望吴昌时早些来，以便从他那里多知道一些关于柳如是的近况。

柳如是，你到底是一个什么样的女子？

三

"半野堂"里谈兴正浓。

这时，徐锡允和何云、瞿式耜来访。钱谦益的族侄钱青雨进来说道："伯父，门外有一位少年书生求见！"

钱谦益有些不耐烦地说："我今天不会客。"钱青雨犹犹豫豫地说："他说从远道专程来求见您的。"

"就说我不在嘛！"钱谦益有些恼了。一看有客人在座，又缓和了一下口气说，"这几日旅途劳累，今天又有贵客来访，你去打发他走吧！如果方便请他改日再来。"

自从归籍之后，来访的无名竖子络绎不绝，无非想借此添点声名而已。开始，钱谦益还热心，后来，发现不少人来了之后，东扯南山西扯北海地乱谈，哪里是来求见求学的？完全是一些包打听。官场险恶，他不得不防。这一阵子，要求他出山的呼声很高，所以须更加小心谨慎。他外出旅游，一方面，是为了沿途团结同党；另一方面，也是为了避免不必要的纠缠，免得再次被人抓住把柄。在家闲居，他订下规矩：不是至交，一概不接待。

不多时，钱青雨又折了进来。钱谦益几乎怒形于色了，他对钱青雨说："又有什么事？"

钱青雨递过一封信说："刚才求见的少年书生让我交给你。"

"不是说让你回绝的吗？"

"我已经把他劝走了。"钱青雨说。

钱谦益接过信，知道人已走了，便顺手放下信，又接着刚才的话题谈起来。不久，又想起什么似的将信拆开。信封里什么都没有，只有一首题为《庚辰仲冬访牧斋翁于半野堂·奉赠长句》的七律。诗笺下面的落款是"河东君"。一看字迹，娟秀而有力。牧斋连忙读了起来：

> 声名真似扶汉风，妙理玄规更不同。
>
> 一室茶香开澹黯，千行妙墨破冥蒙。
>
> 竺西瓶拂因缘在，江左风流物论雄。
>
> 今日沾沾诚御李，东山葱岭莫辞从。

读完此诗，钱谦益竟不知所以的愣愣发呆。他在努力追忆，朋友之中和朋友的朋友之中有无一个叫"河东君"的？

河东君的这首诗，不但书法铁画银钩，秀美俊逸，用韵也不差毫厘，用的是本朝官韵——洪武正韵，读来朗朗上口。这首诗遣词庄雅，用典适切，其意境已入北宋诸贤范围，可直追欧苏，非博学多才之士，决作不出这等好诗，不像出自一个少年之手。

他又拿起诗仔细品味起来。

这"声名真似扶汉风，妙理玄规更不同"一句用了不少典故，将他比作汉代通儒马季长，用的是《马融传》。马融才高博洽，教养出不少名徒，又旷达任性，正是钱谦益自比之人。仅此一名起头，就很不俗，更说出了自己与马季长不同之处：洞达禅理，博探佛藏，高出时流。闲来无事，他与紫柏名僧憨山往还参禅，确如江淹之言，"谨守明禁，雅玩玄规"。仅此一联，就用了四五处典故。更让他高兴的是，不在于引经据典，而在于对自己的相识相知。

瞿式耜见他正满面笑容地看信札，便起身，慢慢地踱过去，说："奇文共赏，是什么样的文章让一代文坛霸主爱不释手？"

他看了一行之后，马上脱口念了起来，"一室茶香开澹黯，千行妙墨破冥蒙。这'一室茶香'之句定是用杜牧《题禅院》之句：'今日鬓丝禅榻畔，茶烟轻飘落花风'与上联吻合；'千行妙墨'定指牧翁大作《读杜小笺》《读杜二笺》，将牧翁比杜牧的这首写在登科后的诗，有趣，好。下句'妙墨'用的是江淹《别赋》。"

瞿式耜不愧为老学究，虽称不上才高八斗，引经据典也是行家里手，所以一眼就能看出诗中深刻的旨趣。

他喋喋不休地借题发挥："当初你读杜诗多有所得，程孟阳劝你说，杜诗虽有千家注，但谬讹颇多，让你重注。你说陆放翁不敢注苏诗，你又何敢注杜牧？这不是有人称赞你了？"

瞿式耜的一番话，很是中肯，钱谦益连连点点头称是。

文人聚在一起，除了斗旗枪、诗词唱还以外，对别人的诗进行咬文嚼字的评价，这也是一种乐趣。

徐锡允走进来，接过诗稿看了后说："有趣，有趣，'江左风流'，称谢安石是江左风流宰相，这个才子把牧斋与他相提并论，中肯、中肯。牧斋具宰相之才，虽暂居林麓，终有青梅煮酒论英雄之日。牧斋当年廷试第三及第，高中'探花'，本来就是'探花'高手。此君在我辈之上，佩服佩服！"徐锡允一边拍案，一边戏腔戏调地说。

徐锡允在自己家中养了一个戏班，经常自编自演，倜傥风流。有时，也拉钱谦益等文人圈中的名士去看戏剧。他为人生性放诞，大家对他的怪论也就见怪不怪了。过了一会儿，他又说："竺西瓶拂固然是说牧翁通内典，这因缘不好解，写诗莫不是一个女子？说的是与牧翁有宿世姻缘？要不就是仙子，愿持拂持瓶，供奉左右如奉菩萨，牧斋真的在走桃花运了。"

"荒诞荒诞。"钱谦益说。他不相信这首诗是出自一个女子之手，更何况，刚才钱青雨说求见的是一少年。这少年堪称可造之才，真后悔未见。

何云不甘落后，他解了最后两句："将'诚御李'之李元礼比牧斋，甚妙。李元礼乃一大名士，兼有宰相之望，牧翁早年受魏忠贤阉党迫害，身世何其相似乃尔。'东山'与'江左'相关。'葱岭'与'竺西'相关，典故虽多，不嫌卖弄，誉美词甚，不落窠臼，以古喻今，文思贯通，清新脱洒。此人可称牧翁知音知己，道出了牧斋欲言未言的心思，不知河东君为何方君子？其才实在令我望尘莫及，可惜啊！已经到了门前，却又失之交臂！"

半天不说话的瞿式耜，落寞地说："这种美文，天下只有一奇女可以写出。"

众人齐声问："谁？"

钱谦益恍然大悟，马上责怪自己疏忽，自己还写过诗赞美人手迹呢！此女子不是他魂牵梦萦，可念而不可及的柳如是又是谁？

他马上唤来钱青雨，半信半疑地问："适才来人是一书生？什么模样？"

钱青雨见伯父的神情十分急切，一时间不知发生了什么大事，想了一会儿说："来的书生眉清目秀，矮小匀称，谈吐斯文，举止文雅，穿着单薄，很朴素，带禾中口音，白白净净。不过，不过……"

钱谦益见钱青雨吞吞吐吐，有些恼火地吼道："不过什么？支支吾吾，快讲嘛！真急人！"

"他是乘轿来的，可能是在街上雇的肩舆，轿夫在门外陪他等了半天。到上轿时，我发现了一件稀奇事。"钱青雨说。

一听说有稀奇事，来宾都凑了过来。

钱青雨说："他抬脚上轿时，我见他不太习惯地掀起长袍，长袍下露出一只纤细的弓鞋来，看样子像个女子。"

　　"你为什么不早说！"钱谦益把钱青雨训得木头木脑的，然后，急匆匆地步出"半野堂"门外。

　　街上连半个人影也没有了。

第十九章　牧斋诗赋章台柳，如是文宴半野堂

人何在？人在画眉帘。鹦鹉梦回青獭尾，篆烟轻压绿螺尖，红玉白纤纤。

——《梦江南·怀人》之十九

一

江南的初秋，天高气爽。

一艘画舫在明净的尚湖中徐徐行驶着，引得来往的舟船和岸上的行人，都止不住地多望上几眼。因为舫上既无管弦之声，又无艳妆丽服的仕女，只有一位身穿儒服的少年立在船头。那少年十分英俊。一看就知道是位出游的书生。

这位书生就是柳如是。

柳如是没有见到钱谦益，但依然很高兴。她回到泊在常熟尚湖的画舫以后，脸上红扑扑的，一半是因为湖风扑面，一半是因为兴奋。

柳如是高兴的是易服初访半野堂，这是惊世骇俗之举！

而在她的心中，为自己的突发奇想有如孩子嬉戏一般有趣，又像

戏中人进入角色一样开心。她感到，虽然没有见到钱谦益，但可以想象到他的惊骇与诧异！而且在心里认定，他一定会找来的，如果不来找，就不是"风流教主"了。

柳如是决定易男服造访"半野堂"，不光是拜访，她还要完成一件他人无法完成的使命。

当她决定着男服、乘肩舆去半野堂时，有一个难以遏止的意念：从今以后，她要得到别人的尊重，一种类似与男人之间的理解与尊重，以真诚和才智赢得男人的爱护，而不是以美貌和色艺！

离开西湖之后，柳如是有一种从未有过的安宁与淡泊感，还有一种远离世俗的心情。这种心情，使她对自己有了一个全面的思索与检讨的过程。

柳如是来到了鸳湖主人吴昌时的竹亭别墅时，她受到了很好的款待。吴昌时将她安排在"梅花轩"住下，这正称柳如是之意。大病初愈的柳如是，得到了身心全面的休养。自从认识了吴昌时，她感到如同到了自己亲人住处一般，因为他是陈子龙的挚友。

吴昌时听了柳如是的叙述之后，很关切地问："然明兄让你去虞山，不知你有何打算？不久我将回京，你应该找一个安全的地方。"毫无疑问，随着吴昌时返京的时间日渐临近，柳如是也想能尽早找到一个能够暂避风雨的地方；但是，去不去虞山投奔钱谦益，她还举棋不定。

见她低头不语，吴昌时想，不如直言不讳地同她说穿，以争取她的理解与支持。续上一杯茶以后，吴昌时说："我建议你还是去拜见钱牧斋为好，不但可以找到一处安身立命之地，更重要的是，我还有一事相托。"

听到吴昌时这么一说，柳如是睁大了眼睛，抬起头来认真听着。

"我想，我的想法与子龙的想法是一致的。"吴昌时说，"自崇祯以来，党争不断。十几年间，走马灯似的换了十几任宰相，宋朝开国三百年才换宰相十七任宰相。这十几年出了几多奸臣？宋朝三百多年才出三个历史留名的奸臣。现在，北方入侵，朝廷内患外乱不止，已有亡国之兆。在这种形势下，内部精诚团结异常重要。我是一个主管官吏升迁的小官，其中的关系，略有所闻。为大明考虑，我希望你此番去虞山，劝说钱座师出山。但是，必须让他先支持周延儒，以退为进。牧翁肯定会难以接受。因他与周延儒势不两立；然而如果不支持周延儒，牧翁则无出头之日，因为牧斋归籍太久。俗话说，将军头上跑马，宰相肚里撑船。只有牧斋先让一步，才能打消崇祯的顾虑，让崇祯感到牧翁不计前嫌，不念旧恶，有辅佐之风范。温体仁罢相，周延儒急于找支持者，牧斋一言九鼎，必使他感激不尽。"

聪慧过人的柳如是，不用多说，一点就明。自在周家为妾起，耳闻目染，她对朝中明争暗斗，也略知一二。外面评价她出言不俗，不类闺房之语，正是这个道理。她虽然口里没言语，心里已经答应了吴昌时。

二

柳如是是第一次到常熟。

她从"半野堂"回到画舫之后，便想借此机会好好地领略一下常熟的湖光山色。她不想摘下儒巾，更换裙衫，便索性扮成出游的书生，驾着画舫游荡尚湖。

尚湖停泊的画舫，对这个气宇轩昂的美少年和他雕栏画栋的彩舫投以惊羡的目光。

被人称为江南胜景的虞山，如卧虎之势伏在常熟，半入城内，半枕江涛。江南胜景与历代古迹融为一体。辛峰寺、乾元宫、言子墓、仲雍墓、昭明读书台……像珍珠散落在银杏、古柏和修竹之中。令柳如是痴迷的不是这些古迹，而是有山水之美、泉石之胜的尚湖，是尚湖太公姜尚垂钓和名画家黄公望的有关传说。就是这个黄公望、受牢狱之灾时还念念不忘吴江。他的好友杨仲弘写诗对他说："何时再会吴江上，共泛扁舟醉瓦盆。"出狱之后，黄公望寄情尚湖，月夜独自泛舟，长绳系酒瓶于船尾，见绳断瓶失湖中，反而拍掌大笑。月夜中声声回响，声震山谷。如果真的能像黄公望一样自称大痴道人，寄情山水、融入丹青、老死终生也是极美妙的人生。

想到这里，柳如是联系自己的身世，想到明代一位青楼女子的咏柳诗：

> 昔日章台舞细腰，任君攀折嫩枝条。
> 如今写入丹青里，不许东风再动摇。

这个女子为了回绝王孙公子的追逐，画了一幅以柳为题的折扇，题了这么一首诗，无意中道出了几百年后自己的心事。

或许，自己就是这个女子的再世？

柳如是正在沉思之时，仿佛听见岸上有人在呼喊，如在梦中一样的呼喊，把她从梦一样的遐想中带回湖光山色之中。她一点也没有想到这是在喊自己。当她抬头望时，只见一艘江南特有的柳叶舟正向她的画舫驶来。

三

箭一般的柳叶舟直冲画舫而来。靠近画舫时狠狠地撞了一下，站在船头的钱谦益也踉跄了一下。柳如是的心也随之"咯噔"一跳，连忙伸手去扶，没想到钱谦益敏捷地跳上了画舫。

总算见到了这位声名遐迩的文坛祭酒。在柳如是看来，这位五十岁的人还不显老，微微发福的身体，更显得稳重健硕。如果配上紫袍金带端坐在高堂，是何等威风与庄严！引人注目的是他那硕大无朋的头颅，隆起的额头饱蕴智慧；风中飘拂的一把白色长须和一头一尘不染的白发！使人肃然仰慕。白发下是一张黝黑如鱼脊一样光滑的脸。这是一张久经风霜的黑脸，能从脸上读出人间的沧桑。

柳如是已经看得忘神，一时竟忘了娴熟的礼数。还是钱谦益先开口，他说："高士来访，未倒屐，却拒之门外，现在特负荆前来请罪。"

钱谦益的风趣，使柳如是感到十分亲切。她带着几分矜持和几分娇羞说："不才屡蒙师恩，又劳大驾，实不敢当。湖上风大，请宗伯进舱来吧！"

钱谦益几乎从未涉足过这样的画舫。第一次低头进入舫内，让他有些局促和兴奋。透过薄窗纱漏进的光线，使窗内显得斑驳而又有些温馨。窄小的舱房也具备一般人家客厅中所有的清供、案几、盆架、字画、文房四宝之类；经过主人细心的摆设，显得特别整洁有序。湖风吹进舱内，把舱中驱秽的檀香、脂粉和中草药的香味搅在一起，透过这些气味，还有丝丝缕缕乳香一般的体香。这气味，使钱谦益有些晕晕眩眩，直到柳如是捧来一盏香茶，他才略略清醒了一些。

国色天香的女人，钱谦益也见过不少，让他倾情的却不多。壮年时沉迷于争权夺利，这几年散怀山水，也有些春思了。今天见到柳如是，一下子唤起了疏远了多年的青春激情，一种异样的感情在心头滋生。

"拜读了你的诗作，蒙柳儒士抬爱，老夫汗颜。"钱谦益正色说。

"不才涂鸦之作，有污耳目，还望宗伯指教。"柳如是谦和而妩媚地说。

"姑且不论诗作格调高绝，通篇庄雅，就牧斋来说，柳儒士之诗，道常人所未道，言常人所未言；若不是年龄悬殊，真把儒士当作知心知己了。"钱谦益盯着柳如是长袍下的小足尖说。

虽是第一次见面，却都有一见如故之感。不久，两人的谈话越来越投机，一个博大精深，一个巧笑流盼。谈笑风生之间，不觉夕阳西下。钱谦益起身告辞道："今天来得唐突，明日老身决定在'半野堂'设薄宴，一是为儒士接风，尽虞山地主之谊；再则将功折罪，补今天之过。"

四

钱谦益在"半野堂"宴请柳如是，在常熟成了一件风风火火的新闻。

柳如是的肩舆到达"半野堂"门口时，来宾们早已在"半野堂"等候多时了。

当钱谦益介绍瞿式耜和徐锡允时，柳如是落落大方地说："瞿给谏大名鼎铭，谁人不知？当年声讨阉党，抨击权豪，为忠良鸣冤，使奸佞伏诛，令人起敬。"

在到达常熟之前，柳如是就知道瞿式耜是钱谦益的大弟子、得意高足，又是姻亲。他不但朝野闻名，归隐之后，在虞山广筑园林，大兴土木，亭台楼树，名石珍树，美不胜收。

在常熟有"徐家戏子翟家园子"的名声。徐家戏子指的便是徐锡允。柳如是听说徐锡允爱南曲，已到如痴如醉的地步，不但供养着一批优伶乐童，还亲自作词度曲，遍邀文人同好去欣赏。钱谦益经常去听曲子，程孟阳还为他们写过戏。当时南曲盛行成风，但供养一个戏班子，自然是要不少开销的。别的事，柳如是知道的不多。她笑笑说："早听说徐先生曲高词雅，改日还想去学一曲呢！不知先生肯教否？"

徐锡允听到柳如是恭维自己的戏班，早已笑逐颜开了。

柳如是才迈开步子，就听到有人大声说："让我来看看胜过须眉的女才子。"

说话间，一群青年儒生已走上前来："能写出'无愁天子限长江，花底死活酒底王'的诗人，当如一侠士；能儒服访'半野堂'者，必定是位侠女子，今日一见果真不俗。"

钱谦益笑着嗔道："一天到晚侠啊，士啊的只有你嘴巴无遮无拦的。这是何云，诗词经史学了一些，就不知天高地厚了。"

果然是何云，柳如是猜想的就是他。

钱谦益在众多弟子之中，犹喜欢忠肝侠胆的何云。

他们之间师生情义，早在名士中流传。三年前，钱谦益被张汉儒陷害逮至京城，何云草索相从，慷慨誓死。到京后，又四处奔走，为恩师鸣冤。

柳如是早有想见的愿望，她脱口而出地念道：

何生奋袖起，云也行所当。

阖门置新妇，问寝辞高堂。

典衣买书剑，首路何慨慷。

这是钱谦益记述当年冤案经过在长诗中的句子。豪迈洒脱，锋芒外露的何云，见柳如是能背诵如流地道出这首诗，反而有些腼腆了："先生错爱，抬举学生了。"

柳如是与钱谦益的弟子和来宾一一见过之后，宴会在一阵谦让的客套中开始了。

美酒佳肴，名媛美姬，高朋故友。"半野堂"沉浸在欢声笑之中。

钱谦益今天满面红光，他兴高采烈地说："今天的文宴是为江南才女柳如是而举办的，如是早年可称复社女弟子。才高博学，诗词精妙，可比肩儒林，请允许我以儒士相称。这里，先诵一首柳儒士的新作。"

念柳如是诗的是年轻的弟子顾云美。

顾云美文静白皙，沉默寡言。他一直很欣赏柳如是的人品和才情，日后写出《河东君传》，就是缘于这次文宴。

顾云美刚念完诗作，一阵掌声盖住了议论声。钱谦益笑着说："今天，我也有一首七律回赠柳儒士。请各位指正。"说完，他字正腔圆地诵读起来：

文君放诞想流风，脸际肩间许许讶。

沈璜悄声对孙永祚说："将如是比文君，不知司马相如比何人？"

孙永祚说："自然是先生了。"两人会心地笑了。

这两人，就是日后钱谦益《东山酬和集》作序的弟子。他们接着说："一个称东山，一个称河东，一个爱山，一个恋水，有缘，有缘。"

枉自梦刀思燕婉，还将抟土问鸿蒙。

"又将她比作薛涛了，都是名珠，恰当！"钱谦益的夫人陈文彩对钱谦益的学生钱曾说道。

钱曾只是淡淡地笑了笑。

钱曾字遵王，是钱谦益的同族曾孙，又是入室弟子，深得钱谦益器重。钱谦益的诗文，都交叫他注释。由于这层关系，钱曾比别的弟子更能多接触钱谦益。今天，似乎有些心事。看见老师对柳如是如此的敬重和抬爱，他有些失落感。

沾花丈室何曾染，折柳章台也自雄。

章台折柳？钱谦益是自夸还是示爱？自称有雄心折楚王后宫之柳，柳如是心里不禁怦怦跳了起来。钱谦益作为文坛领袖，居然屈尊和自己诗韵奉答，更令她激动。

但似王昌消息好，履箱擎了便相从。

何云笑着对顾云美说："先生多次用了李义山的诗典：'谁与王昌报消息，尽知三十六鸳鸯'，看来，我们又得多一个师母了。"何云就是这么一个人，无遮无拦的。

一直没有开口的瞿式耜，对坐在他身边的柳如是说："牧斋的诗，虽然呕心沥血，但比起儒士的诗来，还是稍逊一筹。"

柳如是相信，凭瞿式耜和牧翁的关系，既是政治上同党，又是师生，还是姻亲，不会胡乱恭维的。

她内心很高兴，口里还是诧异地说："先生岂不是在笑我？"

"不不，此乃肺腑之论，不信，请牧斋自己评论。"瞿式耜说。

钱谦益欲将他和柳如是的诗稿交钱曾暂时收起来，但钱曾不知何时已离席了。钱谦益正在四处找他。

今天，柳如是是主角，一半是为了施展自己文宴的交际应酬本领，一半是为了让虞山名流刮目。举杯交错之间，她频频敬酒，就连有海量之称的何云，也只好告饶。

他们都没想到，柳如是比男宾还能豪饮。

借着酒兴，柳如是为大家歌舞助兴。或许是因为来宾大多是钱谦益的弟子，且都年轻俊杰，柳如是的歌舞才能发挥得淋漓尽致，让常熟的才子们如痴如醉。

其实，醉得最深的还是柳如是自己。

第二十章　我闻室风浪乍起，半野堂处变不惊

人何在？人在枕函边。只有被头无限泪，一时偷拭又须牵。好否
要他怜。

——《梦江南·怀人》之二十

一

"半野堂"文宴之后，常熟的才子们扶醉而归。当钱谦益挽留柳
如是在"半野堂"小住几日时，柳如是答应了。

钱谦益将柳如是引进书房，向她指点自己珍藏的秘籍善本之后，还
从柜子中翻出自己极少示人的珍宝——宋刻版的全套前后《汉书》。

这部汉书，可居宋版书之冠。宋版书又有"一页宋版一页金"之
称。当年，他以千两黄金之巨从吴兴的赵文敏家购得这套稀世珍藏时，
几乎倾尽囊中所有，所以他倍加珍爱。

钱谦益的藏书，多而不滥。除书之外，还有碑刻、名瓷和其他工
艺品及名玩字画。在柳如是看来，世人所谓书香，这间书房才真正有
书香之气。

钱谦益对柳如是说："高山流水，知音难觅，今日得儒士，是乃三生之幸。牧斋有一心愿，不知柳儒士肯不肯成全？"

"宗伯说出来看看，如果我能做到的话。"

"我希望你暂时留在虞山过节。虞山虽地处城郊，除夕上元，是人间共享天伦之时。牧斋不愿看你萍踪江湖，也好借此探讨一下诗艺。"

"能得宗伯栽培，如是三生有幸。只是住在虞山，怕给宗伯家中带来不便，有污名节。"

钱谦益哈哈大笑起来："人曰我是风流教主，虽然名实不符，却也是臭名远扬了，不如让你成全此名。住在船上诸多不便，我准备在'半野堂'为你再建一室，延请你来居住，室名也想好了——我闻室。"

这个室名倒很称柳如是的心意，正好和她的名字，"如是我闻"同出一典。她笑着说："宗伯不必如此破费，如是不是一个讲究奢侈之人，一箪食，一瓢饮，居陋巷，足矣。四海为家之人，岂敢存此奢望？只要能伴随宗伯左右就够了。"

钱谦益听了，脸上露出了笑容。

二

"我闻室"刚刚破土，柳如是便陷入了一种进退维谷的尴尬处境。虞山因为她，掀起了一场风暴。

风暴的中心是钱府。

高官厚有家资，在外可以声色犬马的钱谦益，处理家庭内务却不在行。钱谦益有一妻两妾，正室的陈夫人，常住城内老宅荣木楼。她在钱府，就像当初因钱谦益升官而被皇上封为诰命夫人一样，只是一种"象征"。她与钱谦益分居多年，除了吃斋信佛与僧尼往来之外，她要保留的只是一个名分，懒得去管丈夫纳妾藏娇、寻花问柳的风流韵事，只图一个贤惠的名声。

如果钱谦益还是朝廷命官，家务事也好处理。现在闲居在家，被两妾闹得不可开交。

大妾朱氏，人老珠黄，却仗着自己为钱家生下了一个儿子而逞强霸道；小妾王氏年轻貌美，善于承欢伺候。平日里两个女人钩心斗角，现在又多了一个名姝柳如是，两个女人便马上同心同德起来，并想联合陈氏共同干预。

陈夫人从城里赶到"半野堂"，苦口婆心地劝说钱谦益要三思而行，什么"老爷东山再起有望，朝野瞩目"啦，"望老爷不要因小失大，授人以柄，误了入阁封相"啦等。

朱夫人则成天哭哭啼啼，还带着儿子孙爱哭闹，说什么钱家是常熟的名门望族，老爷是做过京官的人，应该知书达理。

王氏除了哭闹，还会撒娇。

总而言之，这三个女人意见一致：老爷在外面寻花问柳她们不管不问，要让一个妓女与她们平分秋色，她们咽不下这口气！

钱谦益本来心急如焚，希望年前早些造好"我闻室"以便金屋藏娇。三位妻妾一闹，使他越发坚定了迎娶柳如是的信心！

他索性搬到惠香阁住下，天天将柳如是从船上接来，饮酒品茗、论诗作画，声名和功名早被他抛到九霄云外了。

三

钱府的风波貌似平息了，常熟城内又突然谣言四起。人们传闻说：柳如是养了一个小狎客，颇有才学，精房中术，每逢她有文宴应酬，他便密舱中代为作刀，使柳如是得了一个才女的美名！

还有一天，钱曾很气愤地说，他在关帝庙前也曾听人说过此话，还念了一首《杨柳枝》，他记了下来，抄录纸上，交给了钱谦益：

> 鄂君绣被狎同舟，并蒂芙蓉露未收。
>
> 莫怪新诗刻烛敏，捉刀人已在床头。

钱谦益看了说道："此乃小人所为也！"

这样的流言蜚语，柳如是听多了；不光她听多了，哪一位才女不曾听过？陈圆圆、董小宛和王修微不是都领教过吗？

令她伤心的是，这一切发生在钱谦益的眼皮底下。还没迈进"我闻室"，已是狗血喷头了！这比在松江被视为"流伎"，更让她心寒。文人胜迹遍地皆是的常熟，竟如此不容人！

有时，柳如是甚至想离开常熟，离开钱谦益，放弃希望，避免是非。

钱谦益似乎对这一切充耳不闻，他沉浸在无比幸福之中。照例论诗品茗，一副事不关己的样子。甚至在柳如是心情最黯淡的时候，还拉她去参加瞿式耜为柳如是举办的瞿园文宴。

到了瞿园之后，柳如是仿佛又回到了她所游历的江南名园，心情也渐渐好多了。又恢复了往日的俏丽与活泼。

在酒席上，正当人们酒酣耳热之时，钱谦益说："在座的大多是我的弟子，今天，大家又多了一位朋友——柳儒士，大家何不借此赋诗作画来助兴？要么，我先作一诗，抛砖引玉吧！"

得到大多数人拥护之后，钱谦益朗声念了自己的一首诗。

柳如是在众人的围观之下，画了一幅《竹石山水画》，博得了一阵赞叹之声。

钱谦益借题发挥道："民风古朴，虞山文人荟萃，长江后浪推前浪，我辈应让人出一头地。"

瞿式耜似乎明白他的心思，马上接口道："自古至今，最可怕的是文人相轻。柳如是能来虞山，如彩凤择良木而栖来，为我们虞山添了声名，大家应多加爱护关照才是。"

听完这一番话，柳如是潸然泪下。

散席之前，钱谦益当场宣布：在"我闻室"竣工之日，请大家都去参加落成酒宴。

四

"我闻室"于崇祯十四年十二月二日落成。

这一天是寒夕。

柳如是刚把船上的东西搬进"我闻室"，还没坐定，钱谦益就催她去"半野堂"见一位远道而来的客人。

令她万万没想到的是，来人竟是程孟阳。

稍一迟疑之后，柳如是落落大方地走过去问候道："嘉定一别多年，没想到先生还是精神不减当年，真是人生何处不相逢啊！"

　　喘息未定的程孟阳不知所措，手都止不住抖动，已明显地露出老态来了。这位布衣寒士，依然靠告贷和打秋风过日子。自从柳如是得罪了谢象三以后，谢象三连对他也生厌了，断了他的财路。今年，他本想赶来虞山陪钱谦益除夕守岁，讨口热饭茶，没想到钱谦益金屋落成，红烛高照，绮筵盛开，如洞房花烛。柳如是光彩艳目，成熟甜美。程孟阳感到苍凉、衰老，大有人生如梦之感。

　　这一夜的"半野堂"，充满了传奇和欢乐。

　　徐锡允一早就带来了自己的优童乐师，她们正在化妆调弦，使得平日里安静的"半野堂"，一时竹肉杂陈，欢声笑语，洋溢着轻松喜悦的氛围。

　　正在钱谦益要诵诗时，在前厅裁纸的钱曾慌慌张张地跑过来，对他说："刚才府上有女仆来报，小少爷突然患病，胡言乱语，朱夫人让你过去看一下。"

　　听到这消息，钱谦益心里一下子乱糟糟的。此刻从府中传来这样的消息，他既怕让柳如是不能尽兴，又怕独子有个三长两短。他一言不发，便急匆匆地跟着仆人到府里去了。

　　出了"半野堂"，钱谦益隐隐约约地见到似乎有一人的影子在窥探刚落成的"我闻室"，人影一闪，让钱谦益心里紧了一下。

　　钱谦益近来也参佛悟禅，但不似他的夫人陈氏，念经吃素不说，还招个赤脚妖尼解空空在家供奉，把家中弄得乌烟瘴气。近日为了讨柳如是欢心，也懒得去理论了。今天儿子孙爱突然染疾，似乎有些蹊跷。

　　钱谦益刚进房门，朱氏就号啕大哭起来。

　　"白天还好好的，怎么突然病了？"钱谦益过去摸摸儿子的额头，似乎没有发烧。

负责照看孙爱的老妈子说："今天下午还好好的。二更天的样子，小少爷突然双眼发直，又哭又闹，说是看见了精怪；又说，还有三个乌帽红袍的仙人对他说，家里来了妖精。"

钱谦益听了这话，心里"咯噔"一下。世道纷乱，江南文人都疑神疑鬼，动不动就是见了鬼怪神仙，连钱谦益也不能免俗。

老用人的一番话，让他想起死去的儿子孙桂。

天启末年丙寅，钱谦益因东林事发，削职归田，等待处置。全家人围坐啼哭。钱谦益的大儿子孙桂坐在门槛上说：爹爹不要慌，爹爹不要慌，明年就要去拜见皇帝！一边说还一边还做叩头呼万岁状。又说：爹爹朝见的不是现在的这个皇帝，是个新皇帝！

他愕然地问，你是怎么知道的？

孙桂说，是影壁上的好多穿官服的公公教他这么说的。不久，儿子孙桂便病死了！

第二年，果然朱由检即位，改年号崇祯。他被起用为礼部左侍郎。

想起往事，钱谦益一时忧福忧祸起来，全然不知是中了朱夫人她们的圈套。朱夫人知道丈夫的个性：虽然聪明，却有时容易被聪明所误，有一点挫折就怪自己的命运，相信鬼神。

可是今天的钱谦益，似头脑完全被欢乐所冲昏，全然不顾这些神仙了。他吩咐夫人小心照看孩子，便又去参加"半野堂"的酒宴去了。

钱谦益认为，这是他五十多年来最高兴的一天了。二十九岁与韩敬争状元败北；四十岁做浙江主考因科场失察告病回乡；四十四岁升少詹事，又因东林党获罪罢官；四十七岁与周延儒争宰相摔了个大跟头；不久又因张汉儒诬告而受株连……今天，总算揭过这一页书了。

此际，他豪情万丈，仿佛又回到春秋鼎盛的年龄。

他从内心感激柳如是给他的生命送来了新的活力。

他也应为柳如是作出牺牲。

他已经有了自己的抉择。

第二十一章　踏雪有意赏老梅，断桥无端买蕙兰

垂杨小院绣帘东，莺阁残枝未思逢。

大抵西泠寒食路，桃花得气美人中。

——《西湖八绝句》之一

一

这一年的春天，似比往年来得早一些。

除夕之前，节令已是立春了。

其实，在柳如是和钱谦益的心中，早已是春意盎然了。

年前，钱谦益就想约柳如是去拂水山庄探梅。

拂水山庄是钱家的墓田丙舍，风景优美。柳如是早就听说了，她也很想去看那里的那些枝如虬花如雪的白梅，和缀满胭脂般的红梅，但她没去。因为那里埋着钱家的列祖列宗，钱谦益去肯定要祭祖的，她若同去，会让别人误以为自己是同去拜祖。

柳如是有些幽怨地说："除夕将至，近来酒宴甚多，我又惮登山之苦，不如改到春节后再去赏梅。再说，若论赏花，我还是比较喜欢山茶，虽然世人论梅兰为花中君子，但我以为梅花苦寒，兰花伤艳，山茶清

190

而不寒，香而不艳，有淑姬静女之风。"

钱谦益听到此种评语，大为惊叹。他听出了柳如是有感叹身世之味。便一边大声叫好，一边对她说："如果喜欢山茶，也是君子之论，他日一定种两株于园中。就老夫而言，还是性喜梅花，所以要请你去看拂水山庄的三十株老梅。这些老梅也是有些来历的。当年买得荒园数顷，刚植下这些梅花，就被张汉儒攻讦，说我和瞿式耜广植园林，夺人田宅。当年那一块荒宅废圃，老夫削官归籍后，寄身山林，学眉山贬客亲躬东坡，披荆斩棘，去杂草、除瓦碟，种下了一些梅花，也是一种寄托。没想到因此也成了罪状，受到株连！能诗善画的苏先曾经写过一首词说到这件事，很说中老夫的心情，我至今还依稀记得：'去年梅花开尚少，今年梅花多益好。花开岁岁春常在，种花之人花下老。君不见拂水山庄三十树，照野拂衣白如雾。又不见卧雪亭前花一丛，千花万朵摇春风。花正开时主人出，地北天南看不及。幽禽空对语关关，夜雨徒沾香郁郁。见花忽忆倚花立，索笑不休相对泣。百岁看花能几回，人生何苦常汲汲。'是啊！'百岁看花能几回，人生何苦长汲汲！'"

柳如是见钱谦益忽然多愁善感起来，不禁有些感动。如此近距离地面对钱谦益，她似乎可以感到他的心在律动。作为一个政治家，他的抱负无法施展，寄情山水，以物明志；作为一代文豪，他的歌咏诗赋，无疑是借物抒怀。此时此刻，他正是借苏先的词，表达自己身世的感受。

当年陈子龙写给她的《早梅》诗中，不是这样说的吗："念尔凌寒难独立，莫辞冰雪更追攀。"

陈子龙的话，几乎是谶言。国家民族内忧外患，文人士子们如惊弓之鸟，尚且不知投宿何枝；自己出身于风尘之中，想冰清玉洁，独立人世，谈何容易？若能得到一株依靠的大树，自己能得一处安身立命之地，摆脱困境，在严寒中独立寒梢，足矣！钱谦益不会久居山麓，这个人胸中有抱负，在朝野呼声日高，自己应尽力帮他一把。

她见钱谦益的心情有些忧郁，怕是因为自己没有答应伴他去拂水山庄的缘故，便接过他的话说："苏先这人的才气，我也有所耳闻，曾在程孟阳处见过他画的一幅《山游图》，上面补白的一首诗，写得很潇洒，所以至今还记得：'撇开尘俗上青霄，绛绩仙人拍手招。踏破洞天三十六，月明鹤背一支箫。'在明月之下，鹤背一支箫，这是何等的洒脱逍遥！也只有撇得开尘俗之人才敢作如此旷达的奇想。牧翁何必作如此伤感之叹？去日苦短，来日方长。牧翁大可不必如此感叹，新正之后，我一定陪牧翁去拂水山庄，看看牧翁的梅林。"

柳如是的话，让钱谦益既惊叹又高兴，惊叹的是柳如是的记忆和才学，高兴的是她善解人意的心境。世言"女子无才便是德"，此言谬矣。德才兼备的女子，世上本来就不少，只是易被世俗所埋没罢了。但也有的在世俗中脱颖而出，柳如是就是一个。

钱谦益的心情渐渐开朗了一些。

二

钱谦益踏雪回来，忽然听得"扑哧"一笑，原来柳如是已经醒了。

这一笑，让钱谦益感到惊诧，他不知柳如是为何而笑。传说柳如是是千金难买一笑的美人，她平时难得一笑。

见到钱谦益的样子，柳如是掩口笑着说："你看你，急匆匆的，一身雪白，像雪人一般，胖乎乎的，样子可爱极了，叫人想起汉书上说的张丞相张苍。"

钱谦益听了柳如是的话后，连脸色也变了。往日为功名、为官场碌碌奔波，身材瘦削高挑；回乡之后，无所事事，身材忽然肥胖臃肿起来。朋友之中，也有人戏谑他像张丞相的，他没想到，柳如是也通史。《汉书》张苍传云："张丞相苍者，阳武人也。坐法当斩，解衣伏质，身长大肥如白瓠。时王陵见怪其美士，乃言沛公，赦无斩。"

如果说钱谦益大腹便便，有丞相风度，他也高兴；可惜，他既肥且黑，这事让他很自卑。有一次，他问及王夫人："你说我像谁？"

王氏没有什么知识，完全没想到他的心思，脱口而出说："我看你像画上捉鬼的钟馗。"

没想到，这句话大大地伤害了他，他为此把王夫人送回娘家住了很长一段时间！今天，柳如是说他像张丞相，既让他吃惊——柳如是的知识渊博，又让他不知所措——不知柳如是说这话为了什么？

他讷讷地说："哪里，哪里。哪有张丞相那么讨人喜欢。张丞相肥而白，我是既肥且黑，只有你，方叫人怜爱，头发乌样黑，肌肤雪样白。"

柳如是笑着说："你可爱，就是因为头发雪一样白，皮肤乌一样黑，男人嘛！宋朝丞相王安石不一样也肥又黑吗？吕惠卿曾经对王安石说，叫他用胡瓜洗脸，可以使脸白一些，你不妨试一下。不过，不洗也无妨，黑脸一样可以当丞相嘛！"

柳如是如此一般解释，倒使钱谦益心花怒放起来。他压住内心的欢欣，又兴高采烈地谈起拂水山庄的梅花。

三

崇祯十四年的新年，钱谦益过得十分愉快。除夕之夜，他写了一些与河东君柳如是的唱和诗，表达他内心的高兴：

"除夜无如此夜长，合尊促席饶流光。深深帘帏残年火，小小房栊满院香。雪色霏微侵白发，烛花依约恋红妆。知君守岁多佳思，欲进椒花颂几行。"

钱谦益的诗，也是由衷的感叹。多年的除夕，总是与程孟阳一起守岁；而丁丑年除夕，自己还身在北京狱中。往年的流泪烛对流泪烛，白头人叹白头人。今年的除夕，程孟阳寄宿新店，正好成全了他与柳如是在绿窗红烛之中，熏香煮茗，赋诗赌酒，可谓是天上人间之乐事，真个"春来只为两人忙"了。

堪堪过完春节，新正初二，钱谦益就频催柳如是去拂水山庄踏雪探梅。

钱谦益催促柳如是去拂水山庄，一方面，是为了让柳如是看看他的得意之作——梅园；另一方面，他不久就要去苏州了，想抓紧时间与她单独相处，尽情地享用虞山风光，他不愿意看到家中夫人们阴阴的脸色。

从南浦荡舟出发，一路上白雪如银，酒旗临风。此时，柳如是心境澄明。对钱谦益来说，有美人相伴，心中已春情激荡了。

拂水山庄地处虞山中央，西南就是拂水岩，山上有拂水禅院，门外有石桥横跨山洞，再往前是石壁，两崖豁口处有长寿桥架在其上。从山下远望，见危栏横卧，是虞山胜景之一。钱谦益心情不好的时候，总是独自到这里静居。他一边走一边为柳如是做导游："拂水山庄是因拂水岩得名，你看，长桥之下，一到雨天，涧水飞流而下，形成巨练一样的瀑布，风自南来，将飞流倒卷上去，化作万斛蕊珠，凌风飘洒。若是雨后初晴，丽日照射着卷扬的飞流，有似彩虹，蔚为壮观，虞山八景，此景为最。"

在钱谦益的介绍下，虽然没有见到拂水奇观，柳如是的心情也为之开朗起来。

不知不觉，他们走到了钱谦益的梅园。雪后的梅花，分外妖娆。

因为时令尚早，梅园的梅花还没有完全开放。一两株早开的梅花，开得正饱满，满园的香气袭人。钱谦益走到一株老梅前，他想攀上树干，去为柳如是折取枝梢上一枝开得最饱满的梅花。

刚刚折下一枝，正欲抛给树下的柳如是，可能是他只顾着看柳如是欢呼雀跃孩子气的模样，不意从树上扑翻下来，身上和手上沾满了湿漉漉的泥土！

看到钱谦益泥猴子一样，柳如是笑得更天真了。

柳如是扶着钱谦益来到小溪边，蹲在溪边的小石头上，让他洗一下手上的泥。在溪边的小石头上，因钱谦益有些发胖，刚刚艰难地弯下腰，不想石头有些滑动，吓得钱谦益连滚带爬地奔上了岸！

柳如是笑着说："宗伯大可不必惊慌，就算是掉下去了，也淹不死的，只不过是一条小溪。"

钱谦益想到自己的狼狈，忙说："本人生性惧水。"

"这倒好，宗伯畏水，奴身惮山，山水之乐，你我不可全享，两人凑在一起，倒可以成全。"

钱谦益听了这话，马上笑逐颜开了。

离开拂水山庄时，钱谦益对柳如是说："拂水山庄旁边还有一处好地方，就是我的红豆山庄。那里有一棵百年红豆树，奇怪的是，这株红豆树遭雷击不死，已铁杆霜皮，有参天之势。但又不是每年开花结果，或者三五年，或者十年八年，可惜，你今年无缘见它开花了。"

柳如是听了，很觉稀奇。她听人说红豆树生于南海一带，果实鲜红浑圆，晶莹如珊瑚，岭南人作为吉祥之物馈赠亲友。但在长江流域，极难存活。没想到钱家竟会有一株，且是百年老树！她一定要去看看那株红豆树。她对钱谦益说："来日方长，我会见到的。"

兴高日短，不觉暮霭四合。

四

钱谦益和柳如是从拂水山庄回到半野堂时，收到了张溥约他去苏州会晤的信。

虽然张溥没有说明邀请他去苏州干什么，但他已猜出了大半。张溥肯定是受吴昌时之托，邀他去商讨政局的。

社会的政局在动荡不安之中。辽东松山大战，洪承畴十万大军被击得溃不成军。在中原战场，李自成的部队攻池掠城，一直从洛阳打到开封。湖北杨嗣昌被张献忠逼得走投无路，背上了一个失陷藩王的罪名。

北平的宫廷斗争也更加激烈了。吴昌时为了推举周延儒做首辅，正在四处活动。他动员了河南侯恂、涿州冯铨。但是，单凭这几个人的资历、声望和财力，是远远不够的。张溥的来信，肯定是想动员钱谦益出资、出山。

虽然经过几次政治风波，钱谦益已耗了不少家资，但他贩洋船运，田地租契，还是薄有家财的，出几万两银子，对他来说还不成问题；但要他去推举死对头周延儒入相，他心不甘，情不愿。

现在，身边多了一位红粉知己，钱谦益想出人头地的欲望更加强烈了。他拿着信对柳如是说："看来只有去一趟苏州了，正好，可取道去杭州。年前与程孟阳有约，梅花开时，相会赏梅，再一同去登黄山，不知你能否同行？"

因为来常熟之前，吴昌时就托过柳如是，让她劝钱谦益出山。她已猜出了张溥来信的用意，马上爽快地答应了。"我也想去苏州过上元节，正好会一会姐妹们。至于登黄山，我就不去了，我生来惮烦登山，就连汪先生约我去杭州附近的雁荡山，我都懒得去，更别说黄山了，也免得连累你们。"

其实，柳如是最不愿意的是与程孟阳结伴而行。

于是，他们开始为出门做忙碌的准备。

五

有一天，柳如是沿着西湖苏堤缓缓走着，当她走到断桥的桥头时，见一老伯挑着一担竹筐高声说道："兰草，孤山的兰草，一文钱一枝花箭！"

桥上游人如织，还有些卖纸伞、纸扇、莲子和菱角的小贩夹在其中。却无人问津老伯的兰草！

柳如是走到他的竹筐前，见筐里的兰草，其实就是春兰，也称蕙兰，是兰花中的珍品！她问道："老伯，这些兰草是您栽培的吗？"

老伯摇了摇头，说道："是从山中的溪水边挖来的，刚刚抽出了花箭，不几日就可开花了！"说着，弯腰从叶丛中折下一枝花箭，递给了柳如是，笑着说道："姑娘，你闻闻。"

柳如是看到了叶丛中还有几枝鲜嫩的花箭，折断的残枝上溢出晶莹的水珠像露水也像泪水。柳如是有些心痛，她从衣袖中取出一块碎银子递给了老伯。

老伯一愣，姑娘给的银子，能买下他的两筐兰草！她却只取走了那蔸缺了一枝花箭的兰草。

国人爱兰，岁月已久。春秋时，兰已进入了《孔子家语》："与善人居，如入芝兰之室，久而不闻其香，即与之化矣。"还说，"夫兰为王者秀。"

屈原更钟情于兰，他在《离骚》中有"时暧暧其将罢兮，结幽兰而延伫"。

汉代的《说苑》中，有"十步之内，必有秀章"晋代的王羲之在他写的《兰亭序集序集》中，就有三首是歌咏兰的。

自此之后，兰便成了陈子昂、李白、刘禹锡、温庭筠、梅尧臣、杜牧、王安石们的知己，也成陆游、苏东坡、范成大、苏辙、杨万里、朱熹、文徵明、郑板桥等人心中的空谷佳人！

柳如是双手捧着那蔸蕙兰，向老伯鞠了一躬，便转身而去了。

回来后，她将蕙兰栽在一只宜兴产的陶钵中。她将陶钵放在靠窗的花架上，花苞刚刚绽开时，一股幽香便弥漫开来。

她久久望着钵中的兰草，心血忽然来潮，便提笔写下了一首《咏蕙兰》：

一春长是艳阳成，碧雾晴霞蕙草轻。
青蕊有香皆是影，黄须无暖独多情。
春风缥缈何时见，明月清新向此生。
空蕙深闺无限思，紫兰花里自分明。

第二十二章　国士密议石佛寺，名姝小聚苏州城

年年红泪染青溪，春水东风折柳齐。

明月乍移新叶冷，啼痕只在子规西。

——《西湖八绝句》之二

一

柳如是的兰舟中，有一把无柄的古剑，长不盈尺，也无锋利之刃，挂在书架旁边，用以镇纸之用。

每次去苏州，柳如是总会在虎丘山上逗留大半日。不仅仅是欣赏那座已经倾斜的虎丘古塔。更令如是好奇的，是古塔下面密不可知的空间——吴王阖闾的墓葬。

传说他爱剑爱到了痴迷的程度。他死后，其子夫差将他生前收藏的三千把精美的宝剑，全部殉葬于墓中了。

他死后三日，墓中宝剑的精气化为了一只白虎，伏在一座小山上，故而才有今天的虎丘山之名，而山上的虎丘塔，则是虎尾。

又据说因虎丘耸立于上，吴王墓在下，所以吴王墓至今没有发掘。

世人都想知道，那墓中是否真的有三千把宝剑？都是一些怎样稀奇的宝剑？它成了一个尚未解开的千古之谜，不知何时才能解得开。

当然，也有人知道，只是他们都不敢开口说了。在虎丘山的洗剑池旁，有一块平坦的巨石，叫千人石，当年为吴王造墓的上千位工匠，在墓成之后，都被夫差杀戮于此，以保守墓中的秘事。

古时，人们把做剑的人看作圣人。古籍上有"黄帝作剑"之说，还有"蚩尤作兵"之说。兵，即兵器，也包括剑在内。其实，最早的剑是"以石为兵"或"以玉为兵"。这些剑的剑柄大都挖空，成为环形，以便用于握持。当进入青铜时代，先民们掌握了青铜冶炼技术之后，才出现了青铜剑。

古吴越人以勇武好剑而著称。《汉书·地理志》载："吴越之君皆好勇，故其民至今好用剑，轻死易发。"此风使铸剑之业得以发展，因而便出现了一些顶级的铸剑大师，最早的铸剑大师是欧冶子。

越王勾践曾请他铸造了"湛卢""胜邪""鱼肠""巨阙"宝剑。

这柄古剑，是在虎丘山下的旧货摊上买回来的，如今已成了柳如是的心爱之物。

二

钱谦益和柳如是是在元宵节这一天来到苏州的。

在常熟忙于应酬斗酒，加上一路寒风，柳如是染上了小病。在船上，钱谦益还笑她是倾国倾城貌，多愁多病身。到了苏州之后，病立时好了似的，急着就要去会卞赛等姐妹。

钱谦益在苏州拙政园购有数间曲房，每到一处就爱借宿名园的柳如是，这一次，她拒绝了钱谦益要她住拙政园的建议，她住到卞赛临顿里的寓所里了。

虽然只隔着一条小巷，与柳如是突然分别，对钱谦益来说，仿佛是隔断牛郎织女的银河，加之偌大的拙政园，空旷而寂静；所以，刚刚安顿下来，他就来邀约柳如是同去乘船赏灯。

小小的游艇上摆满了瓜果点心。他们的游船从拙政园出发，穿过一座座小桥，徜徉在小河如网的苏州。一路上，只见小河中的灯船如夏夜的萤火，漂荡在小桥流水的画轴中，美不胜收。放眼望去，沿街的店铺都挂满了灯笼。街上游人如织，火树银花。在桨声灯影里，闻见阵阵箫鼓笙歌。七里山塘有如银河，虎丘古塔立在薄薄的积雪中，在上宵霁月的冷辉之下，构成水天一色、天上人间的美景。

湿润而流淌的苏州之夜，似有仙人从天际之间倾倒下万斛珍珠。远远近近，闪闪烁烁，七彩缤纷，耀眼夺目。"上有天堂，下有苏杭"的说法，并非是毫无道理的。

不知不觉中，他们到了虎丘西溪。钱谦益高兴地对柳如是说："走，到沈璧甫家吃酒去。"于是，他们泊舟携灯，直奔沈璧甫家中。

柳如是和钱谦益的到来，使沈璧甫家的节日气氛达到了高潮。

原来，这里早已聚满了苏州名士和名姝。他们像约好了一样，欢聚在此。

见到了卞赛、董小宛她们，柳如是十分高兴。陪她们一起来的还有姑苏名姝漪照和沙九。

女人们碰在一起，自然有说不完的话。一看到董小宛病恹恹的，一副梨花带雨的样子，柳如是就猜到她病了。便连忙问她，病成这样，为何不去看医生？

坐在一旁的卞赛数落道："药不医假病，酒不解真愁。小宛这病，怕不是一般人可以治好的。我们要她到名医保御氏那里去看，她死活不肯去！她这病，是痴病。"

柳如是一听，忙问为什么？

原来，小宛与才子冒辟疆在半塘见过一面之后，就痴迷上了，一等就是三年。去年，冒辟疆经过苏州，又与陈圆圆一见钟情，两人订下终身。从此，陈圆圆隐居山坞，吃了长斋，等候冒辟疆的老太爷从战火中脱险之后完婚。董小宛从此心灰意冷，一病不起，今天还是被众姐妹勉强拖来的。

听了卞赛的话后，柳如是感叹道："都说风尘女子，柳絮花心，没想到痴情起来更加痴情，还一个比一个痴得更疯、更可怜！"

卞赛笑道："你不也一样么，五十步笑百步。"

柳如是正色道："你同梅村的事怎么样了？"

"谁知道呢？怕也是'从来流水逐落花'吧？"卞赛幽幽地说。

三

第二天，钱谦益准备晚起，没想到，一大早就有人送来了请柬。

送请柬的人是张溥的随行家仆。

原来，张溥早就到了苏州。他悄悄地隐住在石佛寺的一处清静的禅房里。

想到张溥匿踪息影来到苏州，一定有要事密议。他连忙更衣起身，约上柳如是，由张溥的仆人划船到了石佛寺。

一阵寒暄之后，张溥简单地说明了来意。

这次京城正在推举首辅人选，考虑到钱谦益有"枚卜"之争，江南士大夫决定另外推荐一个人，这个人就是钱谦益的政敌周延儒。钱谦益原以为只是门生们怕伤他的自尊心，来劝慰他的；没想到，因为是贿选，得花几万两银子！现在，吴昌时已动员了侯恂和涿州冯铨，另外还有怀宁的阮大铖也愿出资，这次希望钱谦益也来添砖加瓦。

钱谦益一听，马上气得暴跳如雷："这个周延儒不是东西！山中无老虎，猴子称大王嘛！"他惊呼之后，几乎要骂娘了，"我不愿与他为伍。当年的阉党余孽，我们东林的死敌！你不认为此事传扬出去，会引起复社诸友的公愤吗？亏你还是复社的领袖，传出去，名声一落千丈！"

"所以才请牧斋来密议的。"张溥说。

"阮大铖老奸巨猾，倚仗财富，贿赂权要。企图推翻钦定的逆案；你我身为东林领袖，与他同流合污，不怕天下人唾骂？"

"这件事我与牧翁看法一致，所以才来请教牧翁。不过，还待商量，牧翁不必动怒。牧翁是三朝元老。国事危急，朝政糜烂，当此用人之际，我们还是谨记牧翁的党争之祸，足以祸国之论。"

"用人也看用什么样的人，阮胡子最近广结剑士，大谈边事，蓄养不少剑客，弄得满天下人以为他能知兵论战，其实是项庄舞剑，意在沛公，不过是为着求得起用罢了。这种人正是口蜜腹剑之徒，万不可掉以轻心。"

"牧翁一直说要'含弘光大'，我们推举周延儒再度入辅为相，也是为了牧翁出山铺平道路，以退为进。周延儒与阮胡子交往颇深，我们不荐他，周延儒也会提携他的。不如借此送个顺水人情，好让他们以为我们是化敌为友，化干戈为玉帛，为中兴大计，尽释前嫌。"

门徒七千的张溥，很有涵养，是能言善辩之士。他掌握了钱谦益急于早日复出的心理，已把他的气消了一半。

柳如是见他们互不相让，如斗公鸡一般，一时间谈话陷入了沉默。

她记得吴昌时让她劝劝钱谦益，便插话道："阮大铖做官不行，度曲倒还不错，他的《燕子笺》在梨园中颇有些影响。"

"妇人之！"钱谦益气咻咻地说，"这正是他工于心计之处。一些俚词小曲，见朝廷有人喜欢，就去迎合，真是'隔江犹唱后庭花'；我看总有一天，歌乐会断送我大明的！"

这话，虽是一时气极之言，倒也是几分在理。

天启、崇祯年间，士大夫乃至宫廷王侯，对南曲的爱好几至疯狂，家里宫里到处是戏班，唱得天昏地暗，还哪有心思守住边疆和重振朝纲？丝弦之声过滥，便会变调，成为亡国之音的前奏。不过，钱谦益及复社诸士，以复古为己任，既不屑南曲，也不填词度曲，所以，对柳如是这话，他是极不认同的。

"不论人品，单论词曲，东林元老文孟震为《牟尼合记》作序时，对阮胡子也是赞叹有加。"张溥附和着柳如是的话说，借此希望钱谦益态度缓和一点。

"文品是一回事，人品又是一回事。同是宋人，岳飞诗词彪炳千秋，贺方回诗文锦绣，变节降元，其人遗臭万年。"

"他的银子又不臭。"柳如是笑着说。

"牧翁放心，我们的意思只要他出钱，不要他出山。"

"岂有这等肉包子打狗的事？"

"东林人让了一步，互为制掣，我们可以让周延儒也让一步，与他约法三章。"

"此事可靠？"

张溥信心十足地说："这件事就让陈定生去办就行了。"

陈定生是复社四公子之一，又是宜兴人，同周延儒有乡谊。这样一说，钱谦益略略宽了些心。

　　说到出资的事，钱谦益面有难色。他既想要江山，又想要美人。考虑到要马上迎娶柳如是，他只能少出一些。张溥见他已作出了一些让步，也就不勉强；余资，他答应由他和吴昌时筹措。

　　二人密议完之后，又分别给朝中权要写了几封信。怕走漏消息，张溥让自己贴心家仆将密信全部背熟，牢记心中，然后让家仆脱下棉衣，拆散棉胎，将信全部剪碎，缝在棉衣中。待家仆进京后，再拆开来用"蓑衣裱"裱法来拼成原样，送给各位权要。

　　拆缝工作，便由柳如是来做了。

四

　　钱谦益和柳如是结伴，畅游苏州将近半个月。

　　对他们两人来说，春和景明，一切都很如意，是一次愉快的旅行。

　　在苏州，他们结伴拜访了柳如是的同道姐妹和姑苏名媛，还特别探望了董小宛。

　　小宛因与冒辟疆婚姻无望，心灰意冷，闭门谢客，靠借贷度日；一身病加一身债，已是贫困交加。

　　钱谦益马上替小宛还清了债，并请医延治。柳如是一方面是为了激发小宛生活的乐趣，另一方面，加上她的声名，已得不少人赏识。她嘱咐小宛，若真的有一天无以为继时，可以将她的画拿了去卖，不管卖多少银子都可。

　　在柳如是的画中，有一幅《月堤烟柳》，让钱谦益爱不释手。"月堤烟柳"是钱谦益拂水山庄八景的第六景。柳如是在拂水山庄逗留甚短，并未见过这一景观，但她竟能依据钱谦益所述，状物写景，作出此画，实在令人惊奇。

"这幅画，我不知小宛是否肯割爱？"钱谦益问。

小宛哪有不给之理？钱谦益摸出几锭银子，买走了此画。

钱谦益买此画的动机有二：一是十分珍惜柳如是的画作，不肯轻易让人，以作家藏之品；二是以此为由，可接济一下董小宛。

多日的应酬唱和，柳如是的病情加重了。这样一来，钱谦益登黄山的计划不得不一再拖延，直到正月底，实在无法推迟了，柳如是坚持要回松江故地佘山养病，并一再催促钱谦益上路。

分袂离别就在眼前。湖渚上芦苇发芽，岸上垂柳吐芽，春愁病愁离愁，柳如是心中万千愁绪如一江春水涌上心头。

浪迹半生，又要回到故地松江，真是人生如梦，难道命运又一次戏弄她？

其实，钱谦益此刻也无比缱绻。他极动情地对柳如是说："人道五岳归来不看山，黄山归来不看岳。与河东君相识，也有如此感叹。江南才俊云集，美人如织。在牧斋心中，唯有河东君可让人有一览众山小的感叹。牧斋去游归来，决意不受礼教所缚，以嫡配相待，行合卺大礼。愿你回佘山安心静养，并祈早日重逢。"

钱谦益的一番话，说得柳如是心中热潮滚滚。她含着泪说："奴心一路相随宗伯，静候佳音。"

柳如是知道，他能说出这一番话来，是经过了深思熟虑的，对他来说，是福是祸，尚难以料定。

　　此事对柳如是来说，则是一件比生命还要大的事。自此，她将面临人生的转折，如乘上另一艘小舟，去乘风破浪，去迎接新的生活。

　　当天晚上，柳如是填了一首《南乡子·落花》：

　　拂断垂垂雨，伤心荡尽春风语。况是樱桃薇院也，堪悲。又有个人儿似你。

　　莫道无归处，点点香魂清梦里。做杀多情留不得，飞去。愿他少识相思路。

第二十三章　愿违礼教为知己，敢惊世俗结秦晋

湘弦瑟瑟琐青梅，此是香销风雨鬼。

无数红兰向身泻，谁知多折不能回。

——《西湖八绝句》之三

一

钱谦益在黄山旅游时，没有一刻不牵挂着柳如是。他为柳如是写了不少诗，一次又一次地表示将以嫡妻之礼善待如是。

回到杭州，程孟阳告诉钱谦益，周延儒再次入相了。这也是钱谦益牵挂的另一件事。

传说皇上颁诏这一天，刮了许多天不吉利的风沙，骤然停了，丽日高照，连皇上都认为是个国运中兴的好兆头。

可是，周延儒还未到京城，已是一路上刮风一样刮了一层地皮。

周延儒的官舫经过大运河直上北京。经过州府，总有当地官员接送。官员们送的礼，他一点也不收，很有一副清正廉明的样子。有位官员挖空心思，把人参当作菜肴放在菜盒里，说是送周相国路上防饥的，

周延儒接纳了。

京城之中，近年人参价涨，比黄金还贵，有一寸人参一寸金之说。于是，沿途官员依方泡药，周延儒一路上收取的人参无数，其中有不少是千百年的老参！到京城后，他吃用送礼都用不完，就托人开了一间参茸店。

周延儒进京以后，非但不知恩图报，反而变本加厉地结党营私。他用了一些巧妙的手段，既不用有逆案在身的阮大铖以免引起公愤，也不推荐有辅相之才、入阁有望的钱谦益。他让阮大铖转荐一位朋友，这人就是颇有韬略的马士英，让马士英担任凤阳总督，而对吴昌时这边采取平衡政策，说要启用张溥，但至今不见动静。

听到程孟阳带来的种种传闻，虽未一一落实，但从传闻来看，对钱谦益是一次不小的打击。他满怀的希望，看来又一次成了泡影！这一次的政治投机，仿佛成了金弹击鸟，蚀财丢名。

程孟阳带来的另一则消息，几乎令钱谦益心惊肉跳了。

自从钱谦益离开苏州以后，先是太监曹化淳到苏州选美，接着来了国丈周奎。凡姿色较好的女子都被抢掠一空，无论名门闺秀还是小家碧玉。这一次，又来了皇帝最宠幸的田贵妃的父亲田弘遇。他是打着皇帝牌子来的，说是要选一班能歌善舞的名姬名伎，为皇上助兴。

传说苏州最会词曲的陈圆圆已被劫走，不多时，又说上次劫走的陈圆圆是假的，是一个同名同姓的妓女。

卞赛已削发入庵，苏州城一片沸沸扬扬。

"不是说崇祯皇帝撤禁乐，一心思政吗？"钱谦益问道。

"所以又有人说，陈圆圆现在被软禁在田皇亲那里。江南美女，割韭菜似的割了一茬又一茬，一个个如惊弓之鸟。好在柳如是暂居松江，得以幸免；不过，怕也是难逃罗网。牧翁得想个万全之策。"

看来，程孟阳也很关心柳如是。

钱谦益已下定决心，择吉日良辰，到松江迎娶柳如是。

二

为了表达对柳如是的尊重，除了明媒正娶之外，他还打算按古人的"六礼"仪式，即纳采、问名、纳征、请期、纳币、亲迎。

但柳如是认为，古风虽然隆重，但只是一种形式，并无实际意义，再说，还要耗费太多时间，便婉言拒绝了！

崇祯十四年六月初七，柳如是终于盼来了梦寐以求的花轿。

钱谦益的彩舫泊在横山的河边。他乘彩舫自尚湖出发，一路招摇到松江。看来，钱谦益是真心实意的，他敢冒天下之大不韪。以冠带嫡配之礼对待柳如是。他要在画舫上举行一次浪漫而别开生面的婚礼，也是极其隆重的婚礼。

面对花轿，柳如是百感交集。这顶花轿，如一架彩车，带着她走入另一个人生的驿站。

就要离开松江了。在静居休养的日子里，她已将梅香送还她娘了，临行时，她还为梅香准备了一些衣物和银两。

她知道钱谦益总有一天会来的，现在，真的来了。她多年来就渴望有一个家，一个温暖的家。半生漂泊，至今，不知父母在何处？浪迹浮萍，何处是归途？今天，终于盼来了这一天！

柳如是用泪眼看着赘礼中的一对白鹅,这对白鹅是老友李存我托人送来的。代表古代"奠雁"之礼,以鹅代雁,取雁坚贞,永不分离之意。她在心中说:我将以有生之年,像对待长者一样对待牧斋,让他感到幸福和美满。

坐在彩舫上的钱谦益,今天吉服盛装,容光焕发。他一首又一首地写着《催妆诗》,一首一首地让侍女送去。

柳如是没有什么可留恋的,她所要告别的,是二十二年的甜酸苦辣,她想好好地理清楚。从宋辕文、陈子龙、李存我……点点滴滴,齐涌上心头;今天,她要一刀剪断过去的日子,今后的时光,就是她与钱谦益的了。

直到钱谦益写完第八首《催妆诗》,柳如是才装扮好自己,迈出了人生至关重要的一步。

合卺大礼是在芙蓉舫上举行的。小小的画舫今天装扮得花团锦簇,喜字和各位学生的贺联贴满了门舱。巨大的一对红蜡高擎在银烛台上,温煦的红辉洒满了船舱,映在柳如是和钱谦益披红绣金的婚礼服上。

小小的画舫,仿佛盛不下太多的朋友、太多的欢乐,船身在激烈的摇荡。

今天,也有钱谦益的弟子前来为老师操办迎亲的。徐锡允还精选了小型乐师和梨园小班,从柳如是上船的那一刻起,鞭炮和鼓乐就没停止过,一时竹肉悦耳,鼓笙齐鸣。

婚礼是按正礼进行的。在此以前,曾有人劝过,当年倪元璐娶妻,温体仁当政,为了打击东林党人,便以妾冒继室受封来攻击倪元璐,倪元璐因此而被革职。现在，正是钱谦益要出山之际，不要因此而误了一生前程。

没想到钱谦益大笑道："皇帝有三宫六院，我现在一平头百姓，难道能为河东君讨一诰命夫人不成？我想，河东君也不在乎受不受封。我行我素，天马行空，天子也无奈我何！"

饮过合欢酒之后，柳如是单独斟了一大杯，她举起酒杯说："蒙宗伯不弃，使我丝罗得托乔木，鱼跃龙池；今日茸城结缡，多蒙诸友前来祝贺，我敬大家一杯。"说完，一口饮干了酒，烛光把她映得更加光彩夺目，不胜娇羞。

忽然，岸上人声鼎沸，灯笼火把错杂，船上的人以为是前来贺喜的，没想到，岸上传来的是一片叫骂声。

"婊子滚出松江！"

"老风流鬼快滚！"

间或传来斯文的叫声："钱牧斋纳妓为妻，有碍体统，有伤风化，亵渎朝廷名声，枉为斯文宗主。"

"败坏礼法，寡廉鲜耻，伤风败俗，枉为士大夫！"

柳如是掀开船帘，见灯火之中，是一些卿绅生员纠集一拨流氓无赖，以云间为教化之土，松江为礼仪之邦为名，来驱逐迎亲画舫的。让柳如是万万没有想到的是，领头的人竟是宋辕文！

柳如是怒火中烧。她恨不能冲上去，撕破宋辕文斯文的嘴脸，看一看这个绣花枕下一肚坏糠的书生！当年，他断送了自己的希望，引来松江驱逐"流伎"的风波，她挺过来了；今日，他又为虎作伥，在自己大喜的日子里，竟也来煞风景！不久，她便冷静下来，她已不是当年的弱小女子，而是巾帼不让须眉，名冠江南的才女。她想，她大可不必理会这种小人。

她从琴师那里搬来七弦琴，依窗而坐，弹起了一曲《春江花月夜》。

这琴声，久已疏远了的琴声，以一种极温柔的方式向人间宣战。

自从斩琴之后，她很久没有弹琴了，手指也生疏了。但是今天，在钟鼓齐鸣，琴笙和谐的日子里，她要为知音而奏，将满腔热情都化在琴弦上；她要为宋辕文之流而弹，向他们示威，让他们听出十面埋伏和四面楚歌……

柳如是的琴声，激起了岸上的人的更大的愤怒，岸上的人掷来了砖头、瓦碟、瓜果和烂菜……

乐师们在用乐器遮面。

这是一场奇特的战争。

钱谦益面对如飞蝗而至的瓦碟，毫不慌乱，如坐镇将军一样，他正乘兴赋诗，因为他早已料到会有此情景了。

突然，岸上的战争停止了。

原来，是当年的徐三公子带人赶来了，是他制止了这种疯狂。柳如是离开松江之后，徐三公子精修武艺，终于考取了功名，并在边关任职。前几天回乡省亲。柳如是规劝徐三公子的佳话，早已传遍了松江和江南，这一段故事，有不少好事文人还写进了戏中和书中，留下了一段让人津津乐道的逸事。

宋辕文灰溜溜地走了。可是，他并不善罢甘休，直到若干年以后，他考取了进士，投靠了清廷，当了亡国之臣，还道貌岸然地写出满纸声讨钱谦益的檄文，成了后世笑柄。

有一件事是柳如是和钱谦益都不曾想到的。茸城松江的一群乌合之众谩骂、攻击芙蓉舫的同时，常熟也有人纠集了一些市井之徒，准备堵截迎亲归来的彩舫，幕后操起者不是外人，而是钱谦益本族的远房弟弟钱谦光！

钱谦光不学无术，但善于钻营，他正业不做，专干些偷鸡摸狗的勾当。有一次他偷了一瞎眼老人从当铺赎回的一封玉如意，被路人扭送至衙门关押，还是钱谦益出面保出来的。由于他在钱氏家族中的辈分高，所以族人也都畏他三分，对他远而避之。当徐三公得知这一情况后，立即率人从陆路赶到常熟，以防有人为难柳如是。

钱谦光看到事情有些不妙，只好悄悄地把人遣散了。

柳如是就是这样一个奇女子，她能让世上一些奇迹在自己身边悄悄地发生，旋风一样围绕着她的一生。

让她怅然若失的是陈子龙今天没来。为我祝福吧！子龙，她在心中祈祷着。

柳如是悄悄地依偎在钱谦益身边，月光如水，她心中柔情似水。她看着钱谦益写完了《合欢诗》四绝中的最后一首：

朱鸟光连河汉深，鹊桥先为架秋阴。

银缸照壁还双影，绛蜡交花总一心。

地久天长频致语，鸾歌凤舞并知音。

人间若问章台事，细合分明抵万金。

第二十四章　虞山立志修明史，京口停船祭大江

南屏烟月晓沉沉，细雨娇莺泪似深。

犹有温香双蛱蝶，飞来红粉字同心。

——《西湖八绝句》之四

一

婚后的钱谦益，几乎将全部心思都放在柳如是身上了，他们过着安稳、和睦的新婚生活。

进了钱府不久，柳如是就病倒了。侍汤问药、嘘寒问暖，几乎成了钱谦益的日课。他不让下人动手，事必躬亲。柳如是也慢慢地适应了同他一起生活，病稍好一点，她就伴钱谦益读书、聊天。他们的生活平静、恬淡。

为了使柳如是不受夫人们的烦扰，钱谦益决定在红豆山庄新盖一楼，并且，名字都想好了，就叫"绛云楼"。这绛云楼的出处虽然取自"降云仙姥下凡"，却又暗藏柳如是的小名中之云字，钱谦益很自得，柳如是也感到中意。

只是建楼的银两一时无法筹齐。这几年，他几乎是坐吃山空。没

有朝中俸银，田地这几年又遇灾荒，租课收不足，加上几桩庞大支出，家中的开销，已有入不敷出、捉襟见肘之状。

柳如是劝钱谦益暂且缓一缓，若是为她造楼，她消受不起！再说，自己四海为家惯了，如今有了安身立命之地已经很好了。

钱谦益却说出自己久已有之的心愿。这幢楼建起来首先是为了藏书。自己嗜书成癖，前些年天南地北地奔波，无心进行整理，趁着有空，与柳如是一起分门别类整理一下。因为家中的藏书已有三千九百余部……已装满了七十三个大箱子，其数量可与皇家内府的藏书相比。还有不少古董字画，虞山下潮重，也好放在楼上保留，又得一安心读书处。红袖添香，读书仍最快乐之事。楼下可做起居和会客。一来可使她安心养病；二来二人也有一个净处，免得离钱府太近，生些是非出来，令人烦恼。

见钱谦益主意已定，柳如是拿出了自己的一些首饰体己，强要他收下，说："反正今后要住进去的，这样心中踏实一些。"

这点钱，也只是杯水车薪。钱谦益决定忍痛割爱，鬻书造楼。他要卖掉自己那套珍藏了二十多年的宋朝刻版前后《汉书》。

钱谦益想卖给自己的姻亲、出版家和藏书家毛晋。毛晋一见，也爱不释手，交了二百两黄金作定金，无奈实在凑不出余数，只好恋恋不舍地退回了。

遍访江南，唯有一人肯购此书，那就是富豪谢象三。

卖给谢象三，钱谦益实在不情愿，而且谢象三托中人大杀其价；珍藏二十多年，反而比当初购书时少二百两黄金！

谢象三抓住他刚迎娶新人，又建楼心切，便咬价不变。其实，在他心中，也是为了出一口气；你钱谦益得人失书，我谢象三失人得书，也略略平衡一下，那能世上好事全让你一人占尽？他还对人说，这是看在座师危难的分上，还叹了半天苦经。

鬻出《汉书》后，钱谦益无限感慨地写信给欧波道人叹道："……床头黄金尽，平生第一煞风景事也。此书去我之日，殊难为怀，李后主去国，听教坊杂曲，'挥泪对宫娥'一段凄凉景色，约略相似。"

当柳如是知道《汉书》为谢象三购得时，比钱谦益还痛楚。病也一下子加重了。

二

直到绛云楼落成之后，柳如是的病才好。

绛云楼结构精巧，设计建造全部出自名家之手。雕梁画栋，富丽豪华。登楼俯视远山近水，令人赏心悦目。这"绛云楼"则又像曲栏环绕的一艘大官舫，正稳稳地航行在烟水苍茫的江南。

钱谦益平日收集的线装书函，有牙笺万卷之称。一经分类整理，存放在一个个花梨木书柜里，既井井有条，又堂皇博奥。博古架上摆满了秦汉尊彝、官窑瓷器、玉石、漆器，字画卷幅插满了书筒。

"绛云楼"建成之后，钱谦益成天闭门读书，似乎一下子变得不关心国事了，就连中书沈廷扬上疏，请起用钱谦益出任登莱巡抚，也被钱谦益拒绝了。

不久前，张溥捧《救时十疏》，赴京受命途中突然暴病身亡！

出师未捷身先死，一代文坛祭酒就这么不明不白地死了。七千弟子奔走号哭，数万复社人士吊祭，有人怀疑张溥的死与吴昌时、周延儒有关，这话也传到柳如是和钱谦益的耳中。柳如是无论如何不相信过去的盟友会变成今天的仇敌！钱谦益却知道，明朝到了这个地步，豆萁之煎，已算不得什么了！

这年冬天，建州再次发兵，北京又一次受到重围，南下的乱兵自山东直逼江苏，一路烧杀掠抢，朝野人士人心惶惶。李自成又一次包围开封，巡抚高名衡决黄河之堤，未淹到李自成，反而使数十万黎民百姓遭了殃！

明朝在风雨飘摇之中。钱谦益暂时躲在"绛云楼"上，整理旧稿。他想撰写一部《明史》。他预计，此书稿将达二百五十卷之巨。

三

自从同柳如是搬进"绛云楼"之后，钱谦益发现柳如是不但心细，且博闻强记，涉猎的知识面远远超出了他的想象。校勘古籍时，钱谦益若是碰到要查出典时便可问柳如是，她可以指出在万卷牙签中的第几个柜子的哪一卷中，言毕立得！所以，钱谦益准备让柳如是抽空编纂一本历代才女的著作集《闺秀集》。

有一次，一位学生来问钱谦益一生僻的词"惜惜盐"，没想到他想了几日，翻破了书，就是找不到出处，因此不知作何解。

柳如是见钱谦益到处翻书，忙问他要找什么？当他告诉她时她笑着说："这个词，你查破了古籍也找不到，太史公也无法告诉你。它出自古乐府，乐府本是民歌、山歌，自然夹杂方言，'惜惜盐'，盐是方言行的谐音，如果读行，就不难解离家心情了。"

钱谦益讪笑着。这么简单的问题，苦了他几日却无能为力，但他又不愿服输："老夫老了，若在你这个年龄，就不要你提示了。"

其实，他心里很佩服她的理解能力和通解方式。

四

钱谦益平静的心境，终于被一位从福建来的客人打乱了。

来人是曾经落魄江南、受过钱谦益救济的陈鸿节。陈鸿节现任闽师郑芝龙的幕府。郑芝龙原是一名悍勇的海盗，崇祯元年受招安后，升至总兵管，拥有水师数万，战船上千，称雄海上，权势在福建总督之上，堪称海上王。

陈鸿节是代表郑芝龙来的。郑师见半壁山河已成残局，只剩一道长江天堑，自己又无法入长江门户，因此，一是想听听钱谦益的高见，二是想通过钱谦益打通南京兵部尚书史阁部史可法的关节，共同扼守长江门户。

陈鸿节简单地说明了郑师的意思，但已在钱谦益心中激起了巨大波澜。郑芝龙为海盗出身，盗亦有道，地处南闽一隅，也如此关心政局，自己曾是朝中命官，受惠本朝，岂有不关心民族国家之理？

沉吟片刻，他答应一定修书史可法，尽他力所能及。

陈鸿节又叫来仆役和一位年轻的公子，他让仆役送上礼品说："略备薄礼，万望笑纳。"

钱谦益正要推辞，陈鸿节说："郑师还有一事相求，这位是郑师的公子郑森——郑成功，公子幼读诗书，兼习兵法，心怀天下，立志报国，仰牧翁乃当今李杜，一代宗师，希望拜牧翁为师。"

钱谦益和柳如是都很喜爱雄武奇伟的郑成功，当即应承下来。交谈了一会儿，感到这位二十一岁的青年既有大志，又有文韬武略，越发喜欢。

钱谦益笑着说："郑公子字森，三木为森，木为材，可望成栋梁之材，今日老夫送你一个号，号为'大木'如何？"

从此，郑成功就拜在了钱、柳的门下。

五

崇祯十六年底，一个消息传到了虞山。

吴昌时被斩，周延儒赐死！

这二位正是显赫飞腾的人物。

明朝到了这地步，只要能找到替罪的羔羊，就决不轻饶！吴昌时的劣迹败露之后，皇帝朱由检亲自审讯，并命锦衣卫在宫殿前施刑，而且动用的是酷刑，两胫都夹折了！

有大臣奏曰："殿前用刑，三百年未有之事。"

朱由检气得推翻御案说："吴昌时这样的人，也是三百年未有过！"

数日后，处决立斩！

周延儒从宜兴逮到北京，半夜在途中接到圣旨：皇上令其自尽！

周延儒惊魂失魄，趴在床底下，绕屋乱窜，其状如被逐的丧家之犬！最后被强行缢死，又在脑门上钉了五寸钢钉！

据说，周延儒常服人参，气绝身亡多时，而身体还温暖如生。

柳如是和陈夫人知道此事后，都为丈夫烧了香、念了佛，庆幸他未被起用而免遭横祸。

六

崇祯十七年，京都下诏启用钱谦益。

在此之前，在野十六年的钱谦益也在加紧活动。

他曾私下里提出过，李自成在长安称帝后，北朝内外夹击，终有不保之虞，在江南，史可法坐镇南京兼制长江上游，由凤阳总督任大江以北援剿军务，自己开府江浙，形成三足鼎立之势。为了实现这理想，也是为了作为本朝名士，在国难当头时，他挺身而出，四处上书、奔走。

三月十一日，皇帝采纳了马士英的建议，下诏任命钱谦益开府江浙。

邸报还没有发出，北平便沦陷了！

崇祯十七年三月十九日丁未时，李自成率部由彰义门攻进北平。崇祯皇帝朱由检在乾清宫写下诏书，又哭着对周皇后说："你是国母，理应殉国。"

周皇后自缢而亡。

他又转身对袁贵妃说："你也随皇后去吧！"

袁贵妃哭着拜别后亦自缢！

他又召来十五岁的长公主，流着泪说："你为什么要降生到帝王家来啊！"说完，以左袖遮脸，右手举刀砍中公主左肩，未死，又砍她右肩。接着，又砍死妃嫔数人！便随太监王承恩爬上煤山，在寿皇亭上自缢而亡。

崇祯皇帝自缢了，明朝灭亡了，但政治斗争还在继续。

大明的逃臣们又在江南争权夺利了。

七

钱谦益在崇祯死后不久，便秘密地来到了南京。

他要为恢复大明的江山去奔走呼号，去力挽狂澜！

但是，江南只剩下远在汉口的左良玉的一支军队，以及史可法的三千兵丁和马士英一部了。

钱谦益住在户部尚书高弘图的官邸，他们召开了一次重要会议，推出人主，重振国威，恢复失地，夺回明朝的江山。即使一时无法实现，也要像南宋一样，维持半壁江山一百五十年！

参加这次会议的有兵部尚书史可法，兵部侍郎吕大器，右都御史张慎言，以及詹林、姜日广等东林党人。

由于太子朱慈烺下落不明，当时逃到淮安避难的有两位亲王：潞王常芳，他是位信佛的好先生，又对东林党人比较友善；另一位是福王朱由崧。若论族属亲疏，当立福王。但由于福王的父亲朱常洵在万历年间闹出了"红丸""梃击""移宫"三案，如立福王，势必推翻已经钦定的三案，重新引起党争。最后，议定拥立潞王为帝。

八

正在东林党人准备拥戴潞王时，没想到凤阳总督马士英在阮大铖的左右之下，联合诚意伯刘孔昭，忻城伯赵之龙等抢先拥立了福王，改年号为"弘光"，并由总兵高杰、黄得功、刘良佐陈兵江北，抢马吃车，命史可法、钱谦益等同意福王继承王位。

听到这个消息，钱谦益只好怅然地回到了常熟。

在虞山，钱谦益焦急地等待南都消息，他正想伺机而出，大干一番事业。但也不排除自己将被排斥、受冷落的可能。

出乎钱谦益意料之外的是，马士英上奏，力荐钱谦益为礼部尚书，补原礼部尚书顾锡畴的缺。

这虽然是南明的小朝廷，但对钱谦益而言，却是极大的安慰和满足，因为他为争得礼部尚书这个职位已经拼搏了数十年。现在，总算让他得到了。

钱谦益接到诏书以后，一面催促柳如是准备赴南京上任，一面吩咐仆人准备行装。要离开绛云楼了！

对柳如是来说，仿佛小鸟离巢一般，这可是他们刚刚构筑好的爱巢啊！

想到从此要伴着钱谦益去经历宦海风波，去排除内忧外患，去建功立业，柳如是又抖擞精神，准备再一次搏击了。

他们乘船在长江中溯流而上。江面很开阔，当他们行至京口时，远远的看得见焦山屹立江心，与金山对峙，形同两扇门户。钱谦益连忙喊来柳如是，指着金、焦二山说："当年韩世忠和梁红玉击鼓战金山、大败金兀术就在这里！"

遥望金山，想到钱谦益此去南京侍奉南明王朝，历史是多么惊人的巧合！她的眼前浮现出一幅南宋将士抗金的画卷：金兵南渡，韩世忠迎敌京口。夫人梁红玉戎装英姿，与韩世忠醇酒江心，誓师抗金。

然后击鼓助威，桴鼓之鼓，响彻江流，士气大振，使金兀术败走黄天荡。南京因此偏安江南百年。

柳如是取出酒樽、酒杯，亲手斟满，又缓缓地走到船头。她将酒杯高高举过头顶，面对着金、焦二山默祷片刻，然后祭酒于江心！

面对江涛滚滚，柳如是感叹地说："大明王朝，怎么就没有一个韩世忠这样的忠臣呢？"

"自古兴亡，非一二忠臣所能扭转乾坤。难道夫人愿身效梁红玉？"钱谦益问道。

柳如是未答。

面对浩渺江波，柳如是对大明的前程，对钱谦益和自己的命运，一样感到迷茫。

九

暮秋时节，柳如是坐在船头上，借着西天的霞光，正在读诗人元好问的《遗山乐府》，忽听到头顶上有雁鸣之声，仰头望去，见大雁排成人字形正在向南飞，让她不由得想起了诗人一次奇异的经历。

元好问在十六岁那年去太原赶考，当他走到汾河岸边时，问路时遇到了一个猎人，并和猎人一起闲聊起来。猎人给他讲了一个奇异的故事：

猎人在几天前捕获了一只大雁，雄雁凝望着网中的雌雁一路相随，在空中悲鸣盘旋。而雌雁呢，亦在网中呜咽，不吃不喝。后来猎人杀死了雌雁，雄雁在空中看到爱侣已亡，竟一头从空中栽下，头部撞地，殉情而亡！

元好问被深深感动了，他没有埋怨猎人的无情，只是从猎人手里买下来这对大雁，将这对忠烈的爱侣埋葬在汾河岸边，并且用石头垒起了一座小小的坟丘，然后写下了著名的雁丘词。柳如是望着天空飞翔的大雁，默默地背诵着《摸鱼儿·雁丘词》：

问世间，情为何物，直教生死相许？天南地北双飞客，老翅几回寒暑。

欢乐趣，离别苦，就中更有痴儿女。君应有语，渺万里层云，千山暮雪，只影向谁去？

横汾路，寂寞当年箫鼓，荒烟依旧平楚。招魂楚些何嗟及，山鬼谙啼风雨。

天也妒，未信与，莺儿燕子俱黄土。千秋万古，为留待骚人，狂歌痛饮，来访雁丘处。

颂罢，柳如是已泪流满面！

第二十五章　石头城党争依旧，秦淮河风流不再

亚枝初发可怜花，剪剪青鸾湿路斜。

移得伤心上杨柳，西泠杜宇不曾遮。

——《西湖八绝句》之五

一

六朝古都南京，像一个乱了巢的蜂窝。

这里的生活，完全不像柳如是所向往和期待的那样。

建州称帝！

李自成称帝！

覆巢之下的明朝大臣权要，纷纷离开北京而渡江南逃。在南京，他们还在继续如蝇逐臭般的为权为利而搏杀，同时又进行新的权力排列组合，织巢营穴，拉帮结派，结党营私。

钱谦益的尚书府是一处新的营巢。

鸡鹅巷马士英的相府，仿佛也是鹅笼鸡舍，叫嚣喧天。

冷落了多年的库司坊石巢园也如蜂巢蚁穴。

女人，是权要们争斗、搏杀利剑上漂亮的饰穗。

二

钱谦益的府第，又是名人济济、清流云涌。

这不仅是为巩固南明政权的需要，也是官场交易的需要，还因为尚书府第中，有一位可称江南名姝和女中清流的柳如是。不管是旧官员还是新政要，他们都以结交柳如是为耀。

南都的生活，使柳如是感到如在惊涛骇浪中度过。她已无形之中被卷进了政治旋涡。为了钱谦益，她除了料理家务之外，还要在交际场中走动，迎送络绎不绝的贵胄高官、名媛显淑。大学士高弘图、姜曰广、王铎，吏部尚书张慎言、左都御史刘宗周等，都是钱府的常客。

南都政权表面上风平浪静。这种现象，正如要沸未沸的油锅，只要有一滴水下去，就可炸锅！

随着马士英权力的膨胀，安插亲信的活动也正在悄悄进行之中。马士英先让由监国而正式称帝的弘光帝，将史可法调出南京，以督师的名义镇守扬州，从而夺取了兵部尚书的大权！紧接着，又上奏举荐阮大铖任兵部右侍郎。

清流们团结在钱谦益的周围，正在为制止阮大铖的起用而挖空心思。斗争已渐渐白热化。

柳如是对阮大铖的动向十分敏感。因为在他身上能看到还魂阉党的阴影。

三

阮大铖，万历十五年生，祖籍安徽怀宁，号圆海、石巢、百子山樵。他二十九岁中进士后，便认魏忠贤的姘头客氏为"干娘"，认魏忠贤为干爹，被世人称作"阉儿""客氏乾"。

此人一生都与东林党人作对。崇祯二年，他任光禄卿时，因献媚阉党而被削为平民！他在南京的裤儿裆匿居十六年。此人人品极低，但文品甚高。他著的《燕子笺》轰动一时，洛阳纸贵。但柳如是已从字里行间看出，阮大铖在《燕子笺》中的寄托，无非是对东林党人的怨恨。

此人生相奇特，骨骼不凡，肥胖壮实，有一脸浓而硬的须髯，人称阮胡子，一看上去，便知是一个喜则轩冕塞路、怒则伏尸遍野的人物。几年前，已被阉党杀害的黄端公的公子黄宗羲联系宜兴陈定生、贵池吴应箕，在南京联名写出了揭露阮大铖罪行的《留都防乱公揭》，使得阮大铖更加臭名昭著。

现在，东林党人把阮大铖作为心腹之患，正同仇敌忾、千方百计地阻止阮大铖的复出。

四

来钱府的，有柳如是过去认识的旧朋，也有来南京结识的新友。

这一天，钱谦益外出应酬去了，午后，忽有门人来报：有人求见。柳如是只好强打精神出来应酬。

没想到来宾是多年不见的故人、松江的书法大家李存我！

柳如是见到李存我，真是喜出望外。她连忙起身，取出景德镇细瓷，亲手为他泡茶。

她什么也没有问。新鲜的碧螺春，在茶盅里倒了茶艺的第一境："翻江倒海。"

八年不见，柳如是有很多的话要问李存我。她盖上碗盖，让茶焐下了，递过茶盅，坐在李存我的旁边。

李存我揭开碗盖，屋子里立刻弥漫起一阵馨香。李存我还是那么持重儒雅。他细啜慢饮的动作很优雅，看他饮茶的动作就是一种享受。

放下茶盅，李存我告诉柳如是，自癸未年试中进士后，现授中书舍人。

柳如是正想问问松江故友的情况，特别是陈子龙的情况，李存我心有灵犀似的说："卧子也在南京，他五月来到南京，任兵部给事中。"

"子龙为何不能来？"

"子龙的为人，你又不是不知。"李存我边饮茶边说，"他不来，有多方面原因。松江一别之后，也是无奈，他一直心存愧意。上次在西湖不知你和他及谢象三之间发生了什么？"

如是刚要说，李存我打断她的话题，接着说："他怕再次见你，给你带来不便。"

这次到南京，就陈子龙的才干而论，满以为可以报国有门，没想到他现在被夹在门户纷争之中。马士英是他父亲的同年进士，很爱惜这位江左罕匹的才子。而马士英的政敌姜日广又是陈子龙的座师，关系更为密切。两派之间，水火不相容，陈子龙生活在水火之中了。

李存我告诉柳如是，陈子龙到南京之后，连上五疏，总数万言，唯有一《募练水师疏》得用。他在《自强之策疏》中提出立重镇以为外藩，练舟师以为扼要，增旅以为居重等恢复明朝的自强三策；在《恢复有机疏》中，直抒胸臆，痛陈时弊，指出新君即位以来，朝政腐败，宫廷淫乱，士节卑污，毫无痛定思痛的振兴气象，道出了许多清流志士欲言而未敢言之言。文辞沉郁壮美，催人泪下。一向沉稳的李存我，说到这里，站起身来，激昂慷慨地吟诵道：

徘徊陵阙，北望依依，不知十二陵之碧瓦金铺，寓驹石马，尚能无恙与否？而先帝先后之梓宫何在？此时遗民故老，有提一盂麦、操一豚蹄而凭吊者乎……

李存我轻轻地叹道："先帝梓宫无著，尸骨未寒，而党争激烈，无奈子龙、我等位卑言轻。"

听了李存我的一番话，更兼陈子龙的文辞，柳如是泪如泉涌。陈子龙以天下为己任的英雄气概，如在目前。

见到柳如是伤感激动，李存我抑止激情，说道："今日登门，实因我与卧子有一事相托。"

"存我师尽管吩咐。"柳如是连忙站起来。

"我们大家都希望牧翁利用自己的威望，早日结束党争，尽量制止阮大铖起用，以防一小人用，群小人进。"

又是阮大铖！

送李存我出门时，柳如是找出一块玉石镇纸递给李存我，让李存我转交陈子龙。她相信，陈子龙一定明白：她希望大家精诚团结，心如磐石，保住半壁山河。

五

虽然钱府在城南，离秦淮河不远，但柳如是成天忙于应酬，一直没有去游览十里秦淮的风光。

当杨龙友邀请她出游时，她马上答应了。

工书精画的杨龙友，也可以说是柳如是的旧时相识。

自松江眉公七十五岁寿辰相识之后，杨龙友一直忙于宦海生涯，很少有往日那种与朋友交谈书道画艺的时间，所以虽是故友，却形同新交。

而今，杨龙友既是当今红得发紫的人物，又是东林党人中颇有些尴尬的人。单凭他与马士英姻亲加同乡的关系这一点，就可以知道他现在的处境。

杨龙友的官舫十分气派，雕窗朱栏，金碧辉煌。柳如是也一改往日的端庄。她略施粉脂，浅画黛眉，艳丽中显得朴素淡雅，华贵而飘逸，显示了一种成熟和富丽的美，连腾挪在美女圈中的杨龙友，也看得眼睛定了神。

柳如是依栏而坐，几上摆满了四时鲜果和佳肴。河两岸轻风拂垂柳。

到底是六朝古都，十里秦淮，丝毫看不到亡国的景象，还是一如既往的风流繁华。武定桥边，长板桥下，欢腾喧哗，钗光珠影，隐约可见。玉人倚栏，红袖招手。

好一个桨声灯影里的秦淮河！

柳如是默默无语。

杨龙友来到她的旁边，不停地指点，看来杨龙友果然是声色犬马的老手。他指着一片屋宇说："那就是旧院。"

看到旧院，柳如是马上想起她那些流落江湖的姐妹，她忙问杨龙友这些人的近况。

"旧院之中，已换新人了。"杨龙友说，"马香兰香消玉殒；杨宛叔人老珠黄，豪门作婢，生死不明；董小宛与冒辟疆回了如皋；顾媚与龚尚书终成秦晋。陈圆圆最为可悲、可怜，如今——不说了，一代才女们，死的死，走的走，老的老，旧院依旧，名花凋零。"

杨龙友的话，使柳如是有沧桑隔世之感。

"不是说又出了一个香扇坠李香君么，听说你还为她与河南侯方域做过月老呢！"

杨龙友以为柳如是话中有话，急忙辩解道："侯方域与李香君早已相识，也有替香君梳拢之意，只是因为避难南京，囊中羞涩。恰好有一位王将军闲居南京，与侯方域认识，阮大铖便托王将军借三百金与侯方域，想通过侯方域调解他与陈定生、吴应箕之间的关系。不料李香君将侯方域和阮大铖一块臭骂了一通，京城一时传为美谈。我不过是做了一回和事佬。"

杨龙友急于辩解，是怕别人说他利用裙带关系，乱点鸳鸯谱，因为马士英是他的妹夫，阮大铖是他的盟兄。

说到阮大铖，柳如是也略知他们的关系，便趁机问："阮大铖究竟何等人物，南都之中，为他已闹得沸沸扬扬。"

"我对阮园海，也知之甚少，若不论人品，他也可称得上有才气，诗文仅次于牧翁，词曲或称得上当今第一，《春灯谜》和《燕子笺》为天下传唱。最近，他将《燕子笺》装函成册，吴陵精裱，连同家中的戏班一同进献给皇上。当今皇上二十几岁，自幼长于妇人之手，成日沉迷于宫中看戏听曲。可见园海工于奉承，不过闲居十七年，应该有思过之心才是。如今国难当头，急待用人，大家应该勾销宿怨，共图大业。"

听杨龙友的话模棱两可，柳如是不知杨龙友是不是为马、阮做说客的，心想，南明王朝若如此下去，气数将尽矣！

就在朝中你死我活地为权力纷争时，也有人在脚踏实地为恢复明王朝而日夜奔走。

自从陈子龙的《募练水师疏》获准以后，他就与上海的义士何刚为招募一支水上师而忙碌着。

何刚是当年与陈子龙一起积极营救许都的朋友。陈子龙为了建立这支水师，他与何刚四处呼号，招勇募捐，得到了百姓们的拥护。柳如是见到文告之后，连忙让钱谦益捐助银两。虽然所捐不多，但对陈子龙来说，有老师和柳如是的支持，他很受鼓舞。他一边训练招募的渔民和船夫，一边继续为抗清北伐做准备。

现在，这支稍有阵容的水师就要出发扬州了，陈子龙特地来为刚升任为兵部员外郎的何刚送行。

六

战事不可开交，政治斗争不可开交。年轻的皇上却还在其乐融融的逍遥。

这位弘光帝别无他才，倒是一位懂曲的行家。他做梦也没有想到自己有朝一日能当上皇帝！

休管朱家江山不江山，只顾今朝有酒今朝醉。来到六朝古都后，他心花怒放，下旨征选能歌善舞的名伎，挑选入宫。

宫中淫乱到这种地步，居然乱出一曲明朝二百七十多年未曾有的闹剧来：

一位自称是弘光帝继配的章氏要求入宫。另一位自称是太子慈烺，要满朝文武认天子，与弘光争王位！一般大臣不知所措，只好先好好地供养着再说。

上梁不正下梁歪。一些南都新贵们仿佛天塌下来也不管似的，忙着在秦淮河边起造朱楼甲第。

连日陀螺般周旋的柳如是，这一天刚小憩起来，门生郑成功来了！

郑成功随同钱谦益和柳如是一到了南京以后，因钱谦益公务繁忙，就让郑成功进了国子监。

柳如是想问郑成功学业如何。郑成功说："乱成这样，哪里还有人有心教书？我也学不出什么，大难当头，要紧的不是我这样的学子，少一个也无妨。自本朝开国，连《孟子》的'民为贵，社稷次之，君为轻'都以不合'名教'为由删掉了，还能学什么东西？国家兴亡，非百姓兴亡，乃一姓之兴亡。现在，南京城中到处选美，芳龄先入宫闱，年幼教习戏曲，百姓之女纷纷争嫁。哪里是中兴之主？只怕快到挥泪对宫娥的地步了。"

柳如是看着这个血气方刚、在惊涛骇浪和刀光剑影中度过童年的青年，很是喜欢。

柳如是知道，郑成功的生母田川氏，是一个美丽贤淑的日本女子。在他的身上，有两个民族的精血。他英俊清秀，锋芒毕露，如出鞘之剑。她见郑成功言辞激烈，想到的是生性如此，忙说："市井传讹，不必轻信，怕是一二朝臣，借此滋扰，皇上尚未大婚，情有可谅。"

"哪里是这样的！这就叫上行下效。今日来座师家，过媚香楼，见到新上任的漕抚田仰借阮大铖的权势去逼李香君，李香君矢志守节，等侯方域。田仰以一千两银子要买香君，香君不从，田仰便派人来抢，谁知李香君竟一头撞在墙上！"

柳如是一听，大惊失色，忙问撞得如何？

"死倒未死，只是头破血流。"

柳如是听了，一方面敬佩李香君的刚烈，另一方面又痛恨这些狗仗人势的可恶小人。

郑成功来钱府，是来辞行的。他想投笔从戎，先去京口他叔父靖鲁伯郑鸿逵处，看一看战事，然后回闽南，协助父亲操练水师，以身报国。

送走了郑成功，柳如是急于想通过钱谦益或者是杨龙友，设法营救李香君。

七

钱谦益此刻的处境，正如夹糖烧饼一般。

马士英提出要来钱府拜望少夫人柳如是，并且言明，阮大铖也久闻河东君声名，能歌舞，会词曲，这次拜访，将是一次纯粹的以文会友。

钱谦益心里明白，马士英、阮大铖既想笼络他，又想试探他，说要来访，只是一个由头。

在此之前，马士英还向钱谦益摊了底牌：

"主上器重圆海。"

这是恫吓，但并未吓倒钱谦益。钱谦益大不了"挂冠而去，重归山野"，马士英知道，如果钱谦益辞官，朝中将会出现树倒猢狲散的局面，自己的一大批拥戴者也会离去。

马士英又说："当年苏州密议，牧斋你不是也让阮大铖出了银子吗？准备迎立潞藩，你牧斋是主谋，小弟我还在福王面前保你出任礼部。而今局势，恢复国土之重任者，唯公、我与史可法三人，因此，我们应同心同德，不可以一己之私，坏天下大事！"

这些话，对钱谦益来说，无疑是最大的威胁，是致命的打击。

钱谦益现在是左右为难。若论私仇，当年阮大铖投靠魏忠贤，炮制《点将录》，使自己身陷囹圄，他何尝不想口诛笔伐！

但是，南明王朝，形危势，文臣内讧，武将争斗，高杰和黄得功为争扬州的防地，动兵火并。自己是朝中重臣，当先国家而后私仇，所谓"中流遇风，吴越相济"。

钱谦益决定把一切都告诉柳如是，包括自己的想法。人生到了晚年，或许什么都会失去，尤其是功名、权势，但他不愿意失去柳如是。柳如是对他来说，不仅是知己，而且是钱谦益人生的一部分。

既然钱谦益举棋不定。柳如是又能说什么呢？对她来说，也够烦的了，两边的说客各执一端，让她一时不辨是非。"不过，我相信相公，以相公三朝政历，四十年人生经验，会处理好这件事的。无论相公是进是退，如是随相公矢志不渝。"

有了柳如是的表态，钱谦益对处理这件事便有了信心。

柳如是对他说："阮大铖说想来，我倒也想见识一下，看看阮胡子到底是位什么样的人物。"

第二十六章　奸心送礼藏诡计，素手击鼓壮军威

青芜烟掠夜凉时，落尽樱槐暗碧池。
恨杀杨花已如泪，春风春梦又相吹。

——《西湖八绝句》之六

一

无事不早朝的弘光帝，今天终于到了武英殿。

当司礼太监宣完马士英奏议阮大铖为兵部侍郎的奏折之后，武英殿上，终于到了暴风雨来临的时刻了。

以姜日广、刘宗周、高宏图、张慎言，御史詹兆恒为首的清流大臣，决定抗旨进谏。

而以刘孔昭、赵之龙、徐宏基为首的皇帝勋戚欲兴问罪之师。

两派锋芒相对。

东阁大学士姜日广激昂慷慨："若借知兵之命起用逆臣，先帝钦定逆案顿付逝波；新朝数日前之明论，竟同覆雨。梓宫未落，增龙驭之凄凉；制墨未干，骇四方之视听，权杆柄国，群小起舞，使忠良寒心！谈何中兴大计，恢复中原？只恐偏安难保，垓下之难至矣。"

马士英知道姜日广矛头有所指向，不得不跪在丹墀上说："臣拥立皇上，无功有劳，今日指臣为奸，必欲置臣于死地，望皇上明断。"

两派旗帜鲜明，大家在等着众望所归的东林巨子钱谦益的意见。

事情到了这个地步，钱谦益不得不表态了。他站出来说道："今新朝初建，国难当头，不可分门户，修恩怨，同党争。如今当用人之际，大家应先国家而后私仇……"

他已无法说下去了，因为这是违他心愿的话。

他心如裂帛，忍让的代价是惨重的。东林群贤没有一个人会佩服他的这种"宰相肚里能撑船"的肚量！

二

阮大铖终于复出，朝野失望。

姜日广、高宏图、吕大器辞官！

张慎言、徐石麒称病引退！

刘宗周回了杭州！

消息传到武昌，左良玉以"清君侧"为名，带领三十万人马乘船东下。

南明希望苟且求和。派往北平议和的左懋弟、马绍愉受到清朝摄政王多尔衮的侮辱，还白白送了十几万两银子。

现在，到钱府走动的故友越来越少了。只有杨龙友偶尔还来一下。这一天，杨龙友给钱谦益送来一份文告，见钱谦益不在家，杨龙友也不把柳如是当作外人，递过文告说："让你看一篇云间故友的大作。"

柳如是接过文告读了下去，这是清政府准备南侵的通牒和宣言：

若国无成主，人怀二心，或假立愚弱，实肆跋扈之邪谋；或阳附本朝，阴行草窃之奸宄，斯皆民之蟊贼，国之寇仇，俟克定三秦，即移师南讨，等彼鲸鲵，必无遗种。于戏，顺逆易判，勉忠臣义士之心；南北何殊，同皇天后土之养。布告天下，咸使闻知。

柳如是大为震惊，几乎不敢相信，这篇文告竟是出于当年才俊、几社领袖、满腔热血的李舒章之手！她连忙说："不可能，不可能！我去问问李存我。"

杨龙友答道："有什么不可能的，李舒章降清以后，很得清廷赏识，现在职任正好与李存我一样，是中书舍人。"

柳如是目瞪口呆！

"我现在准备去京口了，南都的生活，真使人生烦。"杨龙友说完，便起身告辞了。

三

眼见东林名贤纷纷弃官而去，钱谦益心中很不是滋味。这位人称一代宗师的人，在南都仿佛上了贼船一般，为了荣进，为了苟全，在污泥之中越陷越深。他已失去了不少朋友，这令他极度伤感和内疚。他更怕失去了柳如是。因柳如是比这些人更刚烈、更直率。

有一天，他又一次小心翼翼地提出马士英、阮大铖要来小饮的事。

柳如是自从来到了南京以后，很少出去应酬。她觉得现在的这种交际纯粹是一种交易，少了文坛上的风雅与纯真；但是，为了钱谦益，她还是答应了，这完全是出于对钱谦益的尊重。当年钱谦益为她甘心受辱，结缡茸城，"箫鼓遏云，兰麝袭岸，齐牢合登，九十其仪。"

除了是对世俗的宣战之外，也是对自己的极大尊重。

女人，还有什么过高奢望？当年同道姐妹之中，自己还算得上是幸福和幸运的了。多少美姝被风吹雨打去？多少名姬魂断黄昏路？自己随着钱谦益，过了一段幸福的生活。

现在，钱谦益有困难，自己应该尽力帮助他。

四

阮大铖第一次见到柳如是，就被她的美艳、气质和端庄所惊慑。

刚才还在客厅中坐立不安的阮大铖，见柳如是款款地走进客厅时，连忙用戏腔叫了一声："送上来！"

随着阮大铖的吩咐，随从双手捧上一个沉甸甸的红木礼盒，阮大铖接过礼盒。这只像红木棺一样的礼盒，在紫红脸膛的阮大铖手中，很像一件道具。阮大铖揭开盒盖，顿时珠光四射！

阮大铖的见面礼是赤金珍珠凤冠，上面遍镶珠钿，顶端是一粒樱桃大的合浦珠。

都说阮大铖富比石崇，出手大方，第一次见面，就送如此贵重的礼物，连钱谦益都有些吃惊。虽然他也知道阮大胡子有讨好的心思，但此礼太重。

阮大铖双手捧着赤金珍珠凤冠，戴在柳如是的头上。柳如是一时间似凤仪鸾辇的贵妃一般！

"果然合适，如此凤冠，只有天下第一佳人可以戴得。牧斋兄，改日可否呈奏皇上，为夫人诰封？"

柳如是不亢不卑地说："如此厚礼，受之有愧。若说受诰，妾更不敢了。"

钱谦益客气道："代拙荆谢了。"

席间，阮大铖拼命要柳如是陪饮，柳如是有礼有节的回敬，直喝得阮大铖的紫脸越发如猪肝一般。

乘着酒兴，素会度曲的阮大铖说："久仰柳夫人工诗善舞，能词会曲，可否得幸聆听佳音？"

阮大铖今天带了乐工来，完全是一副要逞豪争雄的架势。

柳如是正要作谦，想到阮大铖既然要寻衅一番，也就顾不得许多了。她吩咐乐工奏曲，唱起了"乐府我朝第一"的陈铎的散曲：

黄昏头唱到明，早晨间唱到黑，穷言杂语诸般记。把那《骨牌名》尽数说一遍，《生药名》从头数一回，有回家又把花名对。称呼也称呼的改样，礼数也礼数的蹺蹊。

……

柳如是借此散曲，嘲讽那种更兰换烛，冠履交错，翩翩而舞，官人优人，几不能辨，王之弄调声色，君臣儿戏的荒唐局面。她今天要尽情嘲弄，又接着唱道：

士大夫见了羞，村浊人见了喜，正是村里鼓儿村里擂。这等人专供市井歪衣饭，罕见官员大酒席。也弄的些坏歪乐器，筝儿弹乱功，笙笛儿胡捏胡吹。

柳如是把度曲填词乃至串戏，鄙薄得一钱不值，只有市井无赖才喜爱。

她也要借此替香君出一口气！

阮大铖被弄得又红了一次猪肝脸。

在一旁不声不响的钱谦益，本来不会填词度曲，如今夫人替他挣了脸面，出了恶气，在旁大快开心，频频劝酒。

酒过三巡，舞到酣处。

所有的人都有醉意，连能够豪饮的柳如是也是脸色微红，口吐兰香了。

只有阮大铖越来越逞能赌强了。

受到奚落、嘲弄的阮大铖，并不甘心。乘着醉意，他厚着脸皮提出："柳夫人果然巾帼不让须眉。听说柳夫人自幼喜读兵书，愿身效梁红玉。三日后，大铖巡江，不知夫人可不可以戎装巡江，以壮军威？所谓'桴鼓军容，尚资织手'。"

柳如是很爽快地答应了。

五

三天后，柳如是身着戎装，足蹬革靴，披着猩红斗篷，带着长长的雉尾，仿佛梁红玉再世，伴着阮大铖出现在江边上。

江风猎猎，芦花瑟瑟。面对冷风中士气不振的守江士兵，柳如是豪情陡增。她今天的出现，是为了向世人表示她和钱谦益将全力捍卫明朝政权；另外，也为向世人表明，自己和钱谦益决不与马、阮同流合污！

今天之举，也是为了壮军威、收失地，忠于大明王朝。

柳如是在当年太祖皇后马娘娘锁舟处下马，开始慰问守江兵士。

阮大铖把今天的仪式搞得十分排场,阅兵台旌旗招展,江中战舰上,士兵盛装列阵,一切如同歌台演出一般。

鼓就架在阅兵台上,柳如是解下披风,望着江中的战舰和岸上的士兵,拿起楠木鼓槌,重重捶击着鼓面。

隆隆的鼓声,盖住了阵阵涛声!

柳如是越击越兴奋。这时,阮大铖点燃了红夷炮,一时间,炮声隆隆,硝烟弥漫。

俄顷,柳如是走下炮台,来到士兵中间,和士兵攀谈起来。

柳如是问一个老兵:"你们是哪位师爷的人马?"

老兵告诉她,这些人马全部是从仪微调防回来的靖侯伯黄得功的人马。

"黄师的兵马不是已经随史阁部开赴泗洲迎战南下清兵去了吗?怎么又回到了南京,莫不是清兵到了江北?"

"我们是在泗洲路上被召回的,说是要顶住宁南侯左良玉的兵马,做勤王之师。"

"勤王,勤王,擒贼擒王。石头城也保不多时了!"旁边一个士兵不满又不屑地说。

柳如是这才知道自己受到了欺骗和戏弄!

打马回城路上,柳如是看到满街投来鄙夷、敌视的目光。

脏水四处泼来。人们都在议论,谣诼四起;有人说,柳如是与马、阮狼狈为奸,一顶金冠就收买了她;还有人说他们三人互换小妾狎饮,要不然,她怎么会同阮大铖招摇过市?

人们把她说成是一个惯会奇服异装、卖弄风骚的荡妇,一个妖艳、误国的祸女。

......

回到尚书府第，也许是不胜江上的风冷，柳如是病倒了。

这一次，是柳如是病得最重的一次，一连几天高烧不止，噩梦不断。

第二十七章　女丈夫取节求死，老尚书低眉贪生

晴湖新水玉生烟，芳草霏霏蚀雁钿。

苦忆青陵旧时鸟，桃花啼里不曾还。

——《西湖八绝句》之七

一

柳如是大病初愈后，再面对钱谦益时，发现钱谦益一下子苍老了许多。

望着蓬乱苍白的头发，柳如是甚至怀疑，这是我心中的雪里高山、巍巍昆仑吗？是笑对镜妆、吟诗作赋的夫君吗？是那个优悠林麓、笑傲烟露的大儒吗？

柳如是并不十分清楚，事局的变化，彻底粉碎了钱谦益的初衷。

本来，在皇上面前排众议而保举阮大铖，除了为了大局之外，也想以此感化东林党人的政敌，化干戈为玉帛，同心同德，一致对外，没想到阮大铖恶性不改。

阮大铖得势之后，不但露出本来面目，反而变本加厉，用阮大铖自己的话来说，"穷途末路，吾故倒行逆施。"

当年造《点将录》的阮大铖，如今又造出一本《蝗蛹录》，罗列什么"十八罗汉五十三参"的名目，欲把东林党人斩草除根，一网打尽！且在黑名单上仍然赫赫写着钱谦益的大名！只是因为钱谦益粗枝大叶，阮大铖难以一下子扳倒他而已。

周仲驭，被锦衣卫捕去，不久被处决。石头城下阴森恐怖。

南明的争斗，上由朝廷蔓延到战场。

左良玉的部队顺江东下时，火烧九江，又沿途因兵援粮草不足而抢掠。在荻港，与前往堵截的黄得功大干了一场，左兵大溃，左良玉吐血身亡！

其子左梦庚率部投降了清军，这无异于在南明百孔千疮的身躯上，又挖了一个大窟窿！

清军的正面攻击也如雷霆之势，开始了。

二

四月底的阳光温暖和煦。在尚书府第，不知何人手植的紫藤已经开花。紫藤旁是一个池塘，池边有一块奇石。这块石头据说是赵松雪家中的一件宝物，上有"沁雪"二字。这样的石头共有两块，另一块是"垂云"，流落在民间。钱谦益爱它奇特，便命人搬来园中。

"沁雪"是一块黑如木炭的太湖石，平常看上去，毫无奇特之处；若是被雨沁过之后，黑色的石头会润出雪白的纹理，远看上去，如撒上的细雪，晶莹剔透。

柳如是已能下榻走动了。一有空，她就来到沁雪石边冥想枯坐。

她也很喜爱这块石头。

　　从紫藤间洒落的阳光，映在柳如是苍白的脸上。今年春季，似乎比往年寒冷一些，或许是自己大病初愈，也许是自己感到已步入半老徐娘的年龄，不如往日那么耐寒。过了谷雨，杜鹃啼血，她还是感到冷，特别是一个人在房里时，阴森、沁凉，有一种透心的冷！

　　一有空闲，她就出来晒太阳。

　　尚书府已没有多少人走动了，不少人已逃离了石头城。

　　这一天，柳如是听见书房有人同钱谦益说话：

　　"许定国杀害了高杰之后，引兵直至扬州，史阁部决定死守，上海义士何刚也同史阁部大人坚守孤城。

　　"四月二十五日，清兵先用红夷炮轰城，接着强攻。城中守军与清兵浴血奋战，马蹄乱奔，踩死不少难民，扬州几乎血流成河，尸骨塞港，扬州的百姓也奋起反抗。战至最后，史阁部夺刀自刎未死，他令副将史得威杀死他！史将军下不了手，仰天长哭，并同参将一道拥史阁部出东门，敌兵追至，史阁部大呼：'史可法在此！'何刚扯下弓弦，自缢而死。知府任育民身着本朝官服，端坐在府台大台，静候如狼似虎的清兵……"

　　钱谦益早已泣不成声，泪水也模糊了柳如是的双眼，眼前蒙眬成一片血与火的画面。

　　她静静地坐在那里，感到四肢冰凉。

三

固若金汤的南京城敌不住清兵的攻击。

六朝古都的石头城将不攻自破。

做了不到一年皇帝梦的弘光帝，似乎还在温柔梦中未醒。

弘光元年，大清兵由老鹳河渡，尽抵南岸。

初十日闭京师各城门，午后犹集梨园入内演戏，弘光与诸内臣杂坐酣饮。

一声鼓响，终于敲碎了弘光的小朝廷梦。他的小朝廷终于在火光中徐徐地落幕了。

那些陪他拉弦的、司琴的、陪衬的、跑龙套的群臣们，早已乱成了一团，溜的溜，逃的逃了。

阮大铖比兔子跑得还快！

马士英以护卫皇后的名义，仓皇逃往了杭州。

当弘光帝得知南京将陷时，他还在后宫听宫中的戏班演奏。他匆忙中只携了爱妃一人，深夜从通济门逃出，避入芜湖黄得功军中。

第二日清军追至，他与爱妃又避入黄得功船上。黄得功被冷箭射死，部将田维乘机反叛，将弘光帝和其爱妃捆绑起来，移送清军邀功。

在南京，剩下的只有一些老弱病残。

忻城伯赵之龙、保国公朱镇远、魏国公徐宏基、安远侯柳昌祚、大学士王铎、礼部尚书钱谦益，他们都留在石头城里。

他们聚集在城伯府上，商量所谓的应变大计。

四

此时，柳如是在焦灼地等待钱谦益的归来。他已经三天三夜未归了。

要逃，她早就逃了。有几位朋友都为她准备好了车马，还有的同道姐妹邀她同行南下，但她都谢绝了。她已决定，死也要与钱谦益死在一起。

外面已兵荒马乱，火光冲天。

钱谦益终于回来了。

他镇定自若。这让柳如是稍微放下了心。

柳如是指着大火问："外面怎么那么大的火？是不是清兵开始屠城了？"

想到扬州的惨状，她有些不寒而栗。

"不是，那是城中百姓放火烧了阮大铖的石巢园和马士英的相府！"

望着炽焰升腾，柳如是长嘘了一口气。心想：马、阮虽是炙手可热、不可一世的权贵，不想不到几天，家里连锅都被人给砸了。报应！这就叫"失道寡助"，不，应当说是"无道无助"！

柳如是焦急地问："清兵进城，会不会像扬州一样发生血洗京城，兵燹古都的事？"

钱谦益自信地说："不会。金陵历经六朝，不是依然存在吗？再说，清朝虽由一个奴尔干都司发展起来，但近来进入中原，也受过大明的教化，不至于惨无人道。何况，清廷之中，自范文程起，也有不少明朝官宦。"

"相公准备怎么办？"

"一朝天子一朝臣。"钱谦益叹了口气说。

"相公未必准备苟且求生？"柳如是从他的口气中已听出了一些弦外之音，便试探性地问道。

"朝中乱成这样，个人生死还未细想。"

"等相公想好了，告诉我就是。"她加重语气说。她已有了一种不祥的预感。

五

这一夜，钱谦益反复想了一夜。

他从自己少年得志想起，想到与韩敬争状元，与周延儒争相，与谢象三争柳如是，一幕幕如走马灯似的涌上心头。值得他得意的是，他并非是个失败者；相反地，每一次打击都使他顽强地生活下来了，也许正是这种生活，才使他感到生活的可爱与充实。

他心里也明白，自己读了不少史书，以身殉难，孤忠可嘉，既保一生名节，而且永垂青史，流芳百世，足可以彪炳千秋。

难道为大明而死就真的重于泰山吗？

然而泰山既颓，一尘何微！自己的死，能换来来世的荣华吗？……

自己还有万贯家资，无价珍宝……

还有未竟事业。有撰修明史的珍贵文稿，有诗坛领袖的桂冠……

还有与自己心心相印的河东君！

降清的人多着呢！吴三桂、洪承畴。如果自己率文班迎降，凭声名资历，亦不至于一死。

钱谦益从未想过死。自己身陷囹圄，多次受迫害，第一个反应是自救。

生存，还是去死？对他来说，这是一次不同于以往的选择。

六

一夜未脱衣衫的钱谦益，又像往常早朝一样习惯早起。

今天与往常不一样，已无朝可上了。但钱谦益还是身着朝服。

今天与往常不一样，柳如是比他起得更早。早早地伺候在一边，准备好了梳洗的用具，恭恭敬敬，如奴如婢，这是从来没有过的。她低声说："相公梳洗之后，便去用早膳。妾已准备好了。"

一夜未见，柳如是仿佛换了一个人。她不但行为谦卑，而且盛装丽服；不但看不出一点大病初愈的痕迹；相反，这场病反而使她更加妩媚动人；如带雨海棠，出墙红杏，加上玉珥珠环，金钗翠钿，霞披凤裙，从未有过的华丽华贵。

"夫人这是何故？"钱谦益惊讶地问。

"妾蒙相公错爱，自入钱府以来，未曾尽心伺候相公，今生只此一回，但愿来生再同结发；妾持尘执帚，勤荐枕席，侍奉终生。"

"河东君！"他深情地叫了一声。

柳如是含泪抬起头，用泪眼望着他。

"难道我们不可以今生继续相亲相爱吗？我可不愿舍弃我的知己。"

"我想相公一定已经想好了。性命事小，失节事大。相公饱读诗书，不容妾身多说，自然明了事理。以相公花甲之年，重身后名节，也算不屈。妾本是蒲柳之质，几死而后生，一生受人驱使，卑微如尘埃；蒙相公错爱，待如是嫡配，九十其仪，妾得到这一名分也足够了，死而无憾。所以妾身愿伴相公同赴黄泉，生死相从。"

说完，柳如是走出了闺房，来到了院中的水池边。

尚书府第的池塘有函闸与府外的"大湖"相通，可直抵秦淮。

柳如是的本意是：君殉国，我殉夫。

钱谦益急忙跟着她来到湖边，紧紧抱住她，流着泪说："感谢夫人生死相随，成全我大节；夫人深明大义，牧斋也未必不知名节。亡国之臣，戴罪之身，死不足惜。夫人风华绝代，以身相殉，我不忍心。夫人以身殉我，我以身殉谁？殉君，谁是君？在何处？牧斋风烛残年，伴夫人终生，报以涌泉。"

柳如是在他的怀中抽泣，但不说一句话。此情此景即使他不怕死，却也贪生起来。

"相公，若苟且求活，作为一代宗师，有何面目见江东父老？见东林名贤？见天下桃李？……"柳如是望着池边的"沁雪"说："我知道老爷畏水，你若心如磐石，天下事又何足畏？"

钱谦益的心在震颤。如果说他以前看重柳如是的是她的才名美艳，今天，却让他感到她是如此的伟大！一个青楼女子，如此的重节重义，是人世间少有的巾帼丈夫！自己应该是刀锯在前，鼎镬在后，又何足畏？五鼎三畜不足以图报！

正在钱谦益不知所措、犹豫不决之时，柳如是冷冷地望了一眼身边贪生怕死的人，脱兔一样挣脱了他的怀抱，毅然奋身投入池中……

七

当钱谦益急呼仆人把她从湖中救起，又扶上床榻时，前庭仆人来报，有数位朝中重臣正在客厅专侯相爷。

他来不及劝慰和陪伴，转回书房拿着礼单，便匆匆出了府门。

这是他想了一夜的结果。为了这个礼单，他花了半夜时间。金银他不多，也无法与皇亲国戚相比。书画、藏书，他难以割舍，再说多铎亲王也未必识货，不如送些实用的贡品，以显示自己儒臣清操本色。

天上下着小雨，石头城显得灰蒙蒙的。钱谦益和赵之龙、王铎等一些南明的降清大臣们，如丧家之犬，冒雨来到城外，在路边迎接多铎亲王的先头部队，并奉表迎降。

乙酉五月，惊魂未定的弘光帝被押送南京。他乘无幔小轿，首蒙包头，面掩折扇。太后和妃子骑驴随后，一路上饱受百姓的唾骂。

弘光帝是五月二十五日被押回南京的。九月，又被移押北平，次年，在北平被杀。这是后话。

而抗清复明的大戏却还在屡演不衰。

明朝遗臣又在绍兴拥立鲁王朱以海为"监国"。

这个鲁王，不但同弘光帝一样，是一个好看戏的主儿，而且又收留了弘光帝的宠臣马士英和阮大铖，这就为他的更小的小朝廷准备好了掘墓人。

当然，南明的其他一些小朝廷，如福州的隆武帝，广州的绍武帝，肇庆的永历帝，以及两湖等一带的定武帝，他们一个个粉墨登场，又一个个场散幕落！最多的维持了十八年，最少的只闹腾了四十天！

大明王朝，近三百年，难道是一部《明史》能评说得清楚？

第二十八章　宦海沉舟甘受辱，巾帼捐资誓复明

愁看属玉弄花矶，紫燕翩翩湿翠衣。

寂寞春风香不起，残红应化雨丝飞。

——《西湖八绝句》之八

一

历经兵燹的南京，是一个活生生的历史大舞台，总有一幕一幕的好戏上演，纷纷扰扰，你方唱罢我登台。

南明文武官员现在都在拼命巴结豫王和清将。有的呈送重礼，有的送去自己的梨园戏班，还有的甚至献出自己的姬妾。

南明的降臣们在等待召见时，满城百姓却被清兵逼着去剃头！有的人东躲西藏，有的出家为僧为道，有的甚至以死相拼。这不仅是一种生活习惯，还包含着一种民族情绪。而这批南明遗臣们却一个个自觉地剃了头！

这几天，钱谦益直叫头皮痒，柳如是也懒得去理会他。他叫了几天后，有一天，一个人出去了，回来时，头发变了一个样式；前脑门光光的，后脑勺拖着一条白花花的辫子！剃头的手艺不高，这发式又是新发。柳如是看着他那一头曾经让她仰慕的白发被糟蹋成这种样子！

心里极为难受，嘴里却未言语。

钱谦益剃完头回来，显得很高兴："夫人，我们马上要去北平了。"

原来，清帝来了诏书，让南明降臣去北平接受新朝任命。

柳如是说："近日不适，恐怕不能够适应舟车的劳累，你一个人去吧！"

钱谦益有些不悦地说："这次进京，别的大臣的眷属都去了；现在是新朝，到京后，牧斋也要为你请封诰的。"

"妾出身低微，不配封诰！"

钱谦益听了，便不再继续说下去。看她的神情，似有无限心事。

又住了几日，他只好将柳如是一人留在南京，又料理好家中诸事，便只身北上了。

二

就在钱谦益北上求荣的时候，江南各地掀起了如火如荼的抗清运动。

南京失陷后，清兵直下江南，所向无敌。明朝遗臣们有人寄希望于曾经欲立而未立的潞王，希望他出面领导抗清。可是这个孱弱的皇族却带头投降了清廷！

当清兵攻到江阴时，江阴十几万军民誓死不降，同心抗清！

六月初六，典史阎应元率领城中军民固守八十多天。清将贝勒和降将刘良佐多次在城下招降，受到城中军民的怒斥和攻打。后来，清兵调来两百多门大炮攻城，坚守了八十一天的江阴城终于被攻陷，贝勒像发了疯一样下令大屠杀！到贝勒下令封刀时，城内死了九万一千多人！城外死者达七万五千余众！出榜安民时，全城只残存五十三人！

七月，又传来了嘉定屠城消息。

七月初四，叛将李成栋下令屠城。一时间悬梁的、投井的、断肢血面，狼藉路旁！

三日后，自西关至葛隆镇，浮尸满河，不下数千人！行船几无下篙处。民女之中，凡有姿色者，都被当众奸淫！七月初六，李成栋还兵太仓时，抢的东西达三百船之多。小小的嘉定县城，城内外死者达两万之众！

听到这些消息，柳如是已是欲哭无泪了。嘉定，那座美丽的小城，处处名园如宝石点缀在凤冠上的江南园林之城，现在却成了掩埋尸骨的荒冢！她不敢再想下去了。

经过兵火的秦淮河，更是繁华尽散，风流顿失。旧院的姐妹们走的走，散的散；被奸的、被劫的，甚至有被卖的！卞赛嫁了七十几岁的三山保御夫，哪里有什么人间乐趣？最后，只好落发出家。接着，李香君跟着苏昆生师父，也避迹栖霞山了。

三

自从钱谦益离开南京之后，钱府已没有什么人来往了。没想到，正在柳如是思念故人之际，弟子顾云美来了。

柳如是高兴地说："兵荒马乱，得见故人，真叫人高兴。"

顾云美说："亡国之人，虽生犹死。苦不能如存我、子龙他们为国捐躯，为大明而战，死而无憾。"

"什么？"柳如是听到这个消息，如五雷轰顶。

等她稍缓过气来，连忙焦急地询问顾云美所知道的一切情况。

顾云美把自己一路上听到和见到的告诉了她：

南都陷落后，明大臣黄道周拥唐王朱聿键至福州即位，改号隆武元年。江南名士拥鲁王监国，继续抗清。

自江阴、嘉定失守后，陈子龙和几社名士在松江起兵，决定坚守长江。

吴淞总兵吴志葵的水师决定由海入江，增援驻扎在泖湖的陈子龙。镇南伯黄蛮也准备派兵由无锡来增援。没想到，吴志葵水师在泖湖被清兵截击，全军覆没！黄蛮同吴志葵一起被清军俘去。黄蛮一家老小十几口人投江而死！

松江被清兵四面围困，城中只有李存我带领的三百多名未经训练的义军。陈子龙和徐孚远、夏允彝决定前去增援。等陈子龙到达松江时，松江已被攻陷，李存我守在东门之上，眼见清兵快要进城，他宁死不屈，先行自缢，气尚未绝，又惨遭清兵杀戮！

所幸的是，听说陈子龙现在装成和尚，寄身庙中，伺机再起。又听说，陈子龙被隆武帝授兵部左侍郎左都御史；鲁监国授兵部尚书节制七省漕务。还有的说，他已战死沙场！

听完顾云美的介绍，一向感情丰富的柳如是却木木的。其实，她的心中早已如刀绞一般。

松江城生灵遭涂炭。那里可是她迈出人生第一步的地方啊！有许多日子和许多记忆似乎永远留在如同故乡一样的松江了。

松江城陷，让她感到如泰山崩溃一般。

　　她从箱底找出李存我送的那块玉篆，睹物思人，她的眼泪如注。忠厚善良，永远那么宽厚的李存我也永远地离她而去了！这位正在壮年，艺术正日臻成熟的大书法家，用生命和热血完成了他最后的人生作品。

　　他本来是可以更有作为的啊！

　　她把李存我的玉篆摆在案上，点上了三炷香，脸朝着北方，含着热泪，祭悼李存我，又为陈子龙默默祈祷，愿他此生平安。

四

　　顺治三年六月，钱谦益回到了南京。

　　作为降臣的钱谦益，在北平虽然没有得到重用，但新朝待他不算太薄，授官内秘书书院学士兼礼部侍郎，并授《明史》副总裁。以满足他的仕进之心和修史之志。但他在京城过得并不称心。他既不愿意与红得发紫的南明降臣为伍，又不愿与异族官员交往，加之柳如是又不在身边，觉得生活了无情趣。他冒着不与新政权合作的危险，在顺治三年的六月，告病回籍。

　　回到南京后，住了不到两个月，便携柳如是回常熟。

　　回到常熟以后，柳如是没有住半野堂，而是住进了红豆山庄的"绛云楼"。

　　院子里的那株百年红豆树，依然枝叶繁茂，但今年仍未着花。

　　柳如是坚持要住在这里，是因为这里处在水乡田园之中，几蓬茅屋，几簇翠竹，少有人来。

　　她深居简出，极少露面，成天把自己埋在各种古籍和史料之中。

偶尔有感，则伏案成篇，存放起来。她也很少与钱谦益说什么，更谈不上诗词唱和了。因为她觉得自己深深地陷入了羞耻与绝望之中。过去与自己交往的，都是有气节的党社人士，自己为人处世，也都有丈夫之风；但自己所敬重的老师、丈夫，却在非常之时不但不敢殉国以全节，而且率先去城外跪降！

她无论如何都难以接受这种事实。这种事实又像无形的毒蛇一样，缠绕着她，折磨着她，让她感到生不如死。

有一天，柳如是提出要去欣赏六弦河的夜景，钱谦益自然很高兴。当他上船之后，发现船舱中已备有酒菜，且酒好菜佳。瓷茶几上还摆着一盘盘的新鲜瓜果。

开船之后，六弦河两岸的夜景便迎面而来。远处的村落，灯烛星星点点；当年自己就是自六弦河乘船来常熟的，身着男服，立于船头，初访半野堂是何等的潇洒！而今，两岸景色如旧，却有不胜今昔之感。

今夜喝的酒是一罐陈年"女儿红"。待喝了一杯之后，柳如是又斟了满满的两杯，站起来，一杯自己端在手中，一杯送给钱谦益，深情地望着他，说道："相公，人说'国破山河在'，为何世人都尊重、敬仰屈大夫？就是因为他为楚殉节才永垂不朽的。相公，妾再敬你一杯……"说着说着，她说不下去了。烛光映着她的脸庞，她神情自若，双目有光。钱谦益知道，她在是劝说自己效法屈原。

此际，他已站不起来了。他抬头仰视着柳如是如仰视一座高山。他真正被妻子的气概所折服，但他终究还是不想死。他望了望船外河水，河水清且涟漪，似深不可测。他低声央求说："我生性怕水……"

"我已为君备下了绳索和刀具。夜已深沉，让我先去吧！然后与君共赴黄泉之路。"

说完，将杯中之酒一口饮尽，然后，急步朝船头奔去。

钱谦益见状大惊，他紧紧抱住她，大声呼救！船工连忙丢下双桨前来营救。他们将已经晕过去了的柳如是抬到舱中，便掉转船头，急急地朝红豆山庄驶去。

五

到了冬天，红豆山庄似乎格外寒冷。

这天晚上，北风扑打窗帘，柳如是刚想入睡，忽然听到叩门声。她披衣开门，见钱谦益一头白发，一身白雪，带着一位来客站在门外。

钱谦益刚要介绍，柳如是却先喊了起来："介人，怎么是你？快进来。"来人是钱谦益的朋友黄毓祺。与柳如是虽然不算至交，她还是一眼认出他来了。半夜造访，肯定有急事。柳如是把他们让进房里，端来自己酿造的百花酒，再把火炉扇旺。

住在红豆山庄，很久不知道朋友们的情况了，柳如是和钱谦益两人都急不可待地问起故人。

抗清复明的火焰并没有因一次一次的屠城而被扑灭。现在，这股烈火已燃至江西、福建和两广一带。刘宗周、黄道周、朱大典等一些明朝大臣，已先后壮烈殉国。

之所以现出这样的局面，说到底还是群龙无首，各自为战所造成。现在，身肩重任的陈子龙出马了，他正在积极筹划一次新的起义。

听到陈子龙有了消息，柳如是睁大了双眼。

松江失守以后，陈子龙携家逃难。一年之间，隐姓埋名。辗转于昆山、武塘、嘉定之间，自从陈子龙的祖母，九十高龄的高安人去世后，陈子龙已尽了孝道，他已全身心地投入反清复明的斗争之中了。

眼见各地的起义一次一次被镇压下去，陈子龙甚为悲叹："江左英雄安在哉！彭城南郡生蒿莱！唐有郭子仪，宋有岳飞、文天祥，大明养士三百年，未必没有奇节之士？"

现在陈子龙和黄毓祺准备再次联合舟山水师，发动更大的起义，与陈子龙呼应，在常州与松江同时起兵。

黄毓祺最后说出了此行的目的：

他这次来虞山，是希望得到钱谦益和柳如是的支持。

起义在即，眼前最为困难的是军饷。

钱谦益诚恳地说："牧斋艰难苟活，愧见世人，然而心中犹如李陵降北，心存图报汉恩之意。只是这几年颠沛流离，所剩无多。"他说的也是实话，田租收不上，家底因几次变故折腾得已差不多了。虽然收藏了一些旧玩字画、宋版藏书，这年头也无法变卖。"你和子龙放心好了，我愿意破家资助。"

回到虞山之后，钱谦益对人事，恍如隔世，身外之物，他现在看得轻贱多了。

柳如是取出不少首饰，要黄毓祺带走。"这些首饰，虽价值不多，或许可以救一时燃眉之急。"

黄毓祺拒绝了。虽然这些首饰价值不菲，更难得的是她有三户亡秦之志。

他推说自己典当变卖不便，等到最关键时刻再让人来取。

柳如是说："等你平安归来。"

当天夜里，黄毓祺就走了。这位江阴贡生，现在正是清廷通缉的要犯，他怕连累别人。

黄毓祺消失在风雪之中。柳如是看着他的背影，心中又挂念起陈子龙来。她在心中默默地念叨着：但愿他们马到成功，马到成功。

第二十九章　陈子龙为国捐躯，柳如是从夫赴难

不见长条见短枝，止缘幽恨减芳时。

年来几度丝千尺，引得丝长易别离。

——《杨柳》二首之一

一

正在柳如是和钱谦益焦急地等待黄毓祺的消息时，钱府突然又面临一场灭顶之灾。

顺治四年三月，柳如是正在病中。有一天清晨，钱谦益在佛堂诵经，突然外边闯进来二十多名校尉兵卒，来的人不是当地的衙役捕快，而是江苏、河南、江西总督马国柱的兵马。

钱谦益被戴上了枷锁。

钱谦益声嘶力竭地怒叫："我乃本朝命官，礼部侍郎，并未犯法，为何捕我？"

年龄稍长的一名军官说："我等是奉命行事，望大人勿躁。正因为念你是朝廷命官，所以才押送你去江宁。"

柳如是一时也不知道发生了什么事，连忙从病榻上翻身而起。她一边穿衣衫，朝前厅奔去，一边派人去通知钱府的几位妻妾和钱谦益的儿子钱孙爱。到了前厅，她含笑上前，让仆人端来茶水，请校尉喝茶，并张罗着备酒，以拖延时间。

钱府已乱作一团，内眷仆役和钱孙爱面对刀丛剑芒，一个个都吓得失魂落魄，不知所措。

柳如是走到那位军官面前，递上一些银子，问道："我家老爷自告病回家之后，足不出户，不知犯有何罪，惊动官府？"

那军官见她容貌姣好，又和颜悦色，收下银子之后，锋芒减了三分，递上缉捕令说："大人从逆谋反，命捕至南京候审。"

二

原来，黄毓祺去舟山联络黄斌卿水师来常州协同起义一事，因黄斌卿中途变化，常州义军按时起义。这些义军没有经过严格训练，清军骑兵一来，义军初战即散。当黄毓祺向常州进发时，他率领的数十艘战船在海上遇上飓风，几乎全部罹难。

黄毓祺从江阴化装潜往江北通州，不久，即被人密报告发，他在法宝寺被捕。清军从他身上搜出了总督大印和反清的诗草。

黄毓祺一案，株连甚广。因此案的罪名乃为"谋反"，其性质极为严重，后果也不堪设想。朝廷发下布：凡与黄案有牵连的人，举报者皆有赏！

钱谦益案子的发生，与他的大意有关。

黄毓祺来访时虽已夜深，但却被钱谦益的得意门生钱曾发现了。那一天，钱曾的父亲病重，但他却不肯在家中照料，而是去了钱谦益的书房；一方面想将自己的诗作请座师评点一下，另一方面，也想伺候座师夜读，为他擎烛铺纸，为他热水泡脚。因为他听说师母柳如是病了。再说，他对自己的老师比对自己的父亲还孝顺，因而，钱谦益也就特别器重他。

当他轻步走近客厅时，听见了里边的谈话，他吓了一大跳。于是，他又悄悄退回去，连夜写了一封告发钱谦益暗通黄毓祺，并资助巨金的密信。又以百两白银为许诺，收买了他的拜把哥哥盛名儒，将密信连夜送到了南京。

柳如是知道事情的大致经过之后，连忙同陈夫人和钱孙爱商量。陈夫人只是流泪叹气，钱孙爱吓得直打哆嗦，一句话也说不出来。因为此案非同小可，会导致全家抄斩！柳如是便不再说话。她回到前厅，坦荡地对校尉们说："我家老爷年迈体弱，一路上多有不便，妾愿随行前往，万难不辞。"

柳如是知道，钱谦益此去南京，凶多吉少。他既是明朝降臣，又借故辞去新朝的官职，再加上背着谋反的罪名，一般官员难以为之解脱；只有自己亲自去南京，也许才能周旋营救，否则，真不知道会有什么样的结果！

再说，若钱谦益有什么不测，联络各方志士，尤其是联络郑成功父子进行抗清复明的计划，将无法实现。所以她才决定冒死随夫赴难。

安排好了家中的事务，柳如是便背上行李，随着他们出发了。

从常熟到南京，乘船换车，顶风冒雨，有时又徒步前行，其艰难之状难以诉说。但柳如是竟然能自始至终地守在钱谦益身边，真不知道她哪里来的那么大的勇气和毅力！

有柳如是随同前往，钱谦益既感激，也更心愧了。

三

到达南京之后，柳如是已如瘫了一样，加上自己又在病中，一路上又饱受清兵的呵斥，衣冠不整，身边亦无女仆，所以完全是一个逃难民妇的模样了。

钱谦益被送进了监狱，听候审讯。柳如是来不及休息片刻，就四处为他奔走活动。

改朝后的南京，到处是新官贵僚，至于钱谦益的门生和朋友，有的人微言轻，有的不愿出头露面。

柳如是只好亲自出面了。

她已打探清楚，现在的南京，一手遮天的权势人物是明朝叛臣督师洪承畴和三省总督马国柱。柳如是与他们素不相识，不知如何接近他们。

正在柳如是求告无门时，忻城伯赵之龙给她指了一条路，让她去走一下兵备使梁慎可的门路。梁慎可是当今的一门显贵，公子是少宰，侄子是司马，他本人是洪师幕府，与马国柱也有交情。不过，要去梁府，先得拜见梁慎可的母亲——吴老夫人。老夫人已八十多岁了，还如镇国夫人一般掌着梁府的家务，而梁慎可又是有口皆碑的一位孝子。

关于梁慎可，柳如是也有些耳闻，钱谦益也曾多次说起过此人，并与他父亲、祖父都有些交往，可称世交。

没有别的办法，柳如是只好铤而走险，投书求见吴老夫人。

吴老夫人当天未接见柳如是。

柳如是从梁府投书回来时，她住的旅店中有一位客人在等她。柳如是不知道又有什么事情将要发生，心中有些忐忑不安，不知道这位陌生客人要见她的原因。

来人见柳如是有些惊慌，忙悄声自我介绍说，自己是黄毓祺的门生，名叫邓起西，曾参加过江阴起义。这次来找她，是有要事相告。

柳如是忙起身让座。

邓起西告诉她，他已经买通了狱卒，去看望过黄毓祺大人。大人宁死不屈，死活不承认他认识钱谦益，更无任何往来。他还口口声声辱骂钱谦益："牧斋变节迎敌，卖身求荣，我乃旧国孤臣，复明义士，与他势同水火，岂可与他为伍！"黄大人的气节，感动了押送他的清兵，一路上暗中送吃送喝。到京都后，他绝食三日，也是狱卒暗中送饮食的。清朝官员都有些惧他了，以为他有神助。黄大人被拷问得皮开肉绽，还神态自若，一点不显痛楚之色。在狱中，他豪放自如，题写绝命诗于壁上。邓起西悲怆地诵道：

> 人闻忠孝颇平常，墙壁为心铁石肠。
> 拟向虚空擎日月，曾于梦幻历冰霜。
> 岩头百尺青音吼，师子千寻白乳长。
> 示现不妨为厉鬼，云旗如马昼飞扬。

邓起西含泪告诉柳如是，盛名儒是个无耻的伪君子，密告钱谦益之后，清廷因未结案而未偿他。最近，他也到了南京，准备对簿公堂，但他又心虚，更不敢供出是谁交密信给他的，成天坐在茶馆里打探消息。为了恩师和钱谦益，他特地赶到南京来，已在下关的江边将盛名儒除掉了。并在城里放出消息：盛名儒害怕对质，已远走高飞了！

谋反案已无首告，更无证据。因此，希望柳如是转告钱谦益，千万咬紧牙，不要说出与黄公有牵连。只要他否认，这件案子便没办法审下去了。

窗外传来了一更鼓响。一年来，南京城中宵禁很严。邓起西没有告别的意思。沉默了一会儿之后，他又低声说："夫人，子龙师伯也以身殉国了。"

这消息对柳如是来说，真是晴天霹雳！

她在眩晕之中听完了邓起西的叙述……

不久前，吴胜兆准备响应陈子龙的号召在松江发动兵变。约定的时间到了，黄斌卿的水师却没有赶到，吴胜兆部将詹天祥、高永义见情况有变，缚了吴胜兆，尽杀其亲信，尔后投降了清廷。清廷知道之后，到处搜捕陈子龙！

陈子龙的朋友、门生俱受株连。夏允彝之兄夏之旭也身效屈子，投江殉国。

陈子龙逃到朋友侯曾岐的住处之后，因嘉定城禁太严，他的仆人将他藏在一条往苏州为清兵运粮的船中，逃出了嘉定，投奔昆山的姻亲顾天达、顾天遴兄弟处。

陈子龙离开嘉定之后，侯整岐和他的仆人被清兵捕获，面对酷刑，主仆争死，侯曾歧朗声高叫："卧子与我乃刎头之交，生死朋友。"

仆人说："一人做事一人当，陈大人是我掩藏放走的。"

最后，侯氏满门抄斩，仆人一家蒙难！

顾氏兄弟将陈子龙藏在吴县潭山祖墓的祠堂里，终于未能躲过清兵的搜捕！

在松江，操洒都御史陈锦和江南巡抚土国宝亲自审讯了陈子龙，陈子龙大义凛然。

审讯毫无结果，他们只得将陈子龙押上船，准备押往南京。

船出松江，被缚的陈子龙趁着守兵不备，翻出了船舱，准备投江而死，魂归故土。等士兵听到水声，发现他已跳江。于是船上乱篙齐下。陈子龙活活地被捅死于乱篙之下！

陈子龙死后，尸首被捞起后斩首示众！人头悬在松江的西门城楼。城中百姓每到晚上都在为他焚香叩拜。有人将他人首级换下了陈子龙首级，用白布包裹好，并在乱尸中找到了陈子龙胸前有毳毛的尸身，得以完尸入殓。

棺木藏在洞泾西凌墓地，待日后归葬祖茔。

陈子龙的学生夏元淳跟随他起兵太湖，因受伤而为清兵所俘。被押至南京后，坚贞不屈，死不降清，最后就义。死时只有十七岁！死前，写了《细林夜哭》以哀悼陈子龙，还写了一首《别云间》：

> 三年羁旅客，今日又南冠。
>
> 无限河山泪，谁言天地宽。
>
> 已知泉路近，欲别故乡难。
>
> 毅魄归来日，灵旗空际看。

陈子龙的家产田地充官，罪及满门抄斩。他的夫人为了保下陈子龙的血脉，用香火刺面，装成一脸麻子，带着儿子陈嶷出逃，隐身在芦荡山林之中，至今生死不明……

四

听完邓起西的叙述，柳如是早已泣不成声了。

邓起西走后，柳如是换上缟素之服，先是焚香祭酒，然后拿出她一直带在身边，不知翻阅了多少遍的诗文集《戊寅草》；又就着烛光一页一页地翻着，看完一页，撕下一页，慢慢地借着烛光焚化。

火光之中，一幕一幕往日的情景，浮现在她眼前。一点一滴的深情涌在心中。

《戊寅草》是他们爱情的结晶，是一部惊天动地、泣鬼神的呕心沥血之作。

"卧子，你带走吧！"

风雨春闺，南楼的恩爱，白龙潭的惊呼，横塘古渡的远影，夜读的温馨……

"卧子，这是你说的'两心不移'，这是我说的'白首同归'？"

"卧子，为什么我们生不能相守，死不可同穴，今生就这么完了？"

"卧子，奈何桥上等我吧！"

……

这一夜，柳如是痛哭了一夜，祭悼了一夜。

五

清早，店中就有人来报，说梁府仆人让柳如是搬到梁府去住。

柳如是换下穿了一夜的缟素，又强打精神，去搏击石头城的腥风淫雨了。

梁慎可的母亲吴老夫人是一个慈眉善目的老太太，一个崇尚礼教的老妇人。

她一见到形容憔悴、小鸟依人一样无助的柳如是，就打心眼里喜欢上了她。

柳如是一见到老妇人便要跪拜，老夫人手脚麻利地走过来。一把扶起，她说道："快起来，牧翁与先夫有故交，算起来，我们还应称姐妹呢！看了夫人的信，老身也为之动容，牧翁真是艳福洪福，讨了这么一个贤淑知礼的夫人，才貌惊人不说，还如此深明大义，兵荒马乱，冒死相从，死也无憾，真乃古今少有的奇女子。"

看得出来，老夫人是怜爱柳如是的。

或许是从小没有父母的原因，柳如是与老夫人之间，有一种莫名的亲和力。这一半靠她长相小巧，一副逗人爱的娃娃模样；一半是她对老人的尊敬。当年在周相府，她就颇讨老夫人的喜欢，因此而免遭一死。后来的程孟阳老人，有长者风范的汪然明，包括钱谦益，大概一开始就都喜爱她这种看似依人学语的孩子气。

深居简出的老夫人，不多一会儿就把她当作自己的孩子一样看待了。她甚至支走丫鬟仆役，让她陪伴自己说话。梁府是钟鸣鼎食之家，柳如是带了一些礼物来。她知道，金银财帛，在梁府来说，算不得什么，因此就送了些自己画的画，手抄本《金刚经》什么的。有时候，也陪老夫人念念经，诉诉自己的苦难经历，总是把老夫人说得泪水涟涟，疼爱有加。

柳如是的名声，梁慎可也知道一些。现在，这位誉满江南的名媛有求于己，而且母亲又将她视为一家人。所以，就甘心情愿地积极为她奔走了。

六

几天后，黄毓祺在狱中绝食而死。

来南京的首告盛名儒，已神秘地消失了。有人说，盛名儒自知理亏，早已逃之夭夭了。

钱谦益一口咬定与黄毓祺无任何来往，且与他素不相识，并上书说："邀沐恩荣，图报不遑，况年已七十，奄奄余息，动履皆人扶掖，岂有它念。"

经过梁慎可的游说，洪承畴和马国柱认为，钱谦益刚从清廷辞官归去，尚怀皇恩，不会在垂暮之年造次资敌。他家道中落，并无多少银两可以资敌谋反。

再说，黄毓祺已死于狱中，此案又无首告，因此上书朝廷，无罪开释！

钱谦益在狱中关了四十天之后，终于重见天日了。

在朝廷没有准确答复之前，钱谦益只能算是保释。此案未了之前，将他移至苏州巡抚，暂时圈禁。在那里，虽有看管，但已稍有自由。

柳如是很希望在南京休整一下，因为她的身体已经很虚弱了。但为了与钱谦益同行，她只好辞别梁府。梁老夫人很是舍不得她，千叮万嘱，让她常来常往，如回自己家中一般。

柳如是含泪离开梁府之后，便随着钱谦益，朝姑苏城而去。

第三十章 劫后又见《两汉书》,焚前再读《湖上草》

野桥丹阁总通烟,春气虚无花影前。

北浦问谁芳草后,西泠应有恨情边。

看桃子夜论鹦鹉,折柳孤亭忆杜鹃。

神女生涯倘是梦,何妨风雨照婵娟。

——《雨中游断桥》

一

钱谦益和柳如是到了苏州之后,寄寓在拙政园中。

在苏州,钱谦益行动就方便多了。一方面,他与土国宝旧谊较笃;另一方面,钱谦益的朋友吴梅村在土国宝幕府之中,所以能得到比较好的关照。

拙政园是江南名园之一,这里环境幽静,曲栏环水。钱谦益和柳如是避居在园中,拒绝一切附弄风雅之辈前来求字求画的应酬,二人专心整理《明史》的案头文字。

钱谦益出狱时,恰值柳如是三十岁诞辰,因在南京和来姑苏途中无法安排，钱谦益便决定在拙政园为她贺寿。

这一天，他们未请任何客人，也未操办什么盛宴，只是由钱谦益朗诵了总题为《和东坡西台诗韵六首》的六首新作，系统地表达了他对柳如是的文才和人品的钦佩，以及她为解救自己所做的种种牺牲。

是的，当年，她为了自己的名节而两度劝自己为国殉节，而今，当杀身之祸降临自己头上之时，她又千里迢迢地拼命相救！自己怎样才能不辜负她的一片忠心和痴情呢？

现在唯一能做的，就是同心协力编修《明史》，以表明自己不忘大明之恩。

有一天，柳如是手持一卷被世人称道为三大儒人之一的黄宗羲的手抄文稿，问钱谦益："这位黄宗羲为何敢在对簿公堂的时候，以铁锥当场击死、击伤阉党的几个鹰犬呢？主审官员又为何不治罪于他呢？听说他现在是著名的反清复明的领袖人物，而且打算撰写一部《明夷待访录》。此君真乃文武之才！"她很想多知道一些有关他的史料。

钱谦益听了，微微点了点头。笑着说道："这事由我来办吧！我不但要把他的资料尽快整理出来，还要请黄宗羲亲自向河东君述说当年的情景。要知道，他的父亲，就是著名的反对阉党专权的山东道御史黄尊素！以我之见，明朝之亡，不止在甲申之变，早在像黄尊素这样的忠良之臣先后被阉党斩杀、迫害时，明朝就开始衰亡了。"

柳如是极为认真地听着。

钱谦益又说："与黄氏父子相比，我无地自容。河东君，你放心好了，我将以我有生之年，来将功折罪。"

二

此时，来了一位清兵军官，他们既没有办法回绝，也不愿回绝。

这个人是土国宝的部下，张坦公。

他来拙政园，是求钱谦益鉴定《两汉书》的真伪。

张坦公带来的这套汉书，正是钱谦益当年视为珍中之珍的那套藏书。国改两朝，书易数家，钱谦益如同抚摸失散的亲人一样，饱含老泪，抚摸着这套汉书。

满满十筐汉书，用钱谦益的话来说，可以称得上是当今书库中的"宝玉大弓，今吴儿见之，当头晕目眩，舌吐而不能收"。他能在有生之年再看上一回，真有万般慨叹。

让钱谦益感到欣慰的是。当初他得柳如是而失此书，有所得亦有所失。现在，谢象三是书人俱失。柳如是不仅成了他一生的知己，还能从容共赴家难，是真正的患难之交。

钱谦益答应看一下，再为张坦公写序，以证真鹰。

张坦公自幼喜读史书，因未中秀才而投军，崇祯十六年降清。钱谦益主动为这位名不见经传的降将作序，既有失身份，还有讨好之嫌。他完全是出于对这套汉书的爱恋。

见了这套宋版《两汉书》，柳如是忙问张坦公如何得到的？当年不是卖给了谢象三了吗？

张坦公坐了下来，详细地说到谢象三两次降清，丢人失书，作恶报应的事实。

乙酉六月，清兵进入谢象三的老家浙东。鄞县义士董志宁等六人被称"六狂生"的义士准备起事，并告诉了谢象三，当时谢象三刚从杭州迎降回乡。他一边假意赞同，一边密告定海总兵王之仁，并托人带去千金，让王之仁带兵前来镇压。

起义前一天，王之仁果然带兵前来，他召集鄞县乡绅民众，当众宣读了谢象三的告密信。王之仁说："诸公起事，不如杀了这个奸人祭天纛可否？"

面对突如其来的变化，谢象三面如死灰，百般求饶，千般叩首，一再声称自己愿意戴罪立功，并答应资助军饷多少多少。

鄞县父老乡亲感情朴素，念乡土之情，加上军饷困难，饶了他一回。

谢象三如丧家之犬，投奔了鲁王，以万金贿鲁王宠妃之父张国俊，混了一个礼部尚书兼东阁大学士。这么小小的朝廷，谢象三可以称得上沐猴而冠了。

鲁王兵败之后，他与阮大铖结成一丘之貉，携手迎降并感恩戴德，声称"今幸得反正，重见天日"。从此，他更加丧心病狂镇压反清义士。不久，又一次向清廷告密，使鄞县的五君子在"翻城之役"中壮烈牺牲！

这位告密者最终的下场也很戏剧性。他自己被人告发了——巡海道孙秀枝指使他人告发他暗通舟山水师，因此而下了大狱，财富被勒索一空，家产变卖殆尽，西湖边上藏污纳垢的燕子庄也落入孙秀枝手中。妻妾美女成了王谢堂前燕，飞入了百姓家！

张坦公说："这套《两汉书》是在谢象三多次变卖财产时，我以五百两银子买到了手！"

钱谦益认真地写下这部书的经历："赵吴兴家藏宋版两汉书，王氏鬻一庄得之陆水村太宰家。后归于新安富人。余以千二百金从黄尚宝购之。崇祯癸未损二百金售之于四明谢氏……"

钱谦益写完之后，感叹道："不知此书之前、之后将历多少劫难？流落多少人家？它本身的故事就是一部史诗。真是多少风流事，一部《两汉书》啊！"

面对这部《两汉书》，柳如是也感触很多。国事兴亡，人事代谢，似乎是天数，但隐藏其中的也不乏机理。

她这一生，爱过几个男人，也被不少男人爱过；陈子龙热血写青史，是一位她轰轰烈烈爱过的男人，让她爱得刻骨铭心。钱谦益现在老了，经历了多少次变故，已没有当初那种追求反叛的锐气，但是一个好心的伴侣。而谢象三，害人害己，弄得自己家道败落。人品的高下卑劣，在国家动荡之际。泾渭分明，清浊易判。

柳如是庆幸自己果断地离开了谢象三。此事，应当感激具有侠骨的儒商汪然明。

三

钱谦益身体恢复和心情开朗一些之后，柳如是决定去杭州，看望一下故友汪然明。

汪然明此刻在西湖养病。只要一想起汪然明，柳如是的心中便有无限温暖。

兵荒马乱后的西湖，已失去了往日的淡淡妆天然样，像一个蓬首垢面的女人。虽然已经春暖花开了，但湖岸却是一片凋零迹象，翠堤花坞成了清兵养马放牧之地。湖上，也少有游人，别墅名园成了兵营！

八年不见，汪然明苍老多了，虽然在家养病，却依然不减当年黄衫豪客的那一股豪情，汪然明乍一见到柳如是，便要起床待客，被柳如是按住了。

作为一个儒商，汪然明似乎生活得还不错。朝代的改换，对他自己和家庭影响不大。他的次子继昌已经通显。门楣上挂着洪承畴手书的"风雅典型"巨幅匾额。清兵南下，也使他损失了不少资财。楼船被征用；为救济难民，他变卖了不少田产；为帮助一些艺伎逃离兵火，他曾命人将一些衣物、银两分成若干包袱。随时可派上用场。

汪然明躺在卧榻上，让仆人取来一件函匣，递给柳如是。

柳如是揭开一看，原是一本印制、装订精美的线装《湖上草》和《尽牍》！

柳如是早就听说，汪然明将她在西湖所作的诗文和与他的往来信件结集镌刻，江湖中到处都在流传，而她本人直到今天才看到这两本书。

柳如是欣喜地翻开书扉，书扉上是林天素的小引：

余昔寄迹西湖，每见然明拾翠芳堤，偎红画舫，徜徉山水间，俨黄衫豪客，时唱和友女史织郎，人多艳之。再十年，余归三山，然明寄视画卷，知西泠结伴，有画中人杨云友，人多妒之。今复出怀中怀中一瓣香，以柳如是尺牍寄余索叙。琅琅数千言，艳过六朝，情深班蔡，人多奇之。然明神情不倦，处禅室以至散花，行江皋而逢解佩。再十年，继三诗画史出者，又不知为何人？总添入西湖一段佳话。余且幸附名千载云。

读完小引，柳如是虽然觉得林天素在赞誉自己，但"再十年，继三诗画史出者，又不知为何人？"这句话，却让她有隔世之感。

她问汪然明："为什么不早日给我几本样书？"

汪然明苦笑说："你与牧斋结缡之后，怕招致他议，便与牧翁商量过，他来信让我焚书毁版。"

柳如是听了这话，不再言语。

四

汪然明关切地问到钱谦益近况。柳如是把钱谦益的遭遇诉说了一遍。

汪然明劝慰她说："牧斋几经牢狱之灾，现在年近古稀，为人也不必苛求；如果你再不理解和帮助他，他的晚景也就十分凄凉了。千秋功罪，自有后人评说。且待盖棺定论。"

说着说着，话题说到马士英和阮大铖身上。"马士英做了一辈子错事，死前倒还有一点气节。浙东兵败，他逃至台州一座寺院，被清兵查获，因拒不降清而遭杀害，也算洗刷了一些污名。"

"不知阮大铖结局如何？"

阮大铖早已在暗中勾结清军，钱塘江之战，就是因阮大铖密报而惨败的。在绍兴，他与方安国率兵迎降，甘心为虎作伥，随清兵攻打福建，一路上丑态百出；在帐中宴饮清将，还粉墨登场，手执檀板，唱曲佐酒。见北方军士不懂南曲，又改唱弋阳腔。

"到达衢州之后，阮大铖在攻打仙霞岭时，身效马前，清师见他突然面肿，劝他休息。阮大铖贪功心切，信誓旦旦：'我年虽六十，能骑生马，挽强弓，精力百倍于后生。'攻到岭上，等人们找到阮大铖时，发现他坐在一块大石头上，已经硬如石，早已气绝。"

柳如是只与阮大铖交往数次，但已察觉他属不可交往的伪君子，是不可信任的赌徒。有才干而无德行，是过河拆桥的无赖，是势利小人！阮大铖的下场，让她体悟到了"恶有恶报"的道理。

五

由于梁慎可的疏通，朝廷很快取消了对钱谦益的圈禁。

取消圈禁之后，柳如是便陪伴他回到了虞山。

刚到虞山，还未喘过气来，顾云美便带着一位远道而来的客人求见他们。

来客送来一札诗稿，钱谦益以为又是哪位学子来求教或求序的，不经意翻开了诗稿，却发现是瞿式耜的《浩气吟》和张同敞的《绝命诗》。

钱谦益忙问："这是——"

来客沉痛地说："瞿大人已殉国了。"

原来，清兵攻陷桂林时，瞿式耜端坐署中不肯走，张同敞特地从江东赶去，要求与瞿大人一起殉国，还痛斥前来劝降的清将。清将恼羞成怒，当即砍去了张同敞的手臂。在狱中，瞿、张二人临死不惧，还诗词唱和，瞿式耜还写下了三十八首《浩气吟》，其中一首是：

> 从容待死与城亡，千古忠臣自主张。
>
> 三百年来恩泽久，白丝犹带满天香。

忠厚的顾云美对柳如是说："壮士从广西带回了师兄的遗孤，无人抚养，我想将小女许配给师兄的儿子，让他入赘，想请师母做媒。"

柳如是欣然同意，并代钱谦益去顾家看望瞿式耜的儿子。

　　走在路上，沉默了很久的顾云美又对柳如是说："云间诸士中又仙逝了一位。"

　　柳如是以为顾云美说的是瞿式耜，一路上，她沉浸在对瞿式耜的追忆之中。

　　"孙克咸和葛嫩，在福建因抗节而死了！"

　　很久没有听到葛嫩的消息了。这个不幸的消息使她本来体弱多病的身体几乎虚脱。顾云美忙扶住师母，从容地讲起孙克咸和葛嫩的受难经过：

　　松江城陷之后，孙克咸带着葛嫩逃出松江，潜行至抗清根据地福建，投身至杨文聪麾下，继续抗清，因兵败而被缚。事前，孙克咸让葛嫩逃走，葛嫩不从，说死活要同孙克咸在一起，因此与孙克咸一同被捕。

　　清兵的将领见葛嫩长发委地，颇有姿色，顿起邪念，并轻薄葛嫩，言称如若肯从，可饶她不死！

　　葛嫩破口大骂，最后咬断了自己舌头，将带血的舌头吐在清将的脸上！清将见她如此刚烈，恼羞成怒，便杀了被缚的葛嫩。孙克咸见葛嫩抗节而死，不但不悲，反而大笑："孙三今日就要登仙了！"

　　这一对金童玉女一样的人如此的刚烈，让清军闻声丧胆，只好慌忙杀了孙克咸，并殓尸入土……

　　看过瞿式耜的孩子回来之后，钱谦益因疲劳而早睡了，桌子上还有他为瞿式耜《浩气吟》写的序。柳如是借着烛光读起来，读着、读着，她从字里行间感到了他的心迹。

　　……其人为宇宙之真元气，其诗则古今之大文章，吐词而神鬼胥惊，摇笔而星河如覆，况写流连警跸，沉痛封提，死不忘君，没有犹视，人言天荒地老，斯恨何穷！……庸表汗青，长留碧血，呜呼！八百三十纪之算，鸿朗庄严；一千一百字之章，钟鼎铭勒！……

第三十一章　才子生前得红豆，名姝噩耗惊江南

色也凄凉影也孤，墨痕浅晕一枝枯。
千秋知己何人在，还赚师雄入梦无？

——《咏梅》

一

被人称为"诗佛"的王维，曾写过一首五言绝句《红豆》：

红豆生南国，春来发几枝。
劝君多采撷，此物最相思。

这首诗不知被多少人吟诵过，也不知感动过多少人了！因为它扣动了人们的心灵之弦，尤其"此物最相思"五字，道出了人世间的真谛。

其实，这首《红豆》的背景，是一个令人不忍追溯的故事。

梁朝的萧统在无锡顾山整理《昭明文选》时，认识了一位叫"慧娘"的女子。他秉灯撰写，她在一旁红袖添香，二人情投意合，以身相许。

当萧统离开顾山返回皇宫时，慧娘将两粒红豆放在他的手心里，嘱咐他说：见红豆如见人。

萧统会意，二人依依相别。谁知分别后，萧统的归期一再延迟，慧娘日夜思念，竟郁郁成疾离世！当萧统再回顾山时，等待他的是山坡上的一坯黄土！他含着眼泪，在坟前埋下了慧娘送给他的两粒红豆，还写了一首《长相思》：

> 相思无终极，长夜起叹息。
>
> 徒见貌婵娟，宁知心有忆。
>
> 寸心无以因，愿附归飞翼。

他祭过慧娘后，由于过度思念和悲哀而病逝，死时仅有三十一岁。

当后世的诗人王维路过江阴时，他看到慧娘坟前的两株红豆树并体而生，也就是常说的连理枝。红豆树上结出的红豆，颗粒虽小，却成了爱情的象征，人们或珍藏于匣，或馈赠知己。

这就是王维写《红豆》的灵感。

二

黄毓祺一案结后的第二年，柳如是为钱谦益生了一个女儿，这对柳如是和钱谦益来说，是一件非常值得高兴的事。柳如是中年得女，初为人母，内心充满了慈爱和欢乐。钱谦益已年过古稀，老枝新发，在辞官归里之后，得以承欢膝下，共享天伦，他为此而感到无比的安慰。

自从柳如是生了女儿之后，钱谦益才真正地在红豆山庄过了几年田园生活。

人间重晚情。几年的日子，钱谦益和柳如是在风景如画的山庄里度过。红豆山庄有钱谦益自题的新阡八景：石城开幛、春流观瀑、月堤柳烟、酒楼花信……这里是颐养天年再好不过的地方了。

但是，他们的家境却越来越差了，由于钱谦益一生仕途奔波，千金耗尽，家道中落，只有靠他卖文维持生计了。好在他名望颇大，来求文的人不少，也可以勉强维持。闲来无事，也以校刊古书为娱。柳如是放弃了赋诗作画的兴趣，一部《闺秀集》断断续续地编了好多年。

其间，钱府发生了一件震动江南的大事：

遐迩闻名的绛云楼，在一夜之间付之一炬！

这场大火烧得莫名其妙，因为是半夜起火，四邻惊醒扑救时，绛云楼早已烈焰冲天，成了常熟城中的一片绛云。钱谦益毕生收藏的万卷图书，名画古玩，都在顷刻之间全部烧光！

是失火，还是有人放火？

钱谦益和柳如是都悲恸欲绝。仅《明史》稿的手抄原稿，就存二十余箱，现在，片纸文字都没有留下！为了表达他们不忘故国故君之愿，又通力合作，编纂了一集《列朝诗集》。

但更为可惜的是，柳如是亲手整理、抄写的关于黄宗羲的手稿，在这场大火之中也未能幸免！

失去了绛云楼之后，钱谦益也一改往日的有官万事足的人生观，除了柳如是，他所有的心爱之物均已丧失，所以也就没有什么可牵挂的了。到了晚年，钱谦益为抗清复明奔走得更加勤快了。

红豆山庄，仿佛又恢复了往日的生机，这里已成了复明人士联络的驿站。

三

到了晚年的钱谦益，更容易兴奋激动。当他的两位朋友姚志卓和朱全古带来延平王郑成功出师北伐、传檄天下的檄文时，他连忙高呼柳如是点上蜡烛，高声朗诵：

连祛云，挥汗雨，谁云越士三千；左带山，右砺河，不弱秦关百二。领滇、黔而镇巴蜀，牧养秦、晋之郊，群空冀北；踞湖南而跨岭表，击楫闽、粤之澳，小视江东……

钱谦益因激动而气喘，忙把檄文交给柳如是，柳如是继续诵道：

先取金陵，肇开皇业，独是麻、黄为蜀地之咽喉，英、霍为楚、豫之指臂。左连东吴，右通濠、泗……于此人力，可卜天心，瞬息夕阳，争看辽东白豕，灭此朝食，痛饮塞北黄龙。功永勒于汾阳，名当垂于淝水。世受分茅。勋同开国。谨檄。

钱谦益拊掌称快，激动得彻夜不眠，他要以年迈之躯游说马进宝归降。

柳如是说："松江是妾的故游之地，我以探访故人名义去松江劝说马进宝比相公去更方便。先探探这位苏松提督的口气，免得重蹈当年松江起义的覆辙。"

二人商定之后，柳如是带着重任，义无反顾地去了充满了恩与仇、爱与恨的松江。

四

随着延平王郑成功檄文所描述出的画面,海上之神郑成功挥师北伐的捷报不断地传到钱谦益和柳如是的耳中:

郑成功攻克镇江,直抵南京!

先头部队兵部侍郎张煌言克复芜湖之后分兵四路,四面出击:一路攻池州,镇长江上游;一路往和州;一路往溧阳、广德;一路入宁国,以图徽州。

一时间,百姓扶杖执香,担酒牵羊,犒劳军师。大江南北二十多县响应。义军一下子发展到了二十二万多人!

此时,郑成功的三万水师直逼石头城下。

镇江大捷之后,郑师府提出两条进攻建议。张煌言提出不顾南京,直接荆襄,解云贵之困,与李定国部遥相呼应!先锋甘辉建议取长江门户扬州,断山东之师。郑成功没有采纳,决意挥师强攻南京。

围困南京半个月之后,部将们认为这样久屯城下,容易消磨士气,请速攻城。郑成功为了保持自己多年积蓄的精锐力量,认为南京孤城无援,不战自破,以致怠误战机。

郑成功轻视了守城的对手郎廷佐,这是一个老谋深算的将领。

郑成功三十六岁生日这日,郑师帐中设宴饮酒,兵士们卸甲狂欢。万万没想到,郎廷佐撤下守城军士,狗急跳墙,趁黑夜冒险从侧门突围!

三万精锐之师,在一夜之间被几千清兵击得溃不成军!

南京之战,是一个历史无法说清的悲剧,一个天才军事统帅的悲剧！

清兵向踞风仪门七里之遥的郑师大营白士山发起了猛攻。郑师仓促应战，虎将甘辉为掩护郑成功，身中三十余箭！

来到江边的郑成功，发现百艘战船已烧成一片，犹如赤壁古战场！

郑成功吐了几口鲜血，稳住了身子，然后沉着地带领余部迅速撤退，回师海上，退到了台湾。

五

郑成功失败的消息传到了松江。

马进宝慌忙找到柳如是。

反复无常的马进宝按兵不动，他想，如果郑成功攻下南京，他立即伙同郑成功北上；如果攻城不下，他按兵不动，也算是帮了郑成功的大忙。

当柳如是听到这个消息时，几乎不敢相信自己的耳朵，几万驰骋海疆的水师，居然败在几千清兵之下！"天当亡我大明！"她顿足长叹。

马进宝客观地评价说："海上之神离不开海，这些水师不习惯陆战，此其当败之一。士兵懈怠麻痹，将帅举棋不定，当败之二。"

"不过，郑帅不愧是郑帅，很多人以为他是溃败而逃，如果不迅速撤退，长江口被封，将会全军覆没。"

柳如是根本没有心思听马进宝讲战局。像江南千万遗民一样，随着郑成功轰轰烈烈进攻南京的失败，她抗清复明的最后一线火光熄灭了！

马进宝将柳如是护送出松江之后，被革职查办，到京城审讯，看来也难逃厄运。

柳如是回到常熟以后，郑成功派人前来接老师钱谦益和师母柳如是乘船出海，去台湾暂避，但被他们拒绝了。

钱谦益说："我已八十高龄，经不起风涛海浪，就让这把老骨头掩埋在虞山吧！"

六

顺治十八年（永历十五年，公元1661年），桂王在缅甸被酋领所擒，移至云南，被杀身亡。

明朝的最后一个皇帝也死了！

这一年，钱谦益八十岁。

他和柳如是都皈依佛门了。

这一年，红豆山庄的红豆树突然开满了花。

院子中的这棵百年红豆树，依旧茂盛。这是一棵神奇的树，十几二十年才开一次花。

眼见钱谦益八十岁生日就要到来，不少人提出为他贺寿。都说他的一生，是充满了传奇的一生，能在乱世中活到如此高寿，已是一个奇迹。钱谦益对祝寿，却毫无兴趣。

八十岁的钱谦益，对人生已有大彻大悟之感，检点一生，他写下了《求免庆寿诗文书》。

说是"求免庆寿"，但他的许多门生、四方友人以及同族旁戚送来的庆寿诗文、礼品不计其数。柳如是在里里外外为庆寿忙碌时，蓦然，她看见红豆树的树枝上挂着一个豆荚，她连忙命人爬上树去摘了下来。

她剥开豆荚，见荚中只有一粒红豆！那红豆浑圆透红又有鲜艳的光泽。连忙将这颗红豆装在一只小小的锦盒之中，双手捧给老寿星，以表达红豆相思的寓意。钱谦益见了，无比欢喜。他挥毫濡墨，一口气写了十首诗。

为了让钱谦益感到幸福和快乐，柳如是早在寿辰之前就作了别出心裁的准备：她在头一年秋后，便将后园的一块空地划成"寿"字形，在笔画之中播下菜籽，笔画之外播种了小麦。等到春暮季节，小麦翠绿，菜籽金黄。一个硕大无朋的"寿"字！呈现在他的眼前，令他欣喜如狂。

在欣喜之余，他又为柳如是的一片真情所感动。他知道，没有柳如是，自己不会有如此幸运的暮年。

自此以后，那株红豆树竟然连续开了三年花，结了三年籽。柳如是年年都将采摘来的红豆捧给钱谦益看。

康熙三年五月二十四日，一代文坛领袖，在贫病交加之中，走完了他人生的最后旅程，告别了风风雨雨的人世，也告别了院子中的那棵百年的红豆树。

七

钱谦益刚刚去世，钱府就像大厦倾颓一样，一场争夺钱府家产的恶斗就开始了。

钱谦益的晚年是在贫病交加中度过的，积蓄早已用空，柳如是还是拖着女儿，撑着一家人的生活。女儿十五岁了，招赘无锡赵翰林家公子赵管为婿，把女婿放在身边作半子。

钱谦益"二七"还未满，钱普、钱谦光二人就奉族贵之命前来讹财。他们见钱谦益已死，便找出一些他已了结之债，威逼柳如是母子。

二十六日午后，钱谦光和钱曾将钱府仓丁张国贤妻儿老小逮去，严刑拷打，逼他承认柳如是有六百两白银存在他们家里。

钱谦益尸骨未寒，柳如是心如刀割，真是豺狼当道，虎豹横行！

钱谦益在世时，对钱谦光还有救命之恩；钱曾是入室弟子，竟也如此威逼！张国贤家中的银两，是准备纳官税用的。

这是两个小人！柳如是因为有重孝在身，一直忍着。她知道，这一切都是闲居在家的族贵钱朝鼎指使的。

钱朝鼎是顺治丁亥进士，授刑部主事，曾任广东提学道，浙江按察史，升副都御史。有这样的族贵撑腰，这两个恶棍就敢为所欲为了。

二十六日黄昏，钱谦光押人到仓厅取出钱谦益家中用蒲包木箱裹着的最后一点银两。

之后，钱曾又来孝幕中威逼，柳如是含泪泣诉。钱曾不但不叩跪恩师，还谈笑风生，一副小人得志的嘴脸。恐吓之语，不可尽数。

二十七日，钱曾又一次派人来恐吓，索走了三个童仆，并抢去钱家银杯九只。这个平日看来挺斯文的门生，此时已变得强盗都不如了！黄昏，他又一次威逼、辱骂有加，并索要老师的香炉和古砚。吓得钱府的童仆都浑身发抖。

二十八日，钱谦光来了。他一边骂咧咧的，一边说："你们家的大祸将至了！"不多时，钱曾又来孝幕中谩骂。

钱谦光和钱曾轮流威逼，吵得灵堂中昏天黑地：

——只隔明天一天，否则不许钱府发丧！

——明天要把他的女儿女婿赶出钱府！

孙爱生性懦弱，只有在一旁流泪。

——红豆山庄已差十六人四艘船去搬东西去了！

——三千两银子，少不得一厘，迟不得一分！

——给钱则生，无则死！

这两个禽畜吵累了，还呼僮唤仆，要茶水点心，还要荤点心，简直是一对无赖！

哪里有天理人伦？哪里有道德纲常？

柳如是已经哭干了泪。她让人备了一桌酒菜，又拿出纸笔，对这两个无赖说："你们慢慢饮酒，我去开账。"说完就上了楼。

八

士可杀不可辱。

她要以自己的生命，去反击刻毒的人世，去反击钱谦光、钱曾等无耻恶棍，去维护自己的所爱和自己的人格。

柳如是伏在案上，给女儿写了遗言：

……我来汝家二十五年，从不曾受人之气，今日竟当面凌辱。我不得不死……汝事兄嫂，如事父母。我之冤仇，汝当同哥哥出头露面，拜求当父相知。我去阴司，汝父决不轻放一人，垂绝书示小姐。

柳如是解下头上的孝幛，系在梁上。

楼下威逼谩骂之声不绝于耳。

她决定以死来抗争。

没有什么好留恋的了。早已看破红尘的柳如是在临死前的一刹那对自己说："牧斋，我伴你来了，让我们过一点真正平静的日子吧！"

四十八个春秋，千头万绪一齐涌来：

自己的生身父母，早已走了。

朋友们也走了。

爱情也随岁月灰飞烟灭了。

……

她最后望一眼挂在墙上的墨梅，一株无土可依的枯梅。题的诗她还依然记得：

> 色也凄凉影也孤，墨痕浅晕一枝枯。
>
> 千秋知己何人在，还赚师雄入梦无。

楼下两个无赖见柳如是半天不下来，忙冲上楼去，叩门无应声，便破门而入，见柳如是已悬梁自尽，气绝身亡。

这两个刚才还在作威作福，要挟、欺侮孤儿寡母的势利之徒，此刻，却一下子吓呆了。物极必反，他们知道已惹下了不可饶恕的大祸，便抱头鼠窜。因仓皇失措，连帽子掉在地上都不敢去拾！

赵管正与妻子在灵堂前守灵，闻讯连忙去追赶，追至坊桥，这两个忘恩负义的小人连忙躲进了族贵钱朝鼎的家中藏了起来！

九

柳如是的死，不但在常熟引起了人们极大的愤慨，而且轰动了江南！常熟的士绅百姓自发地聚会立约，传揭上书，鸣冤讨贼，要求官府"剪除三凶，捕杀群小"。常熟的生员也立约"不容坐视"，要为柳如是及其遗孤讨回公理。

钱谦益的众多门生更是对钱曾恨之入骨，纷纷谴责他的无忠无义无孝，他们"鸣鼓讨贼""移檄公讨"……不久，钱谦光、钱曾被捉拿归案。因钱朝鼎是朝廷命官，只好呈报按院，再按律治罪。

康熙三年闰六月，绝代名媛、旷世才女被葬在了虞山拂水岩下的花园滨。不远处，另有一墓，墓碑上镌刻着：东涧老人墓。

后　记

　　我受东海的崂子（刘敬堂先生）之托，写几句题外话，权作后记。

　　二十几年前，我和崂子先生合作撰写一部书稿，在查阅历史资料时，无意积累了不少关于明末清初江南名伎柳如是的一些资料，并被这些资料所牵动，于是，我们再度合作，撰写了这部历史小说。

　　我在武汉大学读书时，我的一位来武大修历史的学妹对我说，她此生的宏愿是写一部《柳如是传》。这位小学妹十八九岁，是非常靓丽、又非常古典的女孩子，当我听到如此惊世骇俗的想法之后，大大地吃了一惊。要知道，当年的社会生活，还不像现在这么开放。一个三百多年前的风尘名媛，竟让一个现代女性如此倾慕，实在让我惊异。

　　她的《柳如是传》才开了一个头，却阴差阳错地回到她故乡的一所大学教书去了。后来，我们失去了联系，不知她的作品问世没有？

　　当时，各种版本的女性文学风行，特别是一大批描写历史上的名伎的文学作品问世，使读者对柳如是略略有了一些了解，不少明清名伎传记中，无法不涉及河东君柳如是。让我们惊奇的是，一位朋友的母亲，是不怎么读书的人，但说起这位"秦淮八艳"之首"十大名伎"之冠的柳如是，也能侃侃而谈，如道家珍。

　　然而，我们无法读到一个真正的柳如是。因为她既是一个出身贫寒的名伎，又是一位文章传世的名士、一个忠贞节烈殉节的奇女子。关于她的传说太多了，好的、坏的；正史、野史……她似乎永远是一个云遮雾罩的神女。

我们在用心地关注着她，哪怕只是关于她的只言片语。但没有一个人真正走近过她。有一件小事就很能说明问题，柳如是与钱谦益的墓地至今保存尚好，墓地所在地的村民们捐资请了一位老姬看护墓地，在周围植树割草，使她年年月月都处在萋萋芳草之中。然却没有一位文人墨客走近过，包括大学问家陈寅恪。陈公学问渊博，涉猎古今中外，他用了几乎一生的时间研讨柳如是的一生，写下了考证详尽的八十万字的《柳如是别传》。他的著作，使我们在写作过程中受益匪浅——除资料之外，更多的是他对学问的严肃而诙谐的态度。

当我的忘年师友崂子先生提出合作著述本书时，我非常高兴能有这样的机会。我与先生有十几年的情谊，可称为其私淑弟子；但同对一位相去甚远的古人发生巨大的兴趣，堪称知音。

我们在撰写这本书的草稿时，既痛快又痛苦，我们几乎被成千累万的盈篋的资料所累。最后，我们商定，无论如何，还一个真实的柳如是。在明清换代之际，曾出现过不少左右历史的杰出女子，如陈圆圆、李香君、葛嫩、董小宛等。这几个女性都曾先后走上了银幕和舞台。而柳如是其色当与这些女性匹敌，其才亦高出她们一筹，其节情操和侠义肝胆，更是她们无法相比的！柳如是生活得很累，我们不希望读者也读得很累；但我们却希望能将一个可亲可敬、可爱、可信的柳如是推到大家的面前。

完成草稿之后，崂子先生因工作繁忙和身体不适而住进医院。在医院里，他每日伏案至深夜。大至删繁就简、提纲挈领，小至字词句篇、历史时间考据、标题斟酌，先后四五次易稿。有趣的是，在住院期间，他用的是医院检查专用的心电图纸修改。床边枕下，堆满了一筒筒卷筒纸，接续起来，至少有百余米，是真正的"长卷"！没有他的那种忘我的、严肃的创作精神，也就没有此书的付梓。这是一次十分愉悦的合作。

　　枣祸灾梨之后，请允许我们向吴江文友荆歌君致以深切的谢意，这位生活在柳如是曾经生活过的吴江的才子，千里之外，他为我们提供了无数史料和民俗资料。我们希望把这份友情通过拙著带给每一位读者，恰如朱熹所言："好鸟枝头亦朋友，落花水面皆文章。"愿大家都有这样的心情。

胡良清代笔

参考书目

《明史》

《清史稿》

《柳如是别传》（陈寅恪著 上海古籍出版社）

《初学集》（钱谦益）

《有学集》（钱谦益）

《柳如是尺牍》（浙江图书馆影印本）

《戊寅草》（浙江图书馆影印本）

《湖上草》（浙江图书馆影印本）

《南国烟柳》（宋词著 浙江文艺出版社）

《盛泽镇志》（江苏古籍出版社）

《吴江风情》（天津科学技术出版社）

《吴江》（江苏人民出版社）

《中国爱情诗赏析》（哈尔滨出版社）

《苏州状元》（上海社会科学出版社）

《中国历代爱情文学系列赏析辞典》（哈尔滨出版社）

《柳如是诗词评注》（北京出版社）

《柳如是集》（中国美术学院出版社）